公元787年，唐封疆大吏马总集集诸子精华，编著成《意林》一书6卷，流传至今

意林：始于公元787年，距今1200余年

恋恋古风
念念有声

偃师传说

狸猫爱吃鱼 著

吉林摄影出版社
· 长春

图书在版编目（CIP）数据

偃师传说 / 狸猫爱吃鱼著. -- 长春：吉林摄影出版社，2018.10
ISBN 978-7-5498-3818-9

Ⅰ. ①偃… Ⅱ. ①狸… Ⅲ. ①长篇小说 – 中国 – 当代
Ⅳ. ①I247.5

中国版本图书馆CIP数据核字(2018)第229156号

偃师传说
YANSHI CHUANSHUO

项目出品	意林松果阅读
著　者	狸猫爱吃鱼
出版人	孙洪军
主　编	顾　平　杜普洲
责任编辑	施　岚　孙　瑜
总策划	蔡　燕
丛书统筹	邓志娟
策划编辑	邓志娟　王　爽
设计总监	资　源
执行编辑	王　爽
封面设计	资　源
美术编辑	孔凡雷　李雪菲
发行总监	王俊杰
开　本	880mm×1230mm 1/32
字　数	200千字
印　张	8
版　次	2018年10月第1版
印　次	2018年10月第1次印刷

出　版	吉林摄影出版社
发　行	吉林摄影出版社
地　址	长春市泰来街1825号
	邮　编　130062
电　话	总编办　0431-86012616
	发行科　0431-86012602
网　址	www.jlsycbs.net
经　销	全国各地新华书店
印　刷	三河市宏图印务有限公司
书　号	ISBN 978-7-5498-3818-9　　定　价：32.80元

版权所有　翻印必究
如发现印装质量问题，请与承印厂联系退换

目录 CONTENTS

001		引子
004	第一章	王子下昆仑
012	第二章	初次相遇
023	第三章	湖心岛遇袭
032	第四章	神秘地下河
038	第五章	误闯千机兽城
048	第六章	风暮部落
057	第七章	谷达那大会
069	第八章	情敌出现
082	第九章	制作机关弩
096	第十章	不辞而别

目录 CONTENTS

104	第十一章	神秘的白衣公子
118	第十二章	大战黑蛇
135	第十三章	探寻蛇洞
154	第十四章	失散
166	第十五章	荒芜之地
175	第十六章	烬冷鸦
191	第十七章	冰琥珀之体
202	第十八章	黑袍大叔
209	第十九章	噩梦
230	第二十章	终于等到你

引子

天洛四百二十三年七月十五,是南周武皇帝姬满驾崩的第十五天。

昆仑之巅。

丧夫不久的虞皇后一袭曳地黑袍紧紧地裹在肩头,她身前走着一位颤巍巍的盲眼老人,老人双眼上蒙着一块黑布,布条在脑后随意地绾了一个结,留了很长的布尾,在老人银白如雪的发间若隐若现。

虞皇后盯着这块黑色的布尾有些出神,她不知道这位盲眼老人还能活多久。当虞皇后看着老人的背影越来越蹒跚之时,她心里忍不住叹了口气,岁月果然无情,就连名满天下的他,也是要老的。

缓慢的行进中,盲眼老人步伐越来越蹒跚,虞皇后几次三番想上前搀扶,却都因为那块黑布,断了心思。

终于,老人在一个亭子前面停下,那是昆仑之巅、雪崖之畔唯一的一座亭子。

漫天的落雪中,亭子显得尤为孤寂。亭子叫望海亭。此处望的自然是云海。两人站定,脚下茫茫云海,翻滚奔腾。一只野鹤清鸣,在漫天大雪中凄然飞过,划破了落日西沉的轨迹。

老人双手往袖中缩了缩,苍白的胡须在黄昏的风中晃了晃。

"入秋之后,昆仑山的风是一天比一天大啊!"

"怕是比不得朝堂的风大吧？"虞皇后语气里有些不善。

"风总归是一样的风，只是吹乱的地方不太一样罢了！有些风吹乱的是尘世，有些风吹乱的是人心。"

"有区别吗？"

"尘世藏的是浊，人心藏的是祸。"

虞皇后有些动容："那依先生之见，我们这场风，可会吹起世间祸乱？"

老人淡淡一笑，接着说："这么些年了，你还是容易想得太多，王子下昆仑，原本不就是我们所期望的吗？"

虞皇后没有回答，似乎在思索老人的话，又似乎在回忆些什么。

老人继续说道："这也许是一件好事。"

虞皇后看了老人一眼："我还真想不出这有什么好的。"

老人说："你不是由皇后变成太后了吗？"

虞皇后神色里闪过一丝冷厉，又迅疾归于平静。

老人再次开口："依照计划，现在迎接王子的仪仗队已经到风暮原了吧！"

虞皇后思索了一下："风暮原的蒹葭海，值得这孩子下山看一看……想来今年的蒹葭花开，不比当年逊色多少。"

老人听出了皇后的心思，微微一笑，悠然吟了一首诗："风澜轻卷千堆雪，蒹葭起落万里霜。不妨人间浮一醉，孤舟天下白月光。"

虞皇后脸色大变："怎么先生也知道此诗？"

老人正色道："咱们南周国的武皇帝戎马一生，铮铮铁骨，何曾有过温柔？要不是当年陪他看蒹葭海的人是你，只怕这首诗少不得杀伐之气！"

虞皇后眼中虽然泛起了泪光，说的话却斩钉截铁："死去的人，就不必多提，我更担心这孩子，只怕天下间要杀他的人，绝不比要杀我的人少，难道我们就真的放任这孩子不管了吗？"

老人说："他虽然是你的孩子，也算是我一手救活的，但仔细想来，其实他不属于我们任何人，他必须要在尘世的大风中，找到他自己，否则我们的大事，绝无一丝可成的希望！"

两人都沉默下来，半晌没有作声，只有昆仑山巅的风声越来越大。

老人面庞朝向落日方向，夕阳散发着西沉前最后的光亮，有些璀璨，又有些微弱。

老人看着远方，心里想着那里还有光吗？还有一点儿！还有就好！

第一章　王子下昆仑

月圆之夜，风暮原。风暮原是天洛大陆最美的草原，位于南周国北境和天洛百郡的交界处。

整个草原地下水脉贯通，草原上湖泊星罗密布，随着季节的变换，湖泊位置时常会发生变化，随着湖泊迁徙的风暮部落，习惯把这些湖泊叫作乌图里卡，意思是大地上被风吹动的珍珠。风暮部落千百年来依草逐水而居，过着半牧半渔的悠闲生活。

在风暮原上有一片无边无际的芦苇海，南周文人下笔喜爱溯本求源，芦苇古名为蒹葭。所以这个海在南周国的《百川注》上，写作蒹葭海。后来南周百学兴盛，天下同化，世人便随了这个叫法。

蒹葭为海，何其苍苍，每当天地之间有风吹来的时候，蒹葭海便像生了滔滔白浪一般，波澜壮阔，蔚为大观。刚好今夜又逢月圆，银白色的月光铺洒下来，迎上银白色的芦苇海，天地一色，花月同辉。

谁也没想到花海之上居然驶来了一艘船。一艘本应该驶在水面上的船。船身乌黑，暗无光泽，却镂刻着明亮细长的花纹。船首刻着一个神秘的图案，像是某种徽记。船上端坐着一名下棋的男子，一身天青色外衣，左手执黑，右手执白，沉浸在棋道里不闻不问。

苍月之下，这艘神秘的船只轻轻飘浮于花海之上，缓慢前行。天地静穆，气氛说不出地诡异。花海深处，无数银衣刺客半蹲在地上，不紧不慢地调整着呼吸。

"来了吗？"刺客中的首领问道。

"只看到一艘船。"刺客答。

"看到船首的图案了吗？"

"确认了，是南周姬氏的族徽蔷薇星轨图。"

"还有多少距离进入射程？"

"三十尺。"

"机弩准备，张弓，蓄箭。"首领低声传达了命令。

看不见的花海深处，杀机四伏，蓄势待发。

风轻舟上，下棋的男子坐直了身子，若有所觉，漠然回首望向花海深处。修长的身影遮去了一半的月光，他的身影下，一位年迈的老人凑近船只，低低地唤了一声："王子殿下！"

王子转头，表情有些疑惑："苏公公，这里风景算美的吗？"

苏公公有些意外："殿下何出此言？这里的确是整个风暮原最美的景致了！"

"我自小在昆仑长大，除了雪之外，什么都没见过，也没人告诉我什么是美，所以想问一下。"

苏公公有些意外："殿下不必在意老奴的。"

王子忽然好像想到了什么："武皇帝是不是在这里留过一首诗？"

苏公公点头，从袖卷里抽出一素笺，递了过去："殿下应该尽快习惯'父皇'这个称谓，这是五年前王上留下的诗稿。"

王子接过，摊开："风澜轻卷千堆雪，蒹葭起落万里霜。不妨人间浮一醉，孤舟天下白月光。"这首诗一共四句。王子每念一句，花海内便生一次异动。

他念到第三句的时候，苏公公也察觉到了什么，抬手做了一个手势,船只突然就停住了。"唰"地竖起一杆旗帜,旗上用秘银线绣着蔷薇星轨的图案。

在旗帜迎风立起的一瞬间,银白色的花海暗了下来,无数戟矛齐刷刷地在船后竖了起来,像平地里突然冒出的一片青铜森林。

他念到第四句的时候,苏公公又变换了手势,无数戟矛齐刷刷地向前劈下,又朝天空斜斜刺出,不知道多少黑甲战士在花海之下快速变动阵形,把孤舟团团护在中央。

玄武室火阵,南周禁卫军第一防御阵形。风这时突然停了下来,四周安静得有些可怕。苏公公知道,如果刺客掐算时机准确的话,伏击这时候已经开始了。突如其来的一声尖啸,一支火箭蹿出花海,直朝王子面门破空袭来。

王子慵懒地盯着来箭,毫不畏惧,只是手指快速转动,一下下敲打着衣袂,似乎在计算着什么。

就在箭要射进眼睛的一瞬间,王子稍稍歪了一下头,箭矢擦过他的鬓角,插入船身,只留箭尾兀自颤动。

射出这一箭的人如果再近一步,很有可能会一击绝杀。可惜现在远了一步,弓的张力所限,力道不济,给了王子充足的时间去计算箭矢的轨迹,刚才那支箭还在燃烧,箭尾的火苗借着黄杨木的箭身,扑腾着烧向船身,却因为船的特殊材质,那支箭越烧越小。

王子饶有兴趣地看着,挥了挥衣袖,火苗微弱,就此熄灭。花海再次恢复宁静。这是暴风雨前最后的宁静。

花海的中央泛起了诡异的涟漪,蒹葭之下暗流涌动。那是埋伏的刺客在迅速调整伏击范围。只一眨眼的工夫,禁卫军就安全进入了刺客们的伏击范围。但同时,王子立于高处,看得真切,蒹葭招摇,人头攒动,凭着些微的动静,他居然快速计算出了他们的具体方位。

"辰星井鬼方向，一共八十七名刺客，四十尊机弩。"王子掐着方位，一一说了出来。

苏公公迅速指向一个方向，手指散开。禁卫军瞬间变成进攻阵形。

王子挥手制止："不要冒进，我要把敌人的机弩箭全引出来。"

苏公公不太清楚王子到底想做什么："殿下您的意思是？"

王子解释道："等他们放箭，在他们进攻时找到最好的时机。"

苏公公说："我们需要怎么做？"

王子说："不动如山，侵略如火，我动了，你们就动！"

话音刚落，"砰"的一声巨响，花海深处瞬间明亮起来，无数燃烧的火箭遮天蔽日射来，密密麻麻的火光像漫天星斗一般闪烁扑来，箭矢破空的声音响彻整个夜空。

王子静静地盯着，眼中好似有流光闪过，修长的手指快速颤动，轻轻点着衣袂。

他的眼神扫过空中飞来的箭，在万箭飞至最高处的时刻，终于发现了密密麻麻的箭群中有一道缝隙，一道几不可见的缝隙。

他透过那道缝隙，看到了一缕清冷的月光，孤单地照向人间。

光虽冷，却是希望和生机。

王子露出笑容，手指停止敲击，天地万物重新运动起来，凝结在空中的万箭呼啸而下。王子在船上轻挪身形，速度快到肉眼不可辨别，每挪一下，就完美地避开一支箭矢，王子不知道挪了多少下，等他停步的时候，除了他站的位置，几乎扎满了箭矢。

王子动，刺客们也动。他们大喝着拔出战刀，挥舞着冲了上去，完全不在乎死亡的阴影已经压过头顶。

第一章 王子下昆仑

就在他们冲出去的第一时间，船首位置突然露出了巨大的铁炮。

刺客首领看到铁炮，脸色就变了。他们犯了一个错，一个大错。如果他们刺杀的目标坐的是货真价实的风轻舟，他们就不该忘记每只风轻舟上都会装上那门风来炮。

风轻舟之所以能够悬浮半空行驶，就是用公输家族的机关术，将风力储存进舟内风舱，然后不断产生推力，让舟得以飘浮行进。但缺点是这种舟行驶速度很慢，只能被用来赏花弄月，一旦遇到大风急浪，来不及奔走，反而会落得一身狼狈。幸好后来公输家的二公子突发奇想，安装了一根集中风舱所有风力，推动轻舟往反方向快速移动的风炮装置，叫风来炮，完美解决了加速问题。

但此刻，谁也不承想，用来加速的风来炮居然被人用来吹乱火箭。

风来炮嗡嗡预热，"砰"的一声巨响，一阵狂风席卷而来，刚刚落到舟前的箭矢，瞬间被吹得七零八落，箭矢上的流火也被吹灭了大半。

浩浩荡荡，万箭齐发，眨眼间变成了一场笑话。

禁卫军再无顾虑，像饿极的狼群一样，朝猎物扑去。刺客们失去了远攻的先机，也纷纷亮出了兵刃，迎了过来。

苏公公这才明白，王子一直在等的是所有箭矢进入风来炮范围的时机，风来炮启动得早一点儿或者晚一点儿，都不会对敌人产生这般重创。

苏公公心中不禁对这位殿下又佩服了几分。刚要询问王子接下来的吩咐，一转头，苏公公尖叫一声，跌倒在地。

他看到了什么？那轮硕大的圆月之下，王子和风轻舟翻滚着飞向了天空。

谁也没想到，刚才那一发强劲有力的风来炮，直接崩飞了风轻舟和王子。

而此时战斗已经开始了，蒹葭海里的火光照亮了半边天际。

蒹葭海再往东去有一片森林。这片森林绵延数千里，形成了一道天然的屏障，隔开了天洛百郡和南周国。森林临近蒹葭海，有大面积湖泊渗进森林的地面，孕生了无数萤火虫。每当夜晚来临，萤火会点亮森林里每个阴暗的角落，所以这片森林被称为千萤之森。

月圆之夜，千萤之森，林中小径。月光透过巨大的树冠，斜斜地照了下来，落了一地的树影。

偃师师懒洋洋地骑在一头黑驴上，微闭着双眼，嘴角轻轻上扬，一头乌黑的秀发在微风中轻轻飞舞。此时正值夜半，无数萤火虫按照既定的路线由森林飞往湿地栖息，一条瑰丽的萤火光带在偃师师头顶飘过，照亮了她姣好的面容，明亮的大眼睛中映着荧火虫所发出的光芒。

她顿时来了精神，将背上的神夜伞取下，举得高高的，挥动着想要捕捉三两点萤火，腰间的木铃铛晃晃悠悠，时不时发出空灵的声响。

"这片森林太神奇了，太美了，是吧，半步？"偃师师转头望向身后。

一身黑衣的少年不紧不慢地跟在驴子后面，黑色的面罩下，只露出一双木讷的眼睛，听到偃师师喊自己，他略显僵硬地点了点头。

"咱们快要出森林了，出了森林就是风暮原，那里有天洛大陆最美的蒹葭海。"偃师师甜甜地笑着，一脸向往，"听说挨着蒹葭海有个大湖叫风暮湖，那里的鱼最是肥美。把鱼收拾干净了，在肚子里撒上一些井盐，涂上一层蜂蜜，再点上秋后的蒹葭草，草木的香气慢慢渗入鱼肉里，小火慢慢地烤，鱼渐渐地变成金黄色……"

偃师师吞了吞口水道："哇，真是太棒了！不管啦，好想吃，快，快，奔跑吧，驴妈！"偃师师使劲揪了一下黑驴的屁股。黑驴疼得奔跑起来。不远处就是森林的尽头，辽阔的风暮原。

他们出了森林，望着浩瀚无边的蒹葭海，偃师师惬意地深吸了一口气："这草原的空气，就是清新，我仿佛都闻到了蒹葭草烧着的味道了，看来自己真是饿坏了，要赶紧捉鱼去。"

这时她忽然发觉有什么不对，仔细一看，那片蒹葭海竟起火了，随着冲天的火光，各种厮杀声和刀剑碰撞声远远传来。

"有厮杀的地方就有麻烦，有麻烦就需要大侠，正所谓'路见不平拔刀相助'，贼人休走，看我偃大侠取你们狗命！"

偃师师朝着火光的方向瞎喊了几句，也不在乎是否有人听见，就一口气冲下山坡，来到蒹葭海的边缘，拔出刀来；只是割下几株蒹葭草，就抱头跑了回来。

"快跑啊！驴妈，逃命不积极，脑子有问题！"偃师师喊着，抱着蒹葭草跑过黑驴，向前奔去。

黑驴像是听明白了偃师师的话，突然撒丫子跑了起来，偃师师眼睁睁地看着这个憨货超过自己，头也不回地扎进森林里。

到了森林后，偃师师拍拍胸口，大口喘着气："吓死我了，吓死我了。"

"看在我没吃饱的分上，这回就放过那群纵火的恶贼，走走，安全第一，多绕个圈子一样能到风暮湖。"

此时的萤火虫越聚越多，偃师师拍了拍黑驴的屁股，决定继续赶路，但是黑驴似是跑得太急了，此刻显然有些累，说什么也不肯前行，只是抬起头左右看看，走到一边吃了两口草，往前走，看看又吃两口。

怎么让黑驴走,场面说不出地纠结。

偃师师很无奈地叹了口气:"一个吃货,一个呆货,这种逃命的时刻,还如此悠闲,我可是注定要成为偃师的人,怎么会有你们俩这种伙伴?唉,气死本姑娘了。"

话音刚落,偃师师才发觉有什么不对,她抬起头,看到无数只萤火虫组成的光带乱作一团,密密麻麻地闪烁在头顶的夜空之中,偃师师凝神望着半空,发现那里有个越来越大的黑点。

好像是个人?

她看到无数破碎的木屑和机械零件从天而降,一个穿着天青色外衣的人凌空砸来。许多年以后,每当偃师师回忆起这一刻,就觉得蹉跎了的时光好像都在那一刻为之暂停。

她看到那个人自半空之中凝望着她,绝美的脸庞缓缓地擦过万千萤火,明灭不定的荧光闪烁,映照出他星辰般的眸子,偃师师在他的双眸中看到了自己,那是她从未见过的自己,她和他一样,在万千萤火的包围下,发出了耀眼的光芒。

这从天而降的人根本无法控制自己掉落的位置,所以他也只是精确地砸中了偃师师,重重地砸了下去。

第一章　王子下昆仑

第二章　初次相遇

枝叶铺垫的草地上，偃师师安静地躺着，迷迷糊糊中，她好似看到了一张熟悉的脸，脸上带着温暖的笑容，记忆中那慈祥的目光正注视着她……偃师师猛地坐起来，只觉得头重脚轻，这让她有些烦躁。又是一场梦，正想抱怨两句，一抬头却对上青衣男子满含笑意的脸："你醒啦！"

偃师师呆了呆，一时竟忘了要说什么，只是盯着男子的面容，怎么会有这么好看的人，一定是还在梦中，他的眼眸深邃、漆黑，如清潭，似湖水，竟有些熟悉的感觉，那肌肤，白皙、光洁，竟比姑娘的还白嫩，好想掐一掐。

偃师师呆呆地伸出手去，捏到青衣男子的脸，轻轻掐了掐。

"哎哟！真的好嫩、好滑，这梦里的男的怎么一个个都这么完美，这让我们女的可怎么活啊？"偃师师傻傻地抚摸着青衣男子的脸，"这梦真好，要是不用醒就好了！"

青衣男子半蹲在地，疑惑地看着偃师师，她的手在他脸上摸来摸去："你在做什么？"

偃师师一愣，回过神来，难道这不是梦？她悄悄地掐了自己一把，一阵生疼，这不是梦啊，这下糗大了。

偃师师依依不舍地收回自己的手，强辩道："摸摸怎么了？谁知道你刚才趁我晕倒的时候，有没有占我便宜，本姑娘肯定要摸回来!"说完又使劲瞪了男子两眼。

青衣男子有些意外,修长的眉微微皱起,然后竟笑了出来,那原本有些清冷的面容一笑起来竟像雨后的第一缕阳光,带来了丝丝暖意。

偃师师有些失神,那双眼睛让她感觉有些熟悉,她问道:"喂,我们是不是在哪里见过?"

青衣男子笑意更浓了:"应该是见过吧!"

偃师师有点儿气恼男子波澜不惊的态度:"你莫名其妙笑什么呢?你该不会是以为我在跟你搭讪吧?你这人脑子里都在想什么呢?……对了,这大晚上的你是从哪儿冒出来的?"

青衣男子微笑着重复道:"我不是冒出来的,是掉下来的。"

"掉下来的?……啊,我想起来了,你就是那个从空中掉下来砸我的那个人!"偃师师想起之前的事,说起来这会儿感觉身上还有些酸疼呢。

"我没想砸你的。"青衣男子目光诚恳,有些歉然道。

"没想砸都砸得那么重,你要是故意砸还不砸死我啊?师父常说,江湖险恶,果然不假。你说个价吧,噼里啪啦地砸坏了本姑娘,你准备赔多少银两?"

"银两?"青衣男子站起身,在身上找了个遍,似乎没发现,"我身上没有,要不先欠着,等我以后有了银子再给你可好?"

没钱啊?偃师师想了想,道:"穷人有穷人的赔法,这几天别走了,伺候本姑娘几天,就当利息了,等什么时候攒足了钱,还够了债,什么时候再走,你说你一个这么重的男人,怎么会从天上掉下来?"

青衣男子沉吟片刻,又蹲下来,认真地说:"我们遇到刺客,中了埋伏,我是被炮火的余威炸飞的。"

"刺客?"偃师师打断他,脑中浮现一些画面,追问道,"你们是在哪儿遇到的刺客?"

"就是长满芦苇的地方。"

果然如此,偃师师明白了,之前在蒹葭海所见的火光看来是因为他遇刺了。再看他如玉般精致的五官,衣裳虽有破损,但也能看得出质地良好,身上透着的那股清贵之气,肯定是纨绔的富家公子,仇家在此设伏,再加上那地界也算是选得极好的,荒郊野外无人烟,杀了也就杀了,能逃出来真是命大。

想到这点,偃师师语气温柔了些,道:"不会就你一个人跑出来吧?"青衣少男沉默片刻,点了点头。

偃师师顿生怜悯之心,拍拍胸脯道:"你放心,以后本姑娘会保护你的。想想都羡慕你,这么年轻,就能让如此优秀的我来保护,啧啧啧,真是走运啊!不过可说好了,保护归保护,你欠我的钱可还是要还的,知道吗?"

青衣男子仿若未闻,只喃喃道:"你的心跳声,有些不一样……真好听!"偃师师脸都气白了:"这都什么跟什么啊?这是我这辈子听到的最差的恭维话!"

"你叫什么名字?"偃师师接着问道。

"姬夜辰!嗯……按照习惯,我是不是也要问下你的名字?"

"偃师师,偃师的偃,偃师的师。"偃师师得意地说。

"偃师是什么?"姬夜辰好奇地问道。

"偃师你都不知道?你难道不是天洛大陆的?"偃师师有些惊讶,在这片大陆上,这个称号是神一般的存在,竟然有人不知道。

姬夜辰有些尴尬,说:"我自幼待的地方有些偏僻,外界的很多事情我都不知道!"

偃师师"哦"了一声,点点头道:"那难怪了,反正你就记住，天下最了不起的人才能被人叫作偃师，而我偃师师，哈哈哈哈，我将会是更加了不得的人！你知道为什么吗？"

偃师师没等姬夜辰接话，得意地大笑："因为我名字里多了一个师！"

姬夜辰木讷地点点头，直接转移了话题，"我煮了些蘑菇，你要不要吃？"说着起身走到火堆旁。

"蘑菇？"偃师师摸摸肚子，现在倒是有些饿了，"本来连夜赶路就是为了到风暮湖吃鱼，现在鱼肯定是吃不着了。有蘑菇吃也不错……不对，我是在跟你说蘑菇的事吗？"

偃师师气呼呼地转头，这才发现半步正寸步不离地跟着姬夜辰走动，手里的剑一直指着姬夜辰的后颈，想来是这个呆货见她昏迷，怕姬夜辰伤害她，心中不禁一暖，招招手让他把剑收起来，半步这才慢吞吞地收起剑，走回偃师师身边。

偃师师扫视一圈，发现这是森林里的一小片空地，林中星星点点，闪着无数荧光，似一盏盏天然的小灯笼。这里应该是在千萤之森中吧，偃师师以手撑地，正想站起来，脚上却传来一阵刺痛，一个不稳又坐了回去，龇牙咧嘴地哇哇叫起来。

"怎么了？"姬夜辰循声望来，便见偃师师抱着脚，面上现出痛苦之色。

偃师师指了指脚，说："好像受伤了。"

姬夜辰在她身旁蹲下，瞅了一眼，一点儿也不怜香惜玉，只是客观地分析道："那是外伤，没什么好疼的。"说完把蘑菇汤递了过去。

偃师师有些无语，有这么安慰人的吗？她看了眼锅里的蘑菇汤，象征性地喝两口，没想到看起来普通至极的蘑菇汤，味道却不错，在姬夜辰表示已吃过以后，偃师师三下两下就吃完了全部，满意地擦了擦嘴。

夜晚的森林静寂无声,连虫鸣都没有,姬夜辰坐在火堆旁,忽然问道:"你连夜赶路,是急着去哪儿吗?"

偃师师从地上拔了根草,在手里把玩道:"去南周国,我去找师父,他都离开三年了,也不知道回来,我等了好久,想想还是出来找找好了,不过就算找不到也不重要,反正他肯定会很想念我的。"

"你师父为何要离开呢?"

偃师师有些失落:"我要是知道,就不用找他了……你有师父吗?"

姬夜辰摇摇头:"没有。"

"那就好,这样就不会有人丢下你了。"偃师师幽幽地说着,想了想又道,"其实有师父也没啥好,像我师父,整天就知道使唤我洗衣、做饭、拖地,还要我写字、看书,整天不停地唠叨,烦都烦死了。"

姬夜辰不知该说什么,也就没吭声。

"你准备去哪儿?"偃师师再次打破沉默。

"南周国。"姬夜辰有些迷茫,这个名字对他来说还有些陌生。

"那正好,咱们顺路!"偃师师开心道,这下路上有伴了,而且是个美男子,不错,很不错。

此时天色已亮,林中事物模糊可见,但弥漫的雾气和枝叶遮住了阳光,依然显得昏暗。此地不宜久留,两人决定先出森林。

偃师师骑在黑驴上,半步跟在后面,姬夜辰在前面开路。一路上走走停停,姬夜辰一会儿看看方位,一会儿计算着什么,为了避免再遇到刺客,原来的路是不能走了,只能另寻出路,可走了好久，依然没有走出林子。

偃师师不禁发愁，从驴背上抽出地图看了看，这地图还是她半路上从游商手里买的，上面画了大半个天洛大陆，这片森林在地图上小得可怜，所以只标注着一个名称，没有具体路线。这茫茫林海，毒蛇猛兽众多，再找不到出口，就算没遇到刺客，这条小命也要不保。

正想着，姬夜辰突然停了下来，凝神注视着前方，他的面前是一条小溪，小溪从丛林中横穿而过，好似把森林一分为二，对面的森林昏暗无光，相比这边显得越发暗沉，不论向哪边张望，都望不进森林深处，除了潺潺的流水声，林中不闻一丝声响。

偃师师忙问道："怎么了？怎么了？"

"前面不安全。"姬夜辰说着，低头拾起一颗石子，射入对面林中，传来"咔"的一声，过了一会儿，林中响起窸窸窣窣的声响，紧接着几声嘶吼划破天际。

偃师师心中一惊，紧张道："还是往回走吧！"

姬夜辰面色平静，摇摇头说："那些刺客若是没死，肯定要来找我，这时候往回走，就是羊入虎口，有去无回。我们沿着溪流走，只要不到对面就好。"

偃师师皱起眉头，寻思着这些刺客若是找来，会不会连自己也一起杀了，这可怎么办？师父还没找着，就要死在这里了。天哪！到时候师父连自己的尸骸也找不着。

姬夜辰回头见她皱着小脸，像个包子，不禁笑出声来："他们不会那么容易找来的。"

"呃，真的吗？"

姬夜辰点点头，脸上露出神秘的笑容。

两人刚走不多时，此处便聚集了一群银衣蒙面人。

第二章 初次相遇

四周亮着火把，十几名银衣蒙面人围着一根柱子站着，其中一个蒙面人问："头儿，这个是什么意思？玩我们呢？"

只见柱子上横挂着一块木板，上面用炭灰写着几个字："我往这边走了。"字旁边是一个歪歪扭扭的箭头。

蒙面人有些激动："谁会那么傻？自然不能按照他说的走，这是声东击西，他肯定往另一边走了。"

另一个蒙面人道："万一他故意让我们以为他在声东击西呢？所以这个上面指的方向反而是对的。"

刚才那个蒙面人不服气道："那照你这么说，他猜到我们会猜到他故意让我们以为他在声东击西呢？"

第三个蒙面人突发奇想："万一他只是个笨蛋，没想那么多呢？"

几个蒙面人突然觉得有些绝望，这个简单的小陷阱，彻底让追踪的思路陷入僵局。

蒙面人中的头领皱起眉头，眼中闪过一丝厉色道："我们碰到高手了！现在看来，只好兵分两路。"

"头儿，现在东南西北是四个方向，这个，我们是不是要兵分四路？"

"现在人手不足，岂能分出那么多人？"头领怒道，蒹葭海中让他逃了，在此又耽误了许久，想到此行那位大人已经下了死命，只许成功不许失败，若完不成任务，回去必将受到残酷的惩罚。

这时一只木鹊飞来，落在他的肩头，他伸手将木鹊脖子上挂着的圆盘拿下，再取下足上的字条打开，看完之后，他忽然笑起来："这下不用担心了，大人早有准备。"他手中的圆盘的磁针颤巍巍地晃动了几下，然后指向了一个方向，领头的呼喝大家，"走，这边。"

一眨眼的工夫，十几个蒙面人走得干干净净。在原地只留下那根柱子，像是在嘲笑某些自以为是的人。

小溪边，姬夜辰突然像察觉了什么，望向来时的路，半晌，他问道："你那仆人怎么不见了？"

偃师师回头看了看，笑呵呵地道："半步他就是走路慢，他可不是我的仆人，他是我的亲人，你别看他慢吞吞的，武功可厉害了，这些年都是他在保护我。"

没一会儿就等到半步走了过来，姬夜辰选好了方向，继续出发。偃师师骑着毛驴，目光总忍不住望向对面林中，一路走来虽然遇到了一些小动物，但是凶猛的野兽倒是没有，想来这些野兽都在对面的森林中。

小溪另一头，漆黑的森林中巨大的树冠枝繁叶茂，遮天蔽日。阳光被隔绝在外，像是不被欢迎的客人。

一棵巨大的树冠上，一只黑色的烬冷鸦静静地注视着小溪边，待溪边的三人渐渐走远，烬冷鸦扑棱着翅膀朝林中深处飞去。

烬冷鸦轻车熟路地在森林中穿梭，茂密的丛林中出现了一间不起眼的木房子，烬冷鸦扑棱着翅膀落在一个人的肩膀上。

那人一身灰色的衣袍，面容枯槁，皱纹丛生，却有着一头诡异的黑发。

黑发老者用略显沙哑的嗓音道："说。"

烬冷鸦尖锐的声音响起："主人，来了三个人。"

"嗯，朝哪边去了？"黑发老者瞥了眼烬冷鸦，苍白的脸上不见一丝血色。

烬冷鸦接着说："湖心岛，湖心岛。"

"哼，这些不知死活的人，既然来了就别想再回去，我千机兽城的禁地岂是什么人都可以闯的？去，继续盯着。"

第二章 初次相遇

"知道，知道。"烬冷鸦抖抖翅膀，向外飞去。

黑发老者手指牵动，门口出现两只灰狼，一左一右，一动不动，与普通的灰狼不同，这两只灰狼头部和四肢上插着黑色木状物，额头上镂刻着火红的花纹，像某种徽记；两颗巨大的獠牙泛着烁烁寒光，四肢上镶嵌着锋利的爪子，这样的造型让人望而生畏，再配上冰冷、猩红的眼睛，更像是两只恶魔使者。

黑发老者满意地看着这两只野兽，傀儡兽炼制不易，成功概率极低，需要训练野兽来完成，这样训练出来的傀儡兽保有本性，战斗力比原来要高上几倍，且完全受操控者控制，绝对是有力的杀伤武器。

他喃喃自语："有了这失传已久的禁忌之术，主上一统天下指日可待。"他身影一动，犹如涣散的烟雾般消失在原地。

流水潺潺，时缓时急，沿着小溪顺流而下，不知走了多久，偃师师哼的曲子已经重复多遍，想说话，可姬夜辰半天不发一语，气氛越来越沉闷。

偃师师正觉烦闷，突闻流水声越来越大，好似谁在哼唱一首更为欢快的曲子，水声在林中悠悠回响，偃师师抑制不住地惊喜。

"哈哈，是不是要出森林了？"她拍拍黑驴朝前奔去。

姬夜辰笑呵呵地看着，目光一转，朝林中看了看。

天光越来越明亮，偃师师兴奋地叫喊着，黑驴似乎也感受到了，奋力朝前奔去。

一头冲出森林，久违的阳光斜斜地照下来，偃师师眯了眯眼，嘴角绽开满足的笑意。

缓缓睁开眼睛，映入眼帘的是一片澄碧的湖泊，溪流顺着斜坡奔流而下汇入湖中，如一面闪光的水晶帘子，水汽蒙蒙，珠玑四溅。湖水清澈见底，湖底的断木清晰可见，湖中还有块小岛，看着不大，歪歪扭扭长着几棵树木，枝丫上似乎隐隐传来鸟啼声。

"往往最美的风景，都在百转千回、柳暗花明之处啊！"偃师师赞叹道。

"这景色算是最美的吗？"姬夜辰不知何时走到她身旁，微笑着说。

"当然，这简直是太美了。"

"那这里就是我见到过的第三美的美景。"

"第三美？那第二美呢？"

"在那片芦苇海，我的仆人跟我说，那里是风暮原最美的地方。"

"嗯，那里确实是风暮原最美的地方。"偃师师继续问道，"那第一美景呢？"

姬夜辰淡淡地说了句什么，偏巧一阵风吹过，枝叶摇曳，传来窸窸窣窣的声响，恰好掩盖住那句话。

偃师师没听清，刚要再问，肚子却不合时宜地咕噜噜叫起来。她摸摸肚子，讪笑道："哎哟，肚子不争气了，我们赶紧吃点儿东西吧！"

"先找个安全的地方。"姬夜辰环视着整个湖泊，手指轻轻敲打着衣袂。

偃师师猜他是在察看周围的环境，这一路走来，时不时地就会见到他如此，所以也并未出声打扰。她此时也是喜忧参半，喜的是能见到久违的阳光；忧的是，举目四望依然是茫茫林海，这片千萤之森像是无边无际的绿色海洋，走入其中的人有如漂浮在海中的小船，举目望不到边。

过了一会儿，姬夜辰的目光停留在湖心处，说："看来只能到湖心去，那里还算安全。"

偃师师打量着湖中的小岛,不解地问:"那地方四面环水,行动不便,会安全吗?"

姬夜辰抬头看了看天,说:"我自有办法,天很快就要黑了,夜晚在林中对我们不利,敌人随时会出现。"

"敌人?……敌人在哪儿?你……你放心,我会保护你的。"偃师师紧张地东张西望,双手交叉在胸前,面上强装镇定,内心挣扎着一股想逃跑的冲动。然而四周除了森林就只有正慢悠悠走过来的半步了。

偃师师松了口气,尴尬地把手放下,再看看身边的人,他面上带着淡淡的笑容,漆黑的眼眸如一潭湖水,深邃又纯净,他正饶有兴致地看着她,像发现了什么有趣的事物。

第三章　湖心岛遇袭

湖心距离岸边约有十丈，要过去就需要乘船，姬夜辰用森林中的树木做了一只简单的木筏，半步撑船，不一会儿就到了湖心小岛。

岛不大，约有两丈宽，除了几棵树什么也没有，不过视野倒是极好，周围一切一目了然，倒是看风景的绝佳之处。

偃师师骑在驴上正想下来，忽然想起什么，又坐着不动，朝姬夜辰使了个眼色，轻咳两声；然而某人一点儿眼力见儿都没有，愣是站着不动。

咦，这笨蛋，不懂什么叫债主吗？偃师师瞪了他一眼，又使了个眼色。

"你眼睛怎么了？"姬夜辰望着偃师师不停眨动的眼睛问道。

偃师师无奈："你看不出我是让你过来扶我下来吗？我现在可是你的债主，你伺候我就是还利息。"

姬夜辰恍然大悟，俊眉一挑，哑然失笑："哦，是这么回事啊，下次你直接告诉我好了，我还以为你眼睛不舒服呢。"

"算了算了，这次就原谅你了，下次你可要会看眼色，我身为债主，可不能总提醒你。"

姬夜辰上前一步，将偃师师扛下来，对，没错，就是扛下来，偃师师当时就抓狂了。

"等会儿,等会儿,你放我下来。"

偃师师见湖中有鱼儿游过,便指挥半步用削尖的树枝往湖里叉鱼,可半步这家伙,鱼儿从他面前过,他半天不动,等他动了,鱼儿早跑了,最后什么也没抓到,只能放弃。

暮色降临,偃师师让半步生了火,姬夜辰终于忙完了,从驴背上拿下锅,又从身上掏出一些蘑菇,清洗完毕,开始煮食。

偃师师没想到他还随身带着蘑菇,也不知道他啥时候摘的,不禁感叹自己的明智,出门带个锅总是不愁吃。

肚子已经叫嚣了许久,她眼巴巴地紧盯着,虽然只有蘑菇,可总比什么也没有强。何况经过姬夜辰亲手煮过的蘑菇,总算是一种美食。

水开以后,锅中的蘑菇都浮在汤面上,菇肉黄润,汤面清澈,与之前的倒有些不同,但同样看起来让人特别有食欲。

姬夜辰把锅端到偃师师面前,示意她先吃,偃师师不客气地吃起来,平日里只有她一个人吃,所以只有一口锅一把勺,她吃了几口,蘑菇很鲜嫩,入口清甜,不禁又吃了几口,锅中的蘑菇去了一半,这才满意地擦了擦嘴,把勺子递给姬夜辰。

姬夜辰似是有些嫌弃,皱了皱眉,将勺子在流水中来回清洗了几下,才放心使用。

这让偃师师气得蹦了起来,又因为腿疼咧着嘴坐下,这家伙是在嫌弃她吗?本姑娘用的勺子还不知道多少人抢着用呢,不高兴。可转念一想,若不是他煮的蘑菇汤,她也要饿肚子,两相比较,顿时觉得扯平了,便不再生气。

天黑之后,除了哗啦啦的流水声,森林之中一片寂静,透着一股阴森的诡异,为了安全,火已熄灭。

偃师师也不知道怎么了,开始觉得头疼眼热,接着悲从中来,似乎内心封存的所有悲伤事都要一涌而出,她平时极少流泪,哪怕师父离开了,她也没哭过,可此时眼泪却不受控制地流下来,她紧紧地抱着胳膊靠在树上,半步静静地在旁边守着,如以往一般,保护着她。

姬夜辰坐在一旁,像是感受到了什么,轻声说:"是害怕了?这里虽然黑,可我还是能看清东西的,不必担心。"

偃师师摇了摇头,擦掉眼泪,忘了黑暗中他也许看不到:"我也不知道为什么,吃了你这个蘑菇,我一个劲儿地想哭……难道是我太想那个老头儿了?"老头儿是她对师父的称呼,不过他走以后,她就再也不这么叫他了。

"老头儿是我师父,我平时话很少的,都是老头儿一直在说,说得我快烦死了,现在我找不到他了,反而有些想念他来烦我的那些日子了……"偃师师喃喃自语,说着一些平时都不会说的话。

"你不是说有师父也没什么好的吗?"姬夜辰嘴里说着,目光却不停地扫视四方。

"我只是这么一说,你就信了?他虽然严厉了些,可他还是很疼我的,所谓'一日为师,终身为父'。"

姬夜辰不知道说什么,只好"嗯"了一声。

偃师师被这毫无感情的一声"嗯"惹出了眼泪:"你就不能安慰一下我吗?"

姬夜辰挠挠头,说:"好……安慰你!"

偃师师等他有所表示,但是他说完那句话就再无反应了。

偃师师十分不解:"完啦?安慰呢?"

姬夜辰无辜地说:"我刚不是说了吗?……安慰你!"

偃师师有些抓狂,这个人到底会不会安慰人:"当一个女孩子说要安慰的时候,是希望你能说一些好听的话,哄她开心。那么,你现在说吧。过期不候!"

姬夜辰恍然大悟:"哦,你早说嘛!原来是这个意思。"

姬夜辰说完还是没动静,两人再次陷入沉默。

偃师师再次抓狂:"你又怎么了?你在等什么?"

姬夜辰说:"等过期啊!"

偃师师彻底崩溃:"我终于知道为什么有人要刺杀你了……"

姬夜辰目光疑惑,似在沉思,然而他接下来的话,更是把偃师师气得不行:"你能告诉我,他们为什么要杀我吗?"

偃师师气得站起来一瘸一拐地来回走,满腔怒火止不住地化作泪水流了出来:"啊啊啊!我真受不了了,你这个要死的笨蛋,你能不能闭嘴?记住,从现在开始,你一句话都不要讲,我讲,你听,看到我讲得开心了,你就跟着笑,看到我讲得难过了,你就跟着哭……不准摇头!"

她哭哭啼啼地讲了一个关于自己的故事:"那年老头儿——我也不知道那年他多大岁数,反正已经是老头儿了——路过一个村子,在一口枯井里救了一个小女孩,小女孩五岁……对,五岁,她忘了自己怎么掉进井里了,也许是因为不得已,或者是父母不想要她了,反正,从没有人来找过她……"偃师师记得以前她也问过师父,为何没人来找她,师父没回答,或许他也不知道怎么回答吧!

"老头儿带小女孩去了一个很美的地方,嗯,最美的地方,从此她和老头儿在那里住了下来。老头儿每日忙于研究机关术,可也不忘要求她学习认字、洗衣、做饭、打扫房子,她一开始总是抱怨,偷偷地把银子藏起来,想着有朝一日要离开老头儿。"

偃师师不禁苦笑,泪如泉涌,她哽咽着接着说:"老头儿教小女孩练武,她练了一段时日,摔得全身青一块紫一块,觉得老头儿肯定是故意的,就开始偷懒不练。老头儿知道以后,就把她关到一间石室里,让她面壁思过。那是一间藏书室,在里面除了书什么也没有,很是无聊,所以她今天翻翻这本书,明天翻翻那本书,倒也看了不少书。至于武功是一点儿进展都没有,老头儿无奈,就让她学机关术,她起初不愿意,直到有一天,老头儿带来一个人……"

偃师师记得那是她第一次见到半步,也是从那天起,她知道了什么是偃师,也决定要成为偃师。

偃师师沉浸在自己的回忆里,思绪飘忽,直到一只手突然捂住了她的嘴,拽着她躲在一棵尚未枯死的大树后边。

她挣扎道:"我还没……没说完呢,你……"

姬夜辰在她耳边低声道:"别说话,有人来了。"

偃师师停止挣扎,只见湖边不知何时亮起几支火把,十几名银衣蒙面人立于岸边。其中一人说道:"头儿,这里就一个湖,现在天色太暗,湖上什么都看不清,接下来该往哪儿走?"

领头之人目光扫向湖中,偃师师不由得抓紧姬夜辰的手,连呼吸都放慢,生怕被发现。那人看了看湖面,又低头看向手中,距离太远,偃师师看不清,只感觉他用什么东西在查探什么。心中一动,望向姬夜辰,寻思着难道是来找他的?

只听领头之人道:"罗盘到这里就失了方向,看来他就在附近。"一个蒙面人道:"头儿,这会不会又是他的诡计?之前这罗盘还好好的。"

领头之人冷笑:"这罗盘一直在我手中,他就算有什么诡计,又哪里能使得?不要胡说八道。"

"头儿,会不会他已经……"

领头之人冷哼道:"活要见人,死要见尸,准备火箭。"罗盘指针到此出了问题,而面前只有一个湖,不得不让他起了疑心。

"是。"一阵"唰唰"声响,火箭准备就绪。领头之人手一挥,"嗖嗖嗖……"十几支火箭划过夜空,射向湖中。

一片火光过后,星星火苗渐渐熄灭,湖中依然一片寂静。

偃师师瞪大了双眼盯着插在身旁的箭,她甚至听到自己怦怦的心跳声,若不是姬夜辰捂着她的嘴,她早已惊叫出声。

领头之人目光灼灼地注视着湖中,半晌,见湖中依然没有动静,他对身旁一人吩咐道:"把消息传回去,继续搜,他肯定跑不远。""是。"

那人拿出一只木鹊,装上信笺,木鹊展翅飞向天空。没人知道,木鹊飞上天空不久,一支箭悄无声息地射出,木鹊被射落。

岸边火光消失,偃师师僵坐着不敢动,过了一会儿,姬夜辰松了手,低声道:"走了。"

偃师师缓缓舒了口气,发现自己的泪终于止住了,没想到因为刚刚的情绪宣泄,心情居然轻松了许多,这些事情她从未与人说过,今日也不知怎么了,竟说了这么多。她看着姬夜辰,一时不知道该生气还是感谢,只好转移话题:"他们会发现我们吗?"

姬夜辰沉思一瞬道:"只要是不熟悉地形的人,是不会发现这里的,不过这里也不是久留之地。"

"看样子,这些人是冲着你来的。"偃师师说出自己的猜测。

姬夜辰笑得云淡风轻,压根没有被追杀的紧迫和愁容:"我想应该是吧!这里就我们两个人,肯定不是来杀你的。"

"你还笑得出来?"偃师师双眉紧蹙,想不明白这笨蛋为何如此轻松,"你就一点儿都不害怕吗?这些人一看就训练有素,不像一般的土匪恶霸,你和他们有什么仇恨?"

"一个人杀另一个人,很少是因为仇恨。"

"不想说吗?虽然我们萍水相逢,你撞了我,我也没怪你,可现在我们是同一条船上的人。"偃师师越说越生气,"我现在在保护你，你还把我当外人？"

"我自幼生活在昆仑，这是第一次下山。这些人是阻止我去南周国的。"姬夜辰平静的声音，听不出一丝波澜，"其实……我是南周国的太子。"

"南周国的太子？你是南周国的太子？"偃师师反复地确认，觉得有些胸闷气结，天下人谁不知道，南周国根本没有太子，南周皇帝连一个子嗣都没有。

姬夜辰道："我下山的时候，先生说，我是南周国的太子，因为小时候身体不好，被送到昆仑山治病，现在我身体好了，就要回去了。"

偃师师摇摇头，她怎么都不信，这南周国怎么就冒出了个太子？虽然南周皇族姓姬，可姓姬的人成千上万，不可能人人都是皇族。算了，出于对安全的考虑，偃师师暗下决心，等出了森林就赶紧分道扬镳，管他什么太子不太子的，还是小命要紧。

深夜，睡得迷迷糊糊，偃师师突然被人摇醒，她愣愣地盯着姬夜辰，还没开口，就被拽着一头扎进水中，冰凉的湖水扑面而来，让她清醒过来，她用力地想抽回手，可姬夜辰紧紧地拽着她朝湖底沉去，她不会水，只能任由他拉着下沉。隐约之中，似乎听到后面有什么东西落水。

两人离开不久，漆黑的小岛上突然亮起了火光，一位黑发老者出现在小岛上，他满脸皱纹，肩上站着一只烬冷鸦。

黑发老者冷声道："擅闯者，必杀之。"

知道是来了人，偃师师不敢再动，只是口中憋的气渐渐用完，呼吸变得越来越困难，胸腔像被压了块大石，脑中昏昏沉沉，终是忍不住拉了拉姬夜辰，指了指上面，又指指自己的嘴，意思是再不上去，我就要撑不住了。

姬夜辰没把她带上去，而是拉向自己，偃师师不知道他要做什么，下一刻他低头封住了她的唇，偃师师只觉脑子里"嗡"的一声，竟忘了呼吸。直到口中传来一口气她才明白他在给她渡气，唇上柔软冰凉的触感，让她有些说不清道不明的感觉。

湖面上又传来声响，偃师师突然想起了什么，急忙四下张望，可入眼处除了水还是水。以她对半步的了解，他一定会跟着下水的。姬夜辰做了个噤声的手势，指了指上面，偃师师明白，只不过目光又不自觉地寻了一圈。

两个人沉在湖底，水并不是很深，隐约能看到岸上的火光，若在白日，对方必然一眼就能看到他们。

小岛上，千机暗卫禀告道："莫长老，林中的闯入者都清理了。""可是公输家的人？"莫长老佝偻着身子，注视着湖面。

"回长老，不像是公输家的人，这些人似乎在追杀什么人，从身上搜出这个。"千机暗卫递过一卷羊皮纸。

莫长老枯柴般的手指接过展开，纸上画着一名男子，那样貌竟和姬夜辰一模一样。

"既是追杀，看来此人必然也在此。"莫长老浑浊的老眼掠过一抹精光，扫过一旁的黑驴。

"让人搜查这片湖，一定要把逃走的人杀了，绝不能让人把此地的秘密泄露出去。"莫长老将手中的画像递过去，接着道，"少城主之前传来消息，让我们防着公输家，去查查这个人是什么人。"

"是，长老。"

湖面上的声音消失，一眨眼的工夫，四周的火光越来越亮，岸上的人已经开始搜查这片湖。姬夜辰带着偃师师在水底轻轻地向前移动，隔一会儿给她输一口气。也不知游了多久，直到火光消失，湖底变得暗沉，像一个巨大的牢笼，让人莫名地感到恐惧、害怕。

偃师师闭着眼睛，不去看四周的黑暗，脑子里回想起那两人的对话，虽然听得不太真切，但是可以肯定这些人是要杀人灭口，也不知这里到底隐藏了什么秘密。而此时她更担忧的是没找到半步，也不知道半步怎么样了，会不会已经跟过来，想到此又急急睁眼望去，又是什么也没瞧见。

她只好默默地安慰自己，半步武功高强，一般人也伤不到他，一定不会有事。

就在她胡思乱想时，姬夜辰突然停了下来，似乎在扯什么东西，偃师师想起白天的时候能看到湖底有很多断木，可在湖底游了许久都没撞到，也不知道姬夜辰怎么做到的，在这么漆黑的水中，能做出准确的判断，避开所有的断木。还有这潜水闭气的功夫，想来也有半炷香的时间了，他似乎没什么压力，如果她也能学会，以后逃跑起来再方便不过了。

过了一会儿，姬夜辰又给她输了一口气，拉着她继续向前游去，偃师师感觉到好像进了一个洞口，流水变得快起来，两人顺着水流向前飘去。

第三章 湖心岛遇袭

第四章 神秘地下河

当头可以探出水面时,偃师师开始拼命地吸气,在水里待太久,久违的空气让她全身都感觉舒服了许多,眼前是一个大洞,四周的石壁上闪烁着点点荧光,像夜空中的繁星般,将整个洞都照得绚丽明亮。

"这是哪里?"偃师师抓紧姬夜辰的手臂,以免被水流冲走。

"看样子应该是地下河流,沿着水流,我们应该可以出去。"姬夜辰打量着四周的环境,做出判断。

"那些是什么人?他们似乎要杀我们灭口。"眼前的溶洞虽然美丽异常,但偃师师此时却无心欣赏。

"不清楚,但是这些人比那些刺客更危险。"

偃师师心中一惊:"那半步呢?会不会有危险?不行,我要回去。"

说完就向后游,她一只手拽着姬夜辰,一只手不停地划,然而水流依然带着他们继续向前。姬夜辰不出声,也不阻拦,偃师师挣扎半响,不禁有些气馁,开始抽泣:"那是我的亲人,我不能丢下他,师父只留半步陪着我,要是半步也不见了,我……"她想到以后只剩自己一人,越发伤心。

姬夜辰道:"我先送你出去,然后我再回来找他。"

"你如果真是太子的话,你可知道,你们南周皇族向来一言九鼎，你不能骗我。"偃师师边抽泣，边擦干眼泪。

"不管我是不是太子，我都不会骗你。"

见姬夜辰答应了，偃师师突然忙活起自己逃生的事："那还等什么？咱们快点儿出去吧！"

水流时缓时急，有深有浅。拐了个弯，眼前的洞顶变得触手可及，洞顶上挂着锋利的石乳，像一根根削尖的竹子，一不小心就会被划伤。姬夜辰一只手护在偃师师的头顶，一只手扶着她，两人半缩在水中，只露出口鼻，慢慢前行。

这地方幸好有石壁上的点点荧光，不然在一片黑暗中，肯定会葬身于此。过了这片水域，水洞恢复高度，地下河分出了很多支流，蜿蜒盘绕不知通向何处，宛如一个巨大的迷宫。

过了一会儿，姬夜辰选定了路线，两人继续向前，左拐右拐，也不知游了多久，眼前出现了一片石壁挡住了去路，这片石壁平整光滑，与旁边的石壁不同，怎么看都不像是天然的。

稍作休息，姬夜辰让偃师师深吸一口气，两个人再次沉入水中。沿着石壁一路而下，没几分钟石壁上出现了一个洞口，这个洞口很大，却不平整，像是硬生生被凿挖出来的，里面黑乎乎一片。

两个人进了水洞便朝上游去，水洞中虽然黑暗，好在没多久就出了水面。睁眼的一瞬间面前一片黑暗，慢慢地有了些微弱的亮光透过来，待适应了那个光亮，便发现和前面的溶洞一般，四周都是萤火虫。

借着萤火虫的光亮，两人发现这地方竟是一个大水潭，四周都是石壁，只有一处出口，出口立着一排铁栅，准确地说，是一排残破的铁栅。

透过铁栅能瞧见外面有一条布满萤火虫光带的通道，而此时这条光带，更像是一条通往光明的希望之路。

第四章 神秘地下河

看来那里便是出口。偃师师有些喜出望外，正准备爬出去，突然水中有什么东西一把抓住她的脚，偃师师一惊，"啊"的一声就叫了出来，身体不由自主地往下沉，好在姬夜辰一直扶着她，还没等下沉，就把她拽了回来。

偃师师抓紧姬夜辰，也不管是什么，一抬脚就踹了过去，嘴里哆哆嗦嗦地喊着："水里，水里有人。"那人依然抓着她不放，偃师师又惊又怕。

姬夜辰一手搂着她，一手探入水中，把那手拉了起来，偃师师已经想好，不管是谁，先暴打一顿再说。

被抓上来的人穿着一身黑衣，从头到脚包裹着，一手依然抓着偃师师不放，偃师师瞧了瞧，突然哈哈大笑起来："半步，我就知道你会跟来的。"

此人正是走失的半步，半步木讷地点点头，抓着偃师师的手这才慢慢松开。

瞧见了半步，偃师师心里的大石终于放下，高兴的同时，忽然发觉有什么不对。她正搂着姬夜辰，火烧般的红晕渐渐爬上面颊。

她恼羞成怒："你放手。"姬夜辰依言放手。

姬夜辰松手后，偃师师的身体开始慢慢下沉，她又急忙抓紧他，又气又急："你……你……"

姬夜辰道："你让我放手的。"

偃师师感到憋屈，话确实是自己说的，自己还怪不得他，最气的是，他竟然真的放手了。

"我……我是有让你放手，但是你可以把我放到岸上啊！"

算了，算了，看在他这张好看的脸的分上就不和他计较了。况且现在是性命攸关的时刻，她一向以命为重。

姬夜辰依言将她拖到岸上。偃师师张口刚想说什么，姬夜辰已走到一旁整理衣裳，压根没看她一眼。

偃师师想说的话又憋了回去，最后只好深深地吐了口气。

出了水潭，面前只有唯一的一条通道，一条比一般的长廊还要宽敞数倍的通道，偃师师比画了一番，发现即便是拿着神夜伞张开双臂也触摸不到两旁的墙壁。

偃师师站起身试了试，脚上的伤没有传来痛感，看来是没有什么大碍了。三人沿着这条布满萤火虫之光的通道往前走去。这是一条斜坡式的通道，透着一股淡淡的怪异的味道，说不出是什么。

偃师师此时的心思不在这儿，眼前的萤火光带在洞顶上形成一片美丽的"星空"，仿佛近距离地站在夜空中一般。她忍不住发出赞叹："这真是太美了！"适才在地下河中，她心中有牵挂，并无心思欣赏美景，这会儿放下心来了，倒是被眼前的梦幻景致所迷。一路走着蹦着，笑语连连，姬夜辰见她如此，竟莫名地感到开心。

正高兴着，脚下忽然传来一道清脆的响声，偃师师轻"咦"了一声，好奇地将地上被踩断的东西拿起来，入手很轻，借着萤火虫浅绿的光芒，那东西森白中带点儿淡淡的绿，赫然是一节白骨。

随着一声惊呼，偃师师二话不说将手中的白骨丢了出去，撒腿就往回跑，嘴里不停地喊着："死人啦！死人啦！"紧接着一头撞到半步身上，疼得她龇牙咧嘴。

姬夜辰伸手接住丢来的骨头，淡淡说道："这是动物的骨头，并不是人骨。"

"你确定是动物的？"偃师师揉着被撞疼的脑袋，躲在半步身后。

"嗯，而且这条通道上还有很多。"姬夜辰说得轻描淡写，只是随意地扫了眼四周。

偃师师这才发现，原来通道的地上有许多散乱的骨架，目光随着散乱的骨架落在两侧的萤火光带上,在光带下那里堆满了森森白骨,偃师师感觉头皮发麻,此时一行三人犹如行走在地狱之中。虽然只是动物的尸骨,只不过这数量也太多了。

姬夜辰问:"你害怕吗?"

"我当然……不害怕,这有什么好怕的,萤火虫都不怕,我怕什么?"偃师师为自己狡辩,身体却老实地藏在半步身后。

姬夜辰笑了笑,萤火虫在他身旁缭绕,衬着他俊逸的脸,仿若神明,偃师师发现自己又走神了。

"我们走吧!"姬夜辰说着朝前走去。

偃师师犹豫了半晌,这才缓缓跟上。

虽然不知道这里为什么有这么多的尸骨,不过有一点可以肯定,既然动物能进来,那肯定有出口。

除了半步慢慢悠悠地走着,两人都加快了步伐。约有半炷香的时间,到了通道的尽头,尽头被石门挡住,两人推了推,没动静,偃师师琢磨着要怎么弄才好。师父曾说过,若是机关必然有其运作的机关弦,只要找到机关弦就能将其打开,只是这个机关弦会在什么地方呢?

偃师师边琢磨着,边看着姬夜辰敲打石墙,心中感叹,这个笨蛋,不会以为敲敲门就有人来开吧!那真是神奇了。不过这神奇的事情还真发生了,就在他敲打了一阵后,那石门竟莫名其妙地升了起来,露出一条通道。

偃师师站在姬夜辰身旁,啧啧称奇:"你是怎么做到的?"

姬夜辰没有回答,只是指了指地上,偃师师低头一看,发现他脚下的地面有一块石板陷了进去,这石板在门的一侧角落里,看来他也是走了狗屎运才踩到的。

石门后也是一条通道,通道向左侧倾斜向上,宽度与之前一样，不同的是，通道中没有萤火虫，两侧墙壁上每隔一段距离点着一盏油灯，昏黄的油灯将四周照得朦朦胧胧，空气中那股怪异的味道变得浓烈了些，夹杂着淡淡的腥臭之味。

三人不再停留，朝通道走去，刚进入通道，石门就自动关闭，少了萤火虫的光芒，这里显得有些阴森，不过地上没有了白森森的兽骨。油灯昏暗，四周看得不真切，待走到第一盏油灯下时，借着昏黄的灯光，才发现两侧各有一个牢笼，牢笼被粗大的铁链锁着，笼子里的地面上黑乎乎的不知道放着什么。姬夜辰取下油灯，将笼子照得清晰了些，那地上放着的原来是一堆兽皮。

又走到第二盏油灯下，两侧的牢笼中除了兽皮还有一些胫骨之类的东西。看来这些东西是从前面通道中那些兽骨身上剥下来的。

第三、第四盏灯下也是这类东西，直到第五盏灯下，笼子里没有兽皮、胫骨，而是关着一只活生生的野兽，准确地说是一只野豹，野豹的脖子上套着锁链，见了人也不怕，只是盯着他们，过了一会儿便又趴下，看样子竟有些奄奄一息。

再往前走，几个笼子里都装着活生生的野兽，豺狼虎豹皆有，有些叫不上名字，这些野兽见了人有的趴着不动，有的发出低沉的吼声，偃师师数了数，这里关着的野兽不下十只。

他们心中的疑惑更甚了，这么多的野兽在此，一定不是普通的猎户所为，此地可疑，还是快点儿出去才好。

偃师师道："算算也快到地面了，这一次咱们走快点儿。"

姬夜辰点了点头。

第四章　神秘地下河

第五章　误闯千机兽城

有了前一次的经验,这次没花多少时间就找到了石门开关。亮光随着石门打开照进来,这条通道比之前更明亮了些。

"看来这里也有兽骨。"偃师师说着朝里面走去,也没在意,半步跟着她,慢悠悠地走着,姬夜辰却盯着那处白骨不动。

这条通道灯火通明,不过与之前的通道有些不同,不是斜坡向上。这里道路平坦,而且比之前的通道都短了许多。左右两侧的笼子里隐约能看到野兽,想来与上一条通道一样,只不过空气中弥漫的腥臭气味更浓了。

"这不是兽骨。"姬夜辰望着石门角落,那里堆着几副人骨架,看样子死去许久。

"这里除了野兽什么也没有,不是兽骨还能是什么?"偃师师不以为意,边走边道,"咱们快些走吧!"

姬夜辰不再多言,收回目光,跟了上去。

没走几步他又停下来,如墨般的眼眸望着牢笼中的野兽,此时两旁被关在笼子里的野兽正慢慢地站起身来,猩红的瞳孔注视着他们。

"看来走完这条通道就可以出去了。"偃师师回过头笑道,却见姬夜辰站在通道中间不动,她好奇地准备走过去。

姬夜辰突然道:"别动。"

偃师师不动，问道："怎么了？"

没等姬夜辰回答，两旁笼子里的野兽都走了出来，算一算竟有十几只，这些野兽眼睛猩红，头和四肢上都插着黑色木状物，额头上镂刻着一朵暗夜葵花纹。每只野兽四肢上都镶着锋利的钢爪，嘴里巨大的獠牙在火光中泛着森寒的光。

三人渐渐被围在中间，姬夜辰依然不慌不忙，手指轻轻敲打着衣袂，半步的剑已出鞘拦在偃师师身前。

偃师师在见到这些野兽时，心中就有了猜测，只是不敢确定，她喃喃自语道："这难道是传说中的傀儡兽？"

姬夜辰问："傀儡兽是什么？"

偃师师道："傀儡兽就是训练活的野兽炼制成的傀儡，这必须在野兽活着的时候进行，成功率很低，不过一旦炼制成功，那就是有力的战斗武器。只不过这样的机关术已经失传多年，被列为禁忌之术，怎么会在这里出现？"偃师师有些不敢相信，若真是傀儡兽，那今天他们三人想要出去怕是难了。

这时突然传来一个阴冷、略显沙哑的声音："想不到你一个小姑娘竟懂得这么多，看来对机关术也颇为了解，不过可惜了。"

"可惜什么？你是什么人？"这声音似乎在哪里听过，偃师师循着那声音问道。

"他便是小岛上的那个人。"姬夜辰轻声说着，目光望向左侧的墙壁。

原来是那个老头儿，难怪声音听起来有些熟悉，看来他们当时要杀人灭口，想要隐藏的只怕是这里的秘密吧。

那声音又响起："可惜你们今日将葬身于此，没有人被抓来这里还能活着出去的。至于老夫是何人，死人是不需要知道的。"

"装神弄鬼，你既然猜到我擅长机关术，那你就不担心我把你的傀儡兽都拆了？"吓唬人谁不会啊？偃师师冷笑，看来这老头儿还不知道他们是从水里误入这里的。

"小姑娘伶牙俐齿，老夫倒要好好瞧瞧你如何拆了我的傀儡兽。"老者话音刚落，一旁的傀儡兽都动了起来。

"等会儿，有话好商量。"偃师师急忙喊停，此时可不是逞强的时候，还是小命要紧。

"小丫头，你还有什么话要说？"

偃师师话锋一转，可怜兮兮道："老先生，我们也是误入此地，我保证，我一定不会把您的秘密说出去的，我可以签字画押。"偃师师说得诚恳，为了小命，就算让她跪地求饶她也愿意。

"既然是秘密，那只有死人才能守住。"老者阴恻恻地笑道。

随着声音消失，四面八方的傀儡兽都攻了过来，锋利的钢爪呼啸而下，偃师师心里暗暗叫苦，挥着神夜伞护着自己和姬夜辰。半步武功虽好，但是杀招落在傀儡兽身上都伤不到它们分毫，只因这些傀儡兽身体的硬度堪比铁石，不过在他凌厉的招式下，这些傀儡兽也近身不得。

姬夜辰突然道："你这伞真特别。"

这时候你还有心思研究我的伞，偃师师心里抓狂，嘴上却淡定道："这是师父留给我的宝贝，我也是第一次用来挡野兽，也不知道能挡多久，你快找找出口。"

姬夜辰手指依然敲击着衣袂，目光一一扫过面前的傀儡兽，道："刚才那人的声音是从左边传来的，我们往那边走。"

偃师师应了声"好"，三人慢慢地朝左侧挪去。

到了墙根处，半步挡在前面，两人躲在他身后，这样就不用再腹背受敌了。

姬夜辰道："这些野兽刀剑不入，看来只能拆了。"

偃师师以为他指的是她之前说的话,她强笑道:"要拆要拆,你先找出口,我来研究研究怎么拆。"这话都相信,真不知道这笨蛋脑子里都在想什么,本姑娘现在要能逃早就逃之夭夭了,还拆,不要命了?

偃师师配合半步挡住傀儡兽的攻击,姬夜辰寻找石门开关,他在墙上摸索一阵,身后的石门突然被打开了,他有些疑惑,他并没有触到机关。偃师师已经躲了进去,门后是一段朝上的台阶,本以为石门会像之前的通道一般自动关闭,没想到,这一次石门没有关闭,傀儡兽追了出来,三人只能边挡边退。

台阶前面出现一个大厅,中间有一个凸出的高台,黑发老者佝偻着身子站在高台上,看着出现的三人,脸上没有丝毫的震惊之色,仿佛早有预料。

偃师师有些后悔,她突然觉得如果他们现在还在水中该有多好,也不用像现在这般进退两难。

十几只傀儡兽步步紧逼,而大厅里几十只傀儡兽虎视眈眈,真是前有狼后有虎。

黑发老者道:"能够坚持这么久,还真是难得。小丫头,老夫便给你一个机会,瞧一瞧你要如何拆解这傀儡兽。"

"拆便拆,老头儿,到时你可别后悔。"

听这声音偃师师已经猜到这个老头儿就是之前在通道中说话的那人,她低声对姬夜辰道:"快找出口。"

姬夜辰盯着面前的傀儡兽,置若罔闻。

"你若真能拆了这傀儡兽,老夫便放了你们。"黑发老者话音落下,傀儡兽开始攻击。

傀儡兽比一般野兽的攻击性强,再加上身上装有金属武器,一只傀儡兽的攻击,相当于四只普通野兽的攻击。可想而知几十只傀傀儡兽的攻击将有多可怕。

　　傀儡兽从四面八方扑来，三人被困在中间，半步武功再好也只能护住一方。一拨攻击下来，偃师师感觉两手发麻，握着伞的手有些颤抖。姬夜辰一双眼眸越来越幽深，手指敲动的速度越来越快。

　　傀儡兽的攻击还在继续，又是一拨攻击袭来，偃师师手中的神夜伞险些脱手，虎口隐隐传来痛感，当第三拨攻击袭来时，偃师师被撞了出去，整个人重重地摔在地上，身上的疼痛感使她站不起来。

　　黑发老者满意地看着面前的厮杀，布满皱纹的脸上露出一抹阴冷的笑容。

　　几只傀儡兽朝偃师师冲来，偃师师一边将神夜伞护在身前，一边射出袖箭攻击。如预料中的一般，袖箭并没有起到任何作用。傀儡兽的攻击没有被挡下来，偃师师一边的衣袖被兽爪撕开，锋利的钢爪在手臂上留下几道刺眼的刮痕，雪白的肌肤上渗出一抹鲜红。

　　还没来得及体会疼痛，傀儡兽又分别从四方扑来，偃师师知道这一次挡不住了，四方的攻击不论她挡住哪边，其他方向的攻击都会将她撕碎，看来今日真的要死在这里了。

　　她握紧伞，闭上了眼睛。

　　那一刻，世界突然就安静了，她突然想起师父，那个一起生活了十年的老人，他经常对她说："人一定要靠自己，没人可以保护你一辈子。"她当时不在意，总觉得师父会保护她的，后来他离开了，她便懂了，可现在她却没保护好自己。师父，他一定又要训她了。她又想起五岁那年，母亲把她丢到井里。她一直都记得，只是不停地告诉自己，她是自己掉进去的，不是母亲不要她了。她发现自己已经记不清母亲的脸，脑海中只留下一个模糊的轮廓。母亲，还记得她吗？

当人闭上眼睛，其他感官便会放大，她似乎听到了风声，轻轻地从耳边呼啸而过，她感觉到了风带起衣袂而飞舞，这感觉就像迎着风站在山顶上一般。

许久之后，或许只是一眨眼的工夫，又或许是一盏茶的时间，总而言之，预料中的痛苦没有到来，她撑着伞的手渐渐浸出了汗水，等待死亡比死亡本身更让人恐惧。手臂上传来的痛感，就像在告诉她，她还活着。

偃师师睁开眼，手中的伞缓缓抬起，一身青色外衣的他立在她身前，傀儡兽将他们围在中间，他看着她轻轻一笑，她怔怔地望着他，那一刻，他如至高无上的神明般，带着无限光明驱散她周围的阴霾。

紧接着，身旁的傀儡兽一个接一个倒下，偃师师惊愕得下巴都快掉下来了。

她觉得自己一定是眼花了，揉了揉眼再看去，那些傀儡兽都躺在地上一动不动，头部和四肢上的黑木都被拔出，那样子竟像是被拆解了一般。

高台上，黑发老者手指一动，剩余的傀儡兽都停止了攻击。地上损失的傀儡兽，使他脸上的皱纹又深了几分，浑浊的老眼盯着姬夜辰，以他的眼光，那一刻竟没有瞧清楚这个年轻人是怎么做到的。

半步僵硬地挡在偃师师身前，姬夜辰蹲下身给偃师师包扎伤口，就像上次他给她包扎脚踝那般，很轻很柔。

他说："只是皮外伤，没有伤及筋骨。"

偃师师看着他，愣愣地点点头，脑子里还在想刚才的那一幕。

她突然想起什么，冲着高台上的黑发老者道："老头儿，你说话可算话。"

第五章 误闯千机兽城

黑发老者原本苍白的脸，显得更苍白了，嘴角露出一抹诡异的笑容："老夫说话自然算话。"

墙上忽然裂开一扇门，亮光透了进来，偃师师对姬夜辰道："我们走。"姬夜辰点点头，三人朝那扇门走去。

偃师师边走边留心黑发老者，总感觉这个老头儿不会这么轻易地放过他们。当她看到黑发老者手抬起时，她喊了声"小心"。紧接着，三人随着裂开的石板掉了下去。

高台上，黑发老者喃喃自语道："也该喂点儿新鲜的了。"

这时一名千机暗卫急掠而来："莫长老，湖心岛四周以及湖底都已查过，没找到画像上的人。"

"嗯？人不是已经抓回来了吗？怎又说没找到？"莫长老挥挥衣袖，接着道，"算了，不用找了，现在已经喂狮鲛了。"

千机暗卫领命退下，又一名千机暗卫急掠而来："禀莫长老，狮鲛跑了。"

"你说什么？"

"属下刚查探，狮鲛已不在萤火窟，铁栅也被撞破，只怕已经逃回水中。"千机暗卫禀报完，站了许久也不闻回应，抬头才发现莫长老已经不在了。

……

黑暗中，一连串的惊呼声从偃师师嘴里发出，她想这回死定了。许久之后，三人砸入水中，偃师师感觉自己灌了好几口水才被人拎起。熟悉的浅绿光带出现在眼前，面前残破的铁栅栏暗示着他们又回到了原点。

偃师师虽然不知道那老头儿为何要将他们丢进这里，但是想要杀他们是不会错的。

"走走走，从地下河另找出路，这里太危险了。"偃师师催促姬夜辰和半步道。

三人再次沉入水中。

蒹葭海边有个大湖叫风暮湖，风暮原上的大小湖泊都会随着季节迁移，只有这儿的风暮湖千百年来位置一直未变。

此刻平静的湖面上，突然传来一阵水声，接着水中冒出两个人，两人爬上了岸，正是那沉在水中的姬夜辰和偃师师。

偃师师靠在一块大石上，大口地喘着气，姬夜辰在一旁盘坐。此时朝阳初升，晨风拂来，朵朵蒹葭花如雪般飘荡在空中。

这里便是风暮湖吧！偃师师有些诧异，没想到地下河竟然能通到这里。

湖面上一片平静，半步还未上来，身旁姬夜辰闭目调息。偃师师捡了些蒹葭草，敲击燧石点燃，坐在火边，慢慢地烤着衣服。忽然她想起什么，忙从背上取下神夜伞，撑开伞。神夜伞外白里黑，白的一面衬着几片桃花花瓣，清清雅雅；黑的一面犹如夜晚的星空。伞柄漆黑如墨，上面刻有一行小字：十年生死两茫茫。

偃师师伸出手抚摸着这排小字，轻轻地念着，伞是师父离开的前三天给她的，那天她在石室里试着做一把机关弩，师父总说她笨手笨脚，她偏不信，想着做好机关弩证明给他看，试了很久，装了拆，拆了装，忙得不亦乐乎。回头时，师父不知道何时站在身后，伸手敲了敲她的脑袋，递给她一把白伞说："收好了，这可是宝贝。"

她当时吓了一跳，指着白伞，气呼呼地说："少忽悠我，这就是一把普通的伞，能有什么用？"

师父笑呵呵地说："它叫神夜，以后你就会知道它的好处。"想来师父当时已经准备离开了，只是她不知道罢了。

直至今日，偃师师也没能完全摸透这把伞，只知道里面暗藏

第五章 误闯千机兽城

着很多机关。如果单论价值的话,这可能是她全身上下最值钱的东西。

检查完神夜伞无损之后,偃师师这才小心地检查手臂上的伤,也许是在水中泡了太久,衣裳上的血迹都消失了,只不过那手臂上的疼痛,让她忍不住吸了几口凉气,乖乖地不敢再动。

半步依然未上岸,偃师师等待的同时,打量起身边闭目养神的男子,经过一夜的逃亡,衣裳有几处已经撕开,可依然掩盖不了他清雅脱俗的气质。

半炷香的时间过去了,姬夜辰还未醒来,衣服在火烤和晨风的吹拂下,已经干得差不多了。

就在她胡思乱想时,身后传来一阵掠空声,蒹葭海中突然跃出一群银衣蒙面人,迅速地将两人围在中间,偃师师急忙挡在姬夜辰身前,紧张地说:"你……你们是什么人?要劫财的话,我身上可没有钱了。"她说的都是实话,因为随身带的包袱都丢在小岛上了。

一个穿着一身黄色衣衫的男子从人群中走出来,站在偃师师面前,他五官俊朗,眼中寒星点点,微抬着下巴,神态倨傲,手中拿着一个木状的圆盘。偃师师隐约记得在小岛上蒙面人手中似乎也有这个,当时距离远没看清,此时细看之下,发现这是一个罗经仪。

罗经仪可以用来寻找特定人或特定事物的方位。为黄杨木所造,中间一天池,内有磁针,外圈各层之间分各星辰的方位,相互配合,工序十分复杂,打造之人还需上通天文下知地理,方能让所造出的罗经仪感应所寻之物,得出准确的位置。偃师师虽然在机关术方面笨手笨脚,好在她被师父逼着背了不少机关方面的书,理论知识比较扎实。

难怪这些刺客能这么快速找到这里,靠的就是罗经仪的定位能力，看来姬夜辰身上必然有什么可以让罗经仪感应得到的东西。

黄衣男子将罗经仪收入怀中，目光在偃师师身上上下打量，嘴角露出一抹意味不明的笑："倒是风流。"

"什么风流雨流？你们到底是什么人？"偃师师强装镇定，怒瞪着黄衣男子，这人有病吧？

黄衣男子的目光落在偃师师腰间的木铃铛上，铃铛上刻着蔷薇缠绕着一只眼睛的花纹，眼眶里镂刻着一道醒目的刀痕。

"一目机关师，有趣！"

他居高临下的姿态让偃师师气得牙痒痒。狗眼看人低，一目机关师怎么了？我好歹也是一名真正的机关师，你算什么东西？然而这些话她也只是在心里咒骂，相比此时的危机，还是命比较重要。

天洛大陆的机关师需要由机枢处来评定，每个想成为机关师的人，要通过机枢处的考核，并根据所造之物来评定机关等级。

以木铃铛作为机关师唯一的认证标准，木铃铛以木为质，能发出金石之声，内部机构复杂，不易被外人复刻。木铃铛上有个蔷薇眼，根据眼内横线的数量多少分为一至十目机关师，横线越多等级越高，等级越高代表机关术越强。而只有拥有木铃铛的机关师才能参加十年一次的机关大赛。

第五章　误闯千机兽城

第六章　风暮部落

察觉到身后有动静,偃师师想都没想就躲到姬夜辰身后,她本就胆小,此时身上又有伤,半步也不在,之前一直强装着,现在姬夜辰醒来,她自不用逞强。

黄衣人没理会偃师师,目光落在姬夜辰身上,冷笑道:"你若是不回来,今日也不会死在这里。"

姬夜辰理了理衣裳上的皱褶,沉默着,没有接话。

黄衣男子也不生气,接着道:"说吧,临死之前你还有什么遗愿未了,兴许我一高兴就答应了你。"

姬夜辰面色平静,认真道:"我还不想死,自然是没有什么遗愿,杀人不过头点地,说起来倒是轻巧,只不过人一生只有一命,当好好珍惜才是,先生一直都告诫我,要与人为善,只有你对别人好,别人才会对你好,你说是吗?"

黄衣男子听后一怔,怒道:"怪只怪你不该回来,有些东西我们都太想要了,而你,就是那个唯一阻碍我的人。"

姬夜辰想了想,摇摇头说:"我没什么东西想要的,你想要就拿去吧!"

"你说得倒是好听,不想要你为何回来?没有人是不想要的,最后给你一次说话的机会,也算对得起你那死去的爹了。"黄衣男子冷冷一笑,心中已打定主意,今日无论如何都不会放过他。

姬夜辰再次沉默，偃师师听得一头雾水，理不清这些人到底有什么仇什么怨，她低声对姬夜辰道："你打得过他吗？"此时半步不在，她又不会武功，只能依靠姬夜辰了。

"你不是说过你会保护我的吗？"姬夜辰反问道。

"我当然会保护你，只是我……我打不过他，你先哄哄他拖延时间，咱们再想办法逃。"偃师师尴尬地为自己辩解，她若能打早将这些人狠揍一顿了。

姬夜辰"嗯"了一声，似乎明白了，对黄衣男子说道："我还不想死，你们可以先走了！"

偃师师只觉得眼前电闪雷鸣，好想一掌拍死他，再看黄衣男子那像看白痴的眼神，似乎已经按捺不住要杀了他了，偃师师忙讪笑道："公子莫急，莫急，容我好好劝劝他，说不定都不用你们动手，他就……"偃师师做了一个抹脖子的手势。

黄衣男子冷哼一声，此时胜券在握，谅他们也逃不出他的手掌心，他倒是不急着动手。

偃师师忙又压低声音说道："你是不是傻？他连面具都没戴，那就是说我们必死无疑，要杀人灭口，怎么可能放我们走？你……你别再激怒他，说点儿好听的，不然我们马上就要死在这里了。"

姬夜辰望了眼湖面，说着毫不相干的事："你们现在走还来得及，趁着天色尚早，方便赶路，路上也安全些。"

偃师师翻了个大白眼，差点儿晕过去，黄衣男子终于失去了最后的耐心，手抬起，十几名刺客蓄势待发，就等他一声令下。

"你们已经错过最后一次机会，明年的今日就是你们的忌日。"黄衣男子孤傲的面容带着不容置疑的肯定，就像在看着死人，抬起的手就要落下。

突然，他一个侧身急急跃向一旁，一把剑斜斜地擦过他的肩头，带起一片衣角，这把剑很长，剑的一端握在一个湿漉漉的黑衣人手中。

电光石火间，所有人都为之一愣。偃师师看清来人，想都没想就冲了过去。

"半步，你总算回来了，我还以为你又迷路了。"偃师师看着黑衣人，担忧中带着重逢的喜悦。

来人正是半步，半步眼神呆滞，一动不动，仿佛没听到偃师师的叫唤。偃师师有些疑惑，感觉他有些异常，正要查看，只听黄衣男子喝道："把这个人给我杀了。"言语中很愤怒。

几名蒙面人守着姬夜辰，其他的都冲了过来，半步依然站着不动，似乎没看到即将到来的危险。

当锋利的刀锋砍下来时，他的手动了，剑如闪电般划过，半步的招式没有太多花样，但每一招都是杀招，要的就是一击毙命。敌方人数虽多，却近不了半步的身。

剩余的蒙面人一拥而上，偃师师躲在半步身后，袖中的短箭悄悄射出，偷袭身边的一个蒙面人，等他中箭瘫倒在地后，她一脚把他踹开："让你作恶，现在知道我的厉害了吧！"

偃师师见半步一个人挡住了所有的蒙面人，心想姬夜辰这边暂时安全了。抬眼望去，却见黄衣男子已抽出剑，一剑向姬夜辰刺过去，那个书呆子却站着不动，目光淡淡地注视着来剑，只有手指在快速地敲击着衣袂。

危急关头，他到底在算什么？偃师师心急如焚，按动机关，短箭"嗖"的一声射向黄衣男子，黄衣男子身形一滞，挥剑挡开，剑身借着身体的转势依然奔着姬夜辰而去，偃师师心道不好，再想发箭已经来不及，眼见黄衣男子的剑就要刺到姬夜辰的胸口。

这时姬夜辰手指停止敲动，神情自若，就在剑尖即将刺到胸口的一瞬间，他一个优雅的侧身巧妙地避开来剑，黄衣男子有些始料不及，原本以为一招得手，没想到他竟然能避开，反手又是一剑刺过去，姬夜辰像是早就料到，后退三步，剑尖擦身而过，黄衣男子飞起一脚，踢向姬夜辰面门，姬夜辰向左偏一步，一掌拍在黄衣男子的小腿外侧，这一掌看似无力，然而黄衣男子只觉脚上一麻，急忙向后跃开。

黄衣男子冷眼怒视着姬夜辰，脚上传来的颤抖，让他有些站不稳，更让他吃惊的是，据查探的消息，这个人从小体弱多病，手无缚鸡之力，没想到他竟然是深藏不露的高手，这更是激起了"必须杀他"的决心。

黄衣男子武功不弱，稍一停顿又一剑刺出，一剑快似一剑，剑剑都刺向姬夜辰的要害。姬夜辰犹如闲庭信步一般一一避开，时不时借机拍在黄衣男子身体某个部位，两人交手十几招，黄衣男子一剑也没伤到他，自己却变得越来越力不从心。

偃师师看得两眼星光闪闪，惊叹连连，太厉害了！这哪像个书呆子？他此时的样子可一点儿都不呆，眼神冷厉，身法巧妙，每一步都恰到好处地避开杀招，简直像一个世外高人。

一番赞叹之后，偃师师放下心来，这个书呆子看来是不需要她担心了。这边蒙面人伤残过半，看来也坚持不了多久，她正暗自高兴，突然发觉有什么不对，半步的剑依然在挥舞着，却不若之前凌厉，身体中似乎隐隐传来"咔咔"的声响，之前就觉得他有些异样，此时挨近仔细听更是发觉不对。偃师师不由得有些担心，悄悄地伸手摸向半步的背部，背部湿漉漉的，但没有伤口，难道是因为在水中泡了太久，身体内部受了损伤？她心想，战斗结束一定要好好查看一下。

黄衣男子不知何时停了下来，颤抖地站着，手中的剑有些握不

第六章　风暮部落

稳了，被姬夜辰拍到的各处，隐隐传来麻痛感，他想不明白这是什么武功招数。

其中一个蒙面人上前扶住他，说："少主，现在情况对我们不利，我们还是先撤吧！"

黄衣男子此时正在气头上，闻得此言，更是火大，怒道："废物，你们一个个都是废物，要你们杀个人都杀不了，我留你们何用？"手中的剑提起来，一个不稳又掉在地上。

这时半步突然僵硬着朝黄衣男子走去，偃师师不明所以，喊了两声，见他并未理会，奔上前拉他，他一把将她推开，力道之猛，偃师师一个不稳，跌坐在地上。姬夜辰急忙过来将她扶起，偃师师心中着急，又不敢再靠近，半步从没有这样过，她知道他肯定出了问题，但现在又束手无策，只能看着他到底想做什么。

半步僵硬地向前走去，木讷的双眼紧紧盯着黄衣男子，手中的长剑在地上拖出一条冰冷的轨迹，剑上的鲜血顺着剑身一滴滴滑落，融入泥土，就像此时隐入云层中的阳光般，看不见原来的色彩。

蒙面人将黄衣男子护在身后，慢慢向后退，这个黑衣人武功高强，他们是领教过了，此时都不敢轻举妄动；可他们忽略了，一向高贵的主子岂受得了这样的羞辱？

突然，黄衣男子面上现出一抹狠戾，从怀中掏出几个铅丸愤怒地朝前掷去，吼道："都去死吧！"

偃师师认出那是雷火堡制作的大规模爆炸火药"雷火丸"，这种火药杀伤性极强，制作不易，而且……

"危险。"偃师师喊出声，姬夜辰一把将她扑倒，她只来得及将神夜伞挡在两人身前，这样的爆炸，希望神夜伞能扛下来。

巨大的爆炸声响起，震耳欲聋，浓烟滚滚，什么也看不清楚，偃师师只觉得耳中"嗡嗡嗡"直响。

过了好一会儿,她感觉身体能动了,除了手臂上原来的伤口隐隐作痛,其他的地方倒是没有受伤。姬夜辰已经坐起,伸手将她扶起来,他也没有受伤,看来神夜伞的防护起了作用。

偃师师急忙四下张望,寻找半步。透过渐渐消散的烟尘,她看到半步依然站着,身上的衣裳已经破损,破开的皮肤可以看到里面并没有血肉,而是一些半金半木的材质。

这时黄衣男子不可置信的声音响起:"竟然是傀儡人。"

偃师师一阵心痛,心想,完了,半步的秘密被发现了。

半步是师父制造的傀儡人,也是当今整个大陆最先进的傀儡人,他的外形与真人无异,一般人根本无法分辨。而半步的制作工艺却是很多机关师穷尽一生求之不得的,如果泄露出去,被一些险恶之人拿到,谁也无法预估会带来怎样的灾难。偃师师不敢想象。

"把他抓起来。"黄衣男子喊道,这样战斗力的傀儡人他还是第一次见,宫里那些高等级的机关师只怕都研制不出来,若能得此机关术……他目光一转落在偃师师身上,似乎这个傀儡人是她的,看来先抓了这个傀儡人和这个少女,再杀姬夜辰也不迟。

剩下的三个蒙面人慢慢地向前靠近,毕竟半步之前的战斗力让他们不敢掉以轻心,哪怕他如今是这个样子。

然而还没等蒙面人靠近,半步突然回头对偃师师露出了僵硬的笑容,那原本被黑袍遮掩的面容虽然有些僵硬,却极为俊朗,他指指刚刚爆炸的地方,又指指自己胸口,像是在跟偃师师说什么。

偃师师分辨了一下,看懂了,他的意思是:"这个能爆炸的东西,我也有!"

半步比画完要说的话,身体就忽然抖动起来,随着抖动越来越厉害,突然从他身上散发出强烈的光芒,犹如太阳的万丈霞光从云

第六章 风暮部落

层中透出一般。所有人都来不及反应，就进入这无尽的光明里。

"是自爆。"偃师师惊恐的声音被半步巨大的爆炸声湮没，接下来她便失去了意识。

在黑暗中不知过了多久，偃师师感觉自己好像在一个人的背上，那人一直在走着，前面的路似乎没有尽头。

从喉咙流入的液体再次将她的意识唤醒，她贪婪地吸饮着，干燥的喉咙得到滋润，就像枯竭的油灯终于有人给它浇灌了油，它重新燃了起来。

她感觉意识比之前强烈了很多，她能清晰地感觉到身体的变化，虽然还是没有力气，但是比起上次没有那么疼了。她张张嘴说了些什么，等了许久没有回应，最后她把自己说累了，又睡着了。

直到某一次，有人再次给她喂水的时候，她终于睁开了眼睛。

那是一个清丽秀雅的女子，长而黑的头发扎着珠链辫，穿着一身艾绿色的袍服，这是她没见过的装扮。

那女子轻轻吹着碗里的水，一抬头看见偃师师正看着她，先是一愣，接着笑道："你终于醒啦，太好了！"

偃师师感觉浑身乏力，试着坐起来，那女子道："你刚醒，还是别急着起来，大病初愈都会有些乏力的。"

偃师师只好不动，眼珠子转动打量着四周，那女子似乎知道她的疑惑，说："这里是风暮部落，我叫桑音央日勒，你叫我桑音就好了。对了，姬大哥就住在旁边，我去叫他。"说完便走了出去。

偃师师感觉有些力气了，坐起身来，细细打量这间屋子，和平时见的屋子不同，整个房间呈圆形，墙壁非石非木，是用布围起来的；地上铺着雕花毯子，中间放着一张矮桌，上面摆着木质的茶壶、杯子；身下的床是铺在毯子上的褥子，柔软、舒适，在她身旁的桌上放着一些女子的用品，还有一个大箱子，想来是装衣物用的，摆设虽不华丽，却很舒服，带着一股女子闺房的清香。想来这应该是那个姑娘的房间。

姬夜辰掀开帘子进来，他换了一身天蓝色的衣袍，袍边和袖口上用彩色的丝线绣着云纹图案，腰间缠着绿色的云纹腰带，如竹般清雅而不失刚劲。

他在一旁坐下，欲言又止，过了一会儿，他说："半步，我带回来了。"

偃师师脸色苍白，抿着嘴一言不发，脑中如被打开了闸门，风暮湖边发生的事历历在目。半步陪伴她多年，一直如亲人一般，这次一起出来寻找师父，师父没找到却只剩她一人。心中的悲伤如决堤的洪水般奔涌而来，不管是师父还是没见过面的父母，他们都离开了她，现在就连半步也……

姬夜辰伸出手，犹豫着又缩了回来："你别哭，坏了，修修也许就好了，我从小体弱多病，先生不也把我治好了？"

听他这么说，偃师师更是放声大哭："你是人，他是傀儡人，这怎么能相提并论？"

姬夜辰坐在一旁，一言不发，他突然想起，偃师师曾说过，"女孩子难过的时候，是想要别人安慰她，抱抱她。"

他伸出手，试着抱抱她，最后手停留在她的双肩上，偃师师瞧着他那笨拙的模样，竟哭笑不得。

"你是拿我寻开心吗？"她故作薄怒，只不过那模样配上泪汪汪的大眼，怎么也体现不出该有的气势。

姬夜辰收回手说："我是想安慰你，那，要不你接着哭。"

"你……"偃师师抬起手，又无力地放下。

偃师师拭去眼泪，知道他是好心安慰，不过像半步这样有自我意识的傀儡人，修起来可没有那么简单，当今世上除了师父，只怕没有人能做到。若是能找到师父,修复半步也不是没有可能,这么一想心中方觉得舒坦很多。

"你答应我,半步的事不要告诉任何人。"偃师师看着他,她相信他,可她还是想听他亲口说。

"我答应你。"姬夜辰认真答道。

偃师师浅浅一笑,莫名地觉得安心。

门口的帘子被掀开,桑音走了进来,她把托盘里的饭菜放在桌上,笑道:"偃姑娘,过来吃些东西吧,你躺了几天了,肯定饿坏了。"

经她这么一说,偃师师方觉腹中空空。

吃着饭,桑音给偃师师夹了块鱼肉道:"偃姑娘你多吃点儿,大病初愈,要好好补补身体才行。"

"谢谢你,桑音。"偃师师心中感激,这姑娘人不但漂亮,心地又好,她昏迷的这些天想来都是她在照顾自己。

"你别跟我客气,是桑格救了你们。说来也巧,那天他刚好去找走失的羊,没想到在草原上遇到了你们。这风暮原地广人稀,很容易迷路的。"

迷路?这样也好,毕竟迷路和被追杀是两回事。想到此,偃师师望了眼对面的人,从风暮湖到大草原,他带着她应该走了很长的路吧!姬夜辰也在看着她,面上带着淡淡的笑意。

偃师师收回目光,问道:"桑格是?"

桑音道:"桑格是我哥哥,他这几日忙着部落里的事,都没空来看望你,只让我好好地照顾你。"偃师师点点头。

桑音笑道:"现在可算是好了,桑格把你们带回来时,你还发着高烧,说了好多胡话,一会儿喊师父,一会喊半步。"

偃师师低头吃饭,心里隐隐作痛。

第七章　谷达那大会

休养了几天，偃师师身体已无大碍，手臂上的伤也已愈合，只留下淡淡的痕迹，等它慢慢消退。

这几天她对这个地方也有了个大概的了解，风暮部落是风暮原上的居民，民风淳朴，性情豪爽，男男女女都擅骑射。他们在湖畔扎营，饲养牛羊，依草逐水而居，过着半牧半渔的悠闲生活。

桑音和桑格是兄妹，父母早年病逝，只留两人相依为命，桑格是风暮部落的护卫首领，而桑音自小体弱多病，不能像其他人一样骑马、射箭，可虽然如此，她却做得一手好衣裳。

桑音做的衣裳在风暮部落是出了名受欢迎，不论样式还是绣工都极精致典雅，部落的姑娘都会提前来定做，平日里桑音足不出户，一心忙着针线活，偃师师闲来无事便在一旁帮着抒线。

瞧着桑音认真的模样，偃师师看了看自己的手，无奈地摇摇头。"桑音，你这衣服是给谁做的？"偃师师瞧着衣服的样式，不像是风暮部落的衣服。

桑音脸微红道："这是给姬大哥做的，他原来的衣服破了，我按照之前的样式再给他做一件。"

桑音指了指一旁的衣服道："也不知道做得像不像。"

偃师师"哦"了一声，说起来这几日极少见到那笨蛋，也不知道他在忙什么。

瞥了眼搁在一旁的衣裳，上好的青色衣袍，正是姬夜辰之前穿的衣服，只不过现在有些破损，偃师师握在手里看了看，袖口的破损露出了些丝线，可惜了，这么好的衣服。

正准备放下，眼角突然瞥见一抹黄光，偃师师盯着衣裳上的破口处，在露出的丝线中，有些细细的黄线，若不注意根本看不出来。这种黄线不是普通的线，而是一种磁丝，它如丝线一般柔软，但是比普通的丝线更坚韧，磁丝和罗经仪能产生相互吸引的作用。来那些刺客便是因为这个才能一路追踪到他。

桑音见她面色凝重，一直握着姬夜辰的衣服，忙问道："师师，怎么了？"

"没事。"偃师师摇摇头，"桑音，这衣服你若不用了，可以给我吗？"

"这衣服是姬大哥的，我做不了主，这事还是要问姬大哥才好。"桑音性子温和，从不多问。

"没事，我会跟他说的。"偃师师笑道，心中已有了主意。

"嗯，对了，再过两日就是部落里一年一度的谷达那大会，到时候部落里所有人都会参加，会有很多好吃好玩的东西，师师你和姬大哥也一起来参加吧！"

偃师师本想再等两日就离开，此时却不好负了桑音的好意，只好点头答应。

风暮部落东南面有一处崖壁，整面崖壁刻满了上千佛像，重重叠叠，密如蜂房，风暮部落称此为千佛崖。风暮部落视这里为圣地，不论迁徙多远，世代族人都会来此举行祭祀活动。

天空蓝得像被洗刷过一般，从千佛崖畔传来阵阵吟唱，偃师师便是循着这个声音来到此处的，她本是去找姬夜辰的，无奈毡包中没瞧见那笨蛋。

巨大的崖壁下，以崖壁碎石垒成的石台上，部落大祭司巫骨身穿神衣，头戴神帽，左手持鼓，右手持槌，围着石台边击鼓，边跳跃，吟唱着古老的语言，音调极其深沉。

一旁参加神仪的人们跪在地上，双手合十微垂着头，跟着大祭司吟唱。这是风暮部落的成人礼，每个年满十六岁的人，都要来此，由大祭司祈求千佛赐予一生福泽。

大祭司在风暮部落享有崇高的地位，是如神明一般的存在，每一代大祭司只有一人，他的主要职责除了祭祀就是守护千佛崖。

每一代大祭司在临终之前会选出传承者，而选出的人将接任他所有的工作，一辈子不得离开千佛崖。旁人可能觉得这限制了人一生的自由，可在风暮部落这是人人都想做的工作，对他们来说，能一生守护这片神圣之地是无上的荣耀。

偃师师随着众人跪在最后一排，好在她穿着风暮族服饰，大家都没注意到她，要知道千佛崖是不允许外人随便进入的。

偃师师跟着众人一起吟唱，她只是好奇来此，并不知道吟唱的是什么，不过师父曾说，在佛祖面前要虔诚，所以她乖乖地跪着，念念有词。

"佛祖保佑，让我早日找到师父，修好半步……若是不麻烦的话，再让我的机关术大进，成为偃师。"

她恭恭敬敬地拜了拜，忽然想到，这里被称为千佛崖，意思就是有一千座佛像，是不是每个佛像都要拜一拜才好。

这么一想她便开始数着念着，没多久，眼皮沉重，昏昏欲睡，一旁众人的吟唱也变成了催眠曲。

就在她似睡非睡之时，鼻尖突然闻到了一抹淡淡的香甜，让她想起桃木村的桃子，情不自禁地就咽了咽口水，偃师师突然就来了精神。

第七章 谷达那大会

啊！一定是吃的。

侧头望去，身旁多了一抹蓝装，正是她要找的姬夜辰。这家伙，找他的时候不见人影，不找他的时候还自己就冒出来了。

姬夜辰手中握着几朵蘑菇，粉粉的，看起来很美味的样子，那抹香甜的味道便是从这儿传来的。偃师师取过一朵放在鼻尖闻了闻，那味道更浓郁了，她竟忍不住咬了一口，蘑菇闻起来很美味，吃起来却没什么味道，不过伴着这香味，也让人食欲大振，两人你一朵我一朵，很快蘑菇就被吃光了。

吟唱在鼓声停下时便结束了，跪着的人们都起身退至一旁，两人也随着众人垂手而立。蘑菇的清香余留在口中，让偃师师突然有种莫名的兴奋感。

场中仪式还在继续，大祭司口中念念有词，从石台旁拿起一把刀。晴空上泻下的一缕阳光将刀背映出森白的锋芒，大祭司拿着刀，跳着诡异的步伐，围着石台转圈，他动作夸张且不明其中的寓意，若不是在这千佛墙下，只怕众人都免不得一笑。

也不知道是哪个不识相的发出了几声笑声，令场中某些忍不住的人也跟着笑起来，本来也无人在意，可那笑声没打算停下来，持续地笑着。

按理说这种庄严的时刻，本该肃穆，这笑声也太放肆了。参加神仪的人们都忍不住四处张望，寻找声源。

偃师师捂着嘴，心道："完了，完了，闯祸了。"她不知道自己为何发笑，只是觉得特别兴奋，就像有人在不停地挠痒痒。"哈哈哈哈……"她又忍不住了。

一旁姬夜辰一脸疑惑的表情，不明白她笑什么。

大祭司巫骨停下手中的动作，他戴着面具，看不出神情，只不过说的话语略显不悦："何人在发笑？"

众人一同指向偃师师。偃师师哈哈大笑，不停地摆手，含混不清地说道："我……哈哈哈……我……哈哈哈……"

佛主明鉴啊，她真的是想解释，不是要承认啊！

众人怜悯地看着偃师师，巫骨大祭司主办仪式几十年来，从未有人胆敢如此嘲笑。

偃师师心中暗暗叫苦，"我真的不想笑啊！"然而笑声依旧。

巫骨大祭司放下手中的刀，朝偃师师走来，一旁众人都自觉地退开，场中只留下狂笑不已的偃师师和站在她身旁的姬夜辰。

偃师师又是着急又是抓狂，不停地跟自己说："我忍，哈哈哈……"笑声根本停不下来，这大祭司看来很不好惹的样子。

巫骨大祭司在两人身前站定，人们只道他要惩罚这个狂笑的姑娘，没想到巫骨大祭司突然打量起姬夜辰，嘴里说着奇怪的语言。

姬夜辰神色未变，将偃师师拉到身后。

偃师师突然想到一个法子，她抓起姬夜辰衣服的一角，塞进嘴里，没错，就是塞进嘴里。

接着众人便听到一阵"哧哧哧哧"的声音，那声音说不出地滑稽，偃师师在努力地憋笑，然后没憋住，竟发出漏气般的声音。

这下不得了，那些原本还一脸肃穆的人再也控制不住，哈哈大笑起来，有种一发不可收拾之势。

巫骨大祭司眼中精光一闪，冷哼一声，所有人都抿紧唇，把笑意生生憋了回去。

姬夜辰将衣服从偃师师嘴里抽出，俊眉皱起，一脸嫌弃。

人群中也不知是何人突然喊道："大祭司，那姑娘可能吃了致笑菇。"

致笑菇？啊！对了，她刚刚是有吃蘑菇，难道是因为蘑菇？不过也不对啊！姬夜辰也吃了，他怎么就不笑呢？

第七章 谷达那大会

这时又有人喊道:"大祭司,他们不是风暮族人。"

所有人都警惕地看着他们,偃师师恨不得找个地洞钻进去。相比起来,姬夜辰依然淡定自若。

大家似乎在等着大祭司的决定。巫骨大祭司把目光从姬夜辰身上收回,望向偃师师道:"伸出你的手。"

偃师师乖乖地伸出手,手中还余留着蘑菇的美味。

"小姑娘,这里的蘑菇,不可乱吃。"巫骨大祭司眼神不留痕迹地扫过姬夜辰的双手,面具下的脸闪过一抹惊疑。

偃师师笑着点点头,感觉嘴好疼,不过兴奋的感觉淡了许多。

后来从桑音口中她才知道,千佛崖有一种粉红色的蘑菇,食之无味,闻之香甜,名曰"致笑菇"。据南周人所著的《百草千药录》记载,这种蘑菇不含毒素,食之令人莫名兴奋,无故发笑,持续一刻钟时间,不可控制。

"今日祭祀到此为止,所有人都回去吧!"巫骨大祭司手一挥,转身走回祭台。

偃师师拉起姬夜辰逃难似的离开此地,今天真是丢人丢大了。

两日后,风暮部落举办了一年一度的谷达那大会。

"谷达那"有着久远的历史。据铭刻在千佛崖上的《风暮石文》载,上古时期风暮王萨尔格王伏魔途中被害,幸得长生天眷顾,昏睡三十三天后苏醒,族人为了感恩长生天,开办了第一届谷达那大会。自此之后,谷达那大会成了风暮部落一年一度最盛大的传统节日。"谷达那"在风暮部落意为娱乐庆典,是以赛马、射击、拔河、歌舞等为主。

大会当天,整个部落无比热闹,到处充斥着欢歌笑语,大家都要穿上节日盛装,扶老携幼参加盛会。

偃师师换上桑音做的衣裳,天蓝色的曳地长裙,袖口处绣着细碎的花瓣，头上戴着珠链流苏帽。桑音见了赞叹不止，直夸她是仙女下凡，偃师师捏捏她的小脸说："你才是那个仙女。"两人同住一屋，这几日已情同姐妹。

"就你这么觉得。"桑音秀脸微红，紧接着她又问道："师师，你和姬大哥是……"

"兄妹，我们是表兄妹。"偃师师脱口而出，这几日桑音张口闭口就是姬大哥，她本就聪慧，又怎会看不出桑音对姬夜辰有意，"啊！他是我娘的舅姥姥家的婶婶的大姨的伯父家的女儿的儿子，总之我们就是兄妹。"

桑音似懂非懂，点了点头，渐渐小脸又红起来："师师，你可知道，姬大哥……他……他喜欢什么样的女子吗？"

这个问题偃师师也不清楚，两人相识也没几日，想了想，她笑嘻嘻地道，"应该是那种温柔安静的女子吧！就像你这样的。"

"你就会取笑我。"桑音嗔道："走啦，再不走比赛都结束了。"桑音说着往外走，脸上是掩盖不住的喜色。

偃师师看着她的背影，在那一刻，心中突然做了某个决定。

两人去看赛马，赛马是大会上重要的活动之一。到的时候场上已经站满了人，桑音指着高台上一名高大威猛的男子说："那是我哥哥，桑格。"说着朝那男子挥了挥手。

桑格也看到了她们，招了招手，桑音拉着偃师师穿过人群走向场中唯一的高台。高台分为两层，每层只有寥寥数人。

两人上了二层，只见中间坐着一个年约七旬的老者，白发朱颜，慈眉善目。

桑音朝中间的老者福身道："桑音见过族长，愿您安康。"

偃师师依着她的样子也说了一遍。族长哈提雷挥挥手，笑呵呵道："是桑音啊！好孩子，不用多礼。"

他望向偃师师,接着道:"这位便是桑格带回来的客人吧!请把这里当作自己的家,不用拘束。"

偃师师看到姬夜辰也在其中,他只是静静地坐在那里,自然而然地吸引了台下无数女子的目光。毫无瑕疵的面容,不笑时显得有些清冷疏离;那从骨子里散发出来的优雅气质,让人忍不住地想要靠近。偃师师心想,果然是个祸害啊!她目光贪婪地扫了几眼,直到那人抬眼望来,她才若无其事地扶了扶额。

"姬大哥,你也来了。"桑音见了姬夜辰,忍不住心中的喜悦。姬夜辰嘴角一弯,露出淡淡的笑容,点了点头。

"你现在眼里就只有姬大哥,连我这个亲大哥都不要了。"桑格见妹妹如此高兴,逗她道。周围的人都笑了起来。

桑音脸"唰"地就红了,嗔怪道:"哥,你说什么呢?"

桑格哈哈大笑,知道自己妹妹脸皮薄,不再逗她,目光转向偃师师道:"偃姑娘身体好些了吗?这几日一直忙着准备大会的事,都没能去看望你。"眼前的女子一双大眼睛清澈雪亮,身上透着一股轻灵之气,比起部落的女子显得瘦弱些,让人有些心疼。

偃师师微笑道:"已经好多了,多谢桑大哥关心。"

偃师师是第一次见到桑格,他和桑音倒有几分相像,只不过气质完全不同,桑音温柔贤淑,桑格给人一种不怒自威的感觉。

桑格微笑道:"嗯,那就好。"

桑格是比赛的负责人,比赛之前都要说一些比赛的规则和胜利者的奖品,想来往年也是如此,只是今年的奖品可能更加丰厚,引来大家的欢呼。

桑音低声道:"奖品是一匹纯血种的绝尘,这匹马是族长哈提雷大人在一个湖边发现的,据说这种马跑起来鼻端生火,逐日追风,比去年的望云雅还要快。"

偃师师点点头,她对马不了解,也就没再多问。

风暮部落的人都爱马,这样的奖品自然吸引了很多人参加比赛。风暮部落的赛马不分男女老少均可参加,少则几十人,多则上百人,一起上阵。为了减少马的负荷量,都不备马鞍,只着华丽骑装,配上长长彩带,襟飘带舞,显得格外英武。比赛时沿着湖边奔跑一圈,最先到达终点的人获胜。

此时场上骑手们一字排开,个个神采奕奕,最显眼的要数其中一名骑着黑马的女子。那女子身穿艳红骑装,手持马鞭,秀美中透着一股英气,光彩照人,吸引了无数男子的目光。

偃师师悄悄侧头瞥了眼姬夜辰,发现他也在注视那女子,果然男人见了漂亮的姑娘都会被吸引,这笨蛋在这一点上倒是不呆。

偃师师小声问桑音道:"那红衣女子是什么人?"

"那是族长哈提雷大人的女儿,玛琪雅小姐,她可是我们风暮部落的明珠。"桑音轻声说着,言语中满含崇拜。

"她骑的那匹马就是去年的奖品望云雅,虽比不得绝尘,但也是一等一的好马。玛琪雅小姐已经连续三年拿了赛马冠军,不知道今年会不会还是她。"

"好厉害,果然是女中豪杰。"偃师师忍不住赞叹,这样的女子又怎能不吸引人?再看自己,骑驴还差不多。

"是啊!玛琪雅小姐是部落中最优秀的女子。"

偃师师道:"桑音也很厉害,你看我这身衣服做得多好,这可是我穿过的最好看的衣服,瞧瞧你这双巧手,我要有就好了。"

桑音被她这么一夸,喜笑颜开。

比赛正式开始,号角长鸣,骑手们纷纷扬鞭策马,如箭矢齐发。最先到达终点者,将成为草原上最受人赞誉的强者。

周围的人们呐喊助威,那匹黑马在众人的欢呼声中,一马当先，将其他马匹甩在身后，马上的女子挥舞着缰绳，英姿飒爽，让人不自觉地追随着她的身影移动，乍一看像是一个女子带领着千军万马冲向敌人。

紧随在黑马之后的是一红一棕两匹马，像领头女子的左膀右臂。那匹红马好似不甘心，奋力加速超过了并排的棕马，然而还是落在黑马之后。

偃师师看得热血沸腾，只听桑格说道："乌达大叔，玛琪雅的骑术又进步了，看来今年的冠军又非她莫属。"

"是啊！连着三年的冠军了，玛琪雅小姐天资聪颖，不仅马术好，连射击术也是一绝，也不知道谁有这样的福气，能娶到我们风暮部落的明珠。"坐在桑格身旁的乌达大叔意有所指，笑呵呵地望着桑格。

"想来族长大人自有安排。"桑格没听出他的话外之音，目不转睛地望着场中的比赛。

"桑格，我倒是觉得你是最合适的人选。玛琪雅争强好胜，部落里的年轻人都比不过她，也只有你，处处压她一筹。"乌达大叔说出自己的想法。桑格闻言，笑而不语。

此时场上已经进入关键时刻，黑马依然领先，看来已是注定的结果，这时姬夜辰突然说道："红马要赢了。"

台上的人都听到了，但没人说什么，因为没人相信，毕竟现在场上的结果有目共睹，谁也不相信还会有转机，偃师师也是如此认为，除了桑音。

她用细若蚊蚋的声音道："我相信姬大哥。"这话像是说给自己听的，声音极轻，但是偃师师听到了。

场上比赛接近尾声，终点已在眼前，奔在前头的黑马胜利在望，紧跟在它身后的红马，马上坐着一名穿鸦青色骑装的男子，男子控制着红马紧紧跟随,眼看黑马就要冲过终点线。

突然,男子猛地一提缰绳,红马一跃而起,赶在黑马之前冲过终点线。这突如其来的变化让所有人都惊呆了,好一会儿,人们终于爆发出响亮的欢呼声和掌声,锣鼓齐鸣。

偃师师望向姬夜辰,心中疑惑,这笨蛋是怎么看出来的?难道他有未卜先知的能力?桑格道:"姬兄果然好眼力,佩服佩服。"其他人都投来赞赏的目光,桑音望向姬夜辰的眼中更是温柔如水。

乌达大叔道:"年轻人真是好眼力,果然马也是不可貌相啊!"

对于众人的称赞,姬夜辰只是微微一笑。

颁奖的时候,所有人都聚到高台前,获胜的男子叫斯图,他在众人的欢呼声中来到台前。

族长哈提雷站在高台上,笑呵呵道:"今年总算是换了新人,玛琪雅,今年也该定下你的婚事了。"

这一消息,引得人群中一阵沸腾,议论纷纷,似乎这是大家期待已久的事。

台下玛琪雅面色有些不悦,一旁斯图脸上却露出喜悦之色。

桑音小声对偃师师道:"玛琪雅小姐答应过族长大人,若是她比赛输了,就要定下自己的婚事。"

"哦,难怪部落的人们这么高兴。"偃师师道,"那她是要嫁给斯图吗?"

桑音道:"那倒不是,族长大人对玛琪雅小姐是极为宠爱的,一直都是让她自己选择夫婿,可玛琪雅小姐迟迟不选,族长大人才会出此下策,想来今年玛琪雅小姐是一定要嫁出去了。"

"玛琪雅,你可记得你说过的话?"族长哈提雷道。

"我当然记得。"玛琪雅将脸撇向一边,似乎有些不高兴。

族长哈提雷也不在意，笑道："桑格，颁奖吧！"

"是，族长。"桑格朝人群道，"今年的赛马第一人，斯图。"人群欢呼。

一旁有人牵来一匹白马，那马儿一身雪白，毛发光亮，四蹄修长。真是一匹好马。偃师师虽然不懂马，可瞧见这马也忍不住夸赞。

斯图接过缰绳，在众人的目光中将缰绳递给玛琪雅。他说："玛琪雅，这份奖励送给你，这是我的心意，希望你能收下。"

玛琪雅扫了他一眼，面如冰霜，并未接。

人群中有人起哄道："玛琪雅小姐，收下吧！"随之接二连三的起哄声响起。

就连偃师师也忍不住低声道："收下吧！"两人看起来郎才女貌，能在一起也是皆大欢喜的事。

姬夜辰回头望来，偃师师瞪了他一眼，看什么看？失望了吧！反正人家也不选你。

桑音捂着嘴笑道："玛琪雅小姐不会收的。"

偃师师问："为何？他们俩看起来很般配啊！"

桑音笑笑，没说什么，只是看了看桑格。

随着起哄声越来越大，玛琪雅的脸色越来越难看，一手挥开斯图递来的缰绳，转身离开。

第八章　情敌出现

赛马结束后还有射击比赛，偃师师想起一事，便称身体不适想回去休息，桑音要陪着，被她三言两语打发了，她本就大病初愈，大家都理解，只有姬夜辰看着她的目光有些异样。

偃师师回到毡包拿上一个布包，找了个不显眼的小山坡，刨了坑，把布包放进去点上火，随着火苗的"刺刺"声，坑中的布包被烧成灰烬，她再用土把坑埋好，做好一切，才满意地拍拍手道："这下看你们还怎么追来。"

一望无际的草原，绿草如茵，一碧千里，一座座白色的毡包散落在苍茫的草原上，像从天而降的云朵。

偃师师撑着神夜伞，找了片安静的草地坐下，这个地方地势偏高，能看到远处比赛的人们，喝彩的声音不时传来。草地上，几个孩子在追逐嬉闹。

偃师师轻轻一笑，突然感到一阵落寞，想起师父在的时候，院子里总能听到他训她的声音，她还时常跟他顶嘴，后来他走了，院子里变得异常安静，她不停地跟半步说话，半步自然无法回答，她就坐在门口发呆，眼睛眨都不眨地盯着门外，她不明白师父为什么要走，就像她不知道父母为什么要丢弃她一样。

"我们什么时候离开？"突如其来的声音把偃师师吓了一跳，姬夜辰不知何时坐在了她身旁，他望着远处，玉般的侧脸在阳光下勾勒出柔美的线条，薄薄的唇带着浅浅的笑。

偃师师一时间恍了神，忘了要回答。

他回头注视着她，黑潭般的眼眸，干净澄澈，倒映出她的影子。

"我想大会结束我们就离开吧，我怕待久了，会给部落的人带来危险。"姬夜辰继续说道。

偃师师怔怔地看着他，这双眼睛既熟悉又让人看不透，这张脸无论从哪个角度看，都是……完美！她岂能不答应？

但是，她艰难地收回目光，说出了另一番话："是我，不是我们，道不同不相为谋。"

偃师师说完就后悔了，心里忍不住鄙视自己，你怎么可以对这么好看的脸说出这种话？会遭天谴的。

"可你说过要保护我的。"姬夜辰依然望着她，目光坚定不移。这话他还记得，原来她说的话对他这么重要。

"我说过的话那么多，你就只记得这一句？那好，我现在说我们从此分道扬镳，你可记住了？"她再次说出违心的话，连她自己也觉得有些残忍，但还是狠下心来没有改口，只是心里默默念道，偃师师，以后下雨打雷可千万不要出门。

场间一片沉默，偃师师悄悄抬起头，发现刚才说的那些狠话没有让姬夜辰生一点儿气。

"那我保护你。"他的声音轻柔中带着坚定，随着秋风钻入她耳中，柔软如棉絮包裹着她，又如清清流水，滑过每一寸肌肤。

偃师师条件反射般将神夜伞挡在两人之间，心底扑通扑通直跳，这声音要不要这么迷人，再说下去我就要随了你了。

"本姑娘需要人保护吗？我倒觉得这地方不错，你可以留下来，比起你回去被人杀了，在这里还能过上舒心的日子……至于那些人，肯定不会找到这里的，你放心好了。"

这个地方想来是安全的，还有桑音照顾他。等自己离开了，那些人认得自己，到时候都会追来，他在这里就更安全了。

"你呢？"他隔着伞问。

"我……我当然要去找师父。算来，离机关大赛只剩一年了，这一年我一定要找到师父。"

"我跟你一起找。"

"不需要。"

"我给你煮蘑菇汤。"

"不需要。"

"我还欠你银子。"

"不需要……等会儿。"对啊！他还欠她银子，这怎么可以不需要？银子是什么？那就是命。

偃师师琢磨了一会儿道："你身上有没有什么值钱的东西？先拿来抵押，等你有了银子再赎回去。"她说得理所当然。

他哑然失笑："你说过，我要留下来伺候你，什么时候还了银子，才能离开。"

好像是有这么回事，偃师师语塞："这个，你不用伺候我了，银子你就先欠着吧！"

"我答应了你，就要做到。"

"我说了不用你跟着。"

"可你说过，我不能骗你。"

偃师师暗叹，为何要这样坚持？她心都化了。"你……有病。"

"我只是想听你的心跳声。"他依然坚持。

他不是看上我了吧？偃师师心里莫名地慌张，起身离开，"你

第八章 情敌出现

要想跟着我，除非你能修好半步，不然，不许跟着我。"

她头也未回。想要修好半步，谈何容易，这样他总该知难而退了吧！

白日的比赛结束，晚上是歌舞庆祝，部落的人们聚集在草原上，围着篝火席地而坐，饮酒欢歌。

族长哈提雷坐在精心布置的座位上，桑格领着偃师师和姬夜辰上前给他敬酒。在风暮部落敬酒要敬三大碗，以表示敬意，喝的都是自酿的奶酒。偃师师酒量不好，平日里就不怎么喝酒，偶尔偷得师父的桃花酒，也就过过瘾。此时盛情难却，硬着头皮喝了三大碗酒，只觉此酒味美香甜，整个人都轻飘飘的。

敬完酒，族长便让他们自行娱乐。风暮部落的人们都比较豪爽，没有那么多的凡俗礼节，这让偃师师感到很轻松。不过唯一不爽的是，因为白天的事情，她和姬夜辰到现在一句话也没说，关键是，她不说，那家伙也不和她说话，真是可恶的笨蛋。

风暮部落的人们能歌善舞，性情豪爽，很快便有几个年轻人拉着偃师师和桑音去跳舞，大家拉着手唱着歌，围着篝火转圈圈，偃师师学着桑音的舞步，跟随着歌声舞动，场上一片欢歌笑语。

偃师师见玛琪雅和斯图也在其中，斯图对玛琪雅的爱慕毫不掩饰，他的目光从未离开过玛琪雅，可玛琪雅自始至终都没看他一眼。恍惚间，偃师师望向那个坐在桑格身旁的男子。

姬夜辰的目光透过人群也在看着她。

偃师师垂下眼帘，脑海中却有一个声音响起："他的心里又装着谁？"

歌声停下来后，年轻的男女开始和喜欢的人交换信物，在风暮部落里，年轻的男女若喜欢对方，就把自己的信物交给对方，若双方都接受对方的信物，则表示相互爱慕，便可以跑出场外，到草原上互诉爱慕之情。

定情信物在这里尤为重要，那是他们对爱的一种表达和认可，交换了信物就要和对方相爱一生，至死不渝。

桑音手中握着一个精致的香囊，望着姬夜辰犹豫不决。偃师师看在眼里，急在心里，她拉着桑音回到座位上，两人原本同坐一桌，偃师师把姬夜辰赶到她原来的座位上，让姬夜辰与桑音一桌，她则和桑格一桌。

姬夜辰虽然不知道她想做什么，但是也不在意。

有些姑娘朝姬夜辰走来，见此情景都默默地走开了。风暮部落虽说是少数民族，但是姑娘们都敢爱敢恨，若真是喜欢上了对方，远嫁也未尝不可。

偃师师朝桑音眨眨眼，表示鼓励，心想，桑音，剩下的就靠你自己了。

桑音朝偃师师点点头，心中感激，她知道师师是在给她制造机会，只不过即便坐在一起，她心里也没底。再看姬夜辰，即便他此时就坐在她身旁，可她依然感到遥远。

姬夜辰望着偃师师，见她只专注着桌上的美食，他想不明白，只好安静地坐着，一副气定神闲、生人勿扰的样子。

正吃着，就听到一阵起哄声，原来是斯图在众人哄声中走向玛琪雅，作为这届赛马的冠军，他成了众人心目中的强者。此时大家都期待着斯图的表现。

斯图站在玛琪雅面前，深情地望着她道："玛琪雅，我是真心喜欢你的，你能接受我吗？"

"你不是我喜欢的男人。"玛琪雅并未看他一眼，毫不客气地说道。

"玛琪雅，我的真心日月可鉴，你要我做什么都可以。"面对

第八章　情敌出现

玛琪雅的态度，斯图依然不甘心。

玛琪雅不语，斯图接着道："玛琪雅，我这么努力都是为了你，部落里的人都希望我们在一起。"玛琪雅依然不理。

偃师师有些同情斯图，众目睽睽之下被拒绝，总会有些难堪吧！说实话，论长相，斯图还是配得上玛琪雅的。

正想着，玛琪雅突然朝她看来，目光冰冷。

偃师师左右看看，发现这个角度除了自己，还真没别人了，虽然不明白为什么，但她还是朝她微微一笑。可玛琪雅似乎并不高兴，脸上还隐隐有些怒容。

偃师师不解，两人从未有过言语，自己何时得罪了她？

玛琪雅收回目光，对斯图道："我喜欢的男人，他必须能赢我。"

斯图着急解释："今天的赛马我拿了第一，虽然我的射击输给了你，但是明年我一定会拿第一，我会证明给你看。"

"我说的是打赢我。"玛琪雅冷冷地丢下这句话，转身离开。

斯图还想上前，被一旁的人劝了回去。

偃师师转头，发现桑格也在看那边，不由好奇地问道："桑大哥，斯图打不过玛琪雅吗？"

桑格道："以前的比试中，斯图不是玛琪雅的对手。"

偃师师道："原来是这样，难怪玛琪雅会这么说，那在部落中谁打得过玛琪雅？"

桑格笑了笑，什么都没说。

过了一会儿，桑格切下几片烤羊肉放在偃师师的盘子中，道："以前打不过，不代表现在打不过，就像今天的赛马一样，原本谁也赢不了玛琪雅，但是最后斯图不是赢了？玛琪雅就是喜欢争强好胜，至于能不能赢要打过才知道。"

偃师师嘴里塞满了肉,含混不清地"嗯嗯"回应着。

烤羊肉实在是太好吃了,偃师师不再多问,开始闷头搜刮桌上的食物。她这厢吃得欢,对面的人却很不高兴。

一阵摔盘子声引得偃师师抬头。原来玛琪雅打翻了桌上的盘子,此时,玛琪雅怒瞪着她,偃师师有些摸不着头脑,实在想不明白,她生哪门子的气,索性装作没看见,低头继续吃肉。

桑格似乎也没在意,依然有一句没一句地跟族长聊着什么,偶尔回头给偃师师切几片烤肉。

桌上的烤肉吃完,一旁又递来一盘烤肉,偃师师头未抬,伸手就接:"谢谢。"

刚接到手,忽然发觉不对,盘子是从左边递来的,而桑格坐在右边,这方向似乎不一样。她抬头看去,姬夜辰正看着她,而这盘肉自然是他递过来的。再看桑音,此时正安静地坐着,两手藏在袖中,似乎到现在还不敢表示。

唉,偃师师恨铁不成钢啊!看来还得本姑娘出马才行。

"嘘——"偃师师嘘声引来桑音的注意。

桑音望来,偃师师使了使眼色,暗示她:给他!给他!

桑音轻咬唇畔,摇摇头,偃师师又是比画:给啊!给啊!

"你在做什么?"姬夜辰瞧她举止怪异,不懂她想表达什么。

"没什么,我不是跟你说。"偃师师继续无视他,接着又朝桑音努努嘴。

桑音在她一阵怂恿下,终于鼓起勇气,将手中紧攥的香囊递给姬夜辰。"姬大哥,我……我……"她心中紧张,到嘴边的话却说不出口。

姬夜辰好像明白了,接过她的香囊,原来师师和桑姑娘比画这么久就为了这个。

第八章 情敌出现

桑音只道是他接受了，又惊又喜，然而还没等她体会那份喜悦的心情，下一刻"惊"便超越了"喜"。姬夜辰将香囊递给了偃师师。

偃师师就这样愣愣地看着他把香囊放在自己手中，一时之间竟不知如何是好。

他难道不知道这是桑音给他的定情信物吗？他怎么可以随便给她？再看桑音，脸色苍白，偃师师觉得有必要告诉他才行。

"这是给你的。"偃师师道。

桑格闻声回过头来，便瞧见偃师师手中握着一个精致的香囊，小脸泛着红晕。

"给我的？"桑格问。

误会啊！偃师师着急地解释："不是，桑大哥，这是……"桌上的杯子被她摆动的手打翻，响声引来了无数道的目光。

众人只道是这姑娘想将信物送给桑格。对面玛琪雅更是如此认为，她豁然站起，径直朝这边走来，面如冰霜。

如果目光可以杀人的话，偃师师觉得，她现在已经被玛琪雅千刀万剐了。

玛琪雅站在偃师师面前道："姑娘，请赐教！"

偃师师不解："赐教？什么赐教？"

玛琪雅冷声道："姑娘，你是我们部落的客人，可能还不知道，在我们部落，若是两个女子选择了同一个男子，男子做不出选择，那这两个女子就要决出胜负，输的一方自动退出。"

偃师师想，自己谁也没选啊！这姑娘莫名其妙的，是什么意思？她正准备出声询问，桑格已经开口。

"玛琪雅，你不要胡闹。"

"我没有胡闹，桑格，你选她还是选我？"听见桑格这么说，玛琪雅更是气愤，两人青梅竹马，他竟看上了外人。

众目睽睽之下，桑格竟不知道怎么回答。

偃师师算是明白了，搞了半天，这姑娘以为她喜欢桑格，可是，这真的是个误会。

是误会就要解释清楚，偃师师道："玛琪雅小姐，这个香囊其实是……"

"不就是定情信物吗？我又不是不懂。"玛琪雅打断她的话，从怀里拿出一枚玉佩，摊在手中道："桑格，这是我给你的定情信物，你收不收？"她一直不肯定下婚事，就是想等桑格表示，可如今，她等不了了。

族长哈提雷突然哈哈大笑起来："玛琪雅，你的意思是你喜欢桑格？"玛琪雅不答，只是坚定地看着桑格，那意思再明显不过。

桑格正为难之时，突听一个声音由远及近："族长，族长，不好了……"一个护卫飞奔而来。

桑格松了口气，问："出什么事了？慌慌张张的。"

"桑格大人，水……水……水怪又出现了。"那护卫一脸惊恐，语无伦次地回道。

"什么？"刚放松的心情又提起来了，桑格猛然站起来，面前的桌子翻倒在地，"你可看清楚了？"

"是，是水怪。"

原本热闹的人们听闻水怪都停了下来，脸上现出惊恐的表情，有人说道："水怪不是死了吗？"

"是啊！水怪不是被库奇尔大人杀了吗？"

"水怪又出来害人了。"

"族长大人，我们怎么办？"

一时之间人心惶惶，众人七嘴八舌，有的妇孺更是哭喊出声。

第八章 情敌出现

族长哈提雷抬手制止众人，望向那名护卫："你说说，到底发生了什么？"

那护卫颤声说道："族长大人，我们刚刚在湖边巡逻，突然湖中跳出一只巨大的水怪，咬住在岸边喝水的马儿，马儿拼命地挣扎，我们跑过去拉住缰绳，可那怪物力大无穷，硬是……硬是把马儿拖入湖中。"

听到此处，玛琪雅突然转身向外跑，桑格喊道："玛琪雅你去哪里？"说着追了过去。

见此，族长下令道："都散了，任何人都不得靠近湖边，你们几个去把人找回来。"几个护卫领命而去。

一路回到毡包，桑音一言未发，偃师师有些担心，适才姬夜辰的表现怕是伤了她的心。

偃师师道："桑音，你是不是心里不舒服？姬大哥他可能还没弄明白香囊是定情信物。"

桑音摇头苦笑道："我没事，只是担心哥哥。师师，刚刚发生的事不怪你，我明白。"感情之事终究不能强求，她心里又岂会不知道？

她接着道："我还害你被玛琪雅小姐误会，对不起，师师。"

"只是误会，没什么大不了的，解释清楚就好了。"偃师师拉着她的手，安慰道，"桑大哥很快就回来了，你别担心。"

桑音点点头，目光不时地望向门外。

看来这只水怪必然是给部落里的人们带来了极大的伤害，不然也不会弄得人心惶惶，此时也不便多问，只能等桑大哥回来再说。偃师师想。

半个时辰后，桑格和姬夜辰一起回来了，桑音总算是放下心来。

桑格道:"玛琪雅的望云雅被吃了。"

偃师师记得那匹黑马,难怪她会如此心急。

桑音道:"那真是可惜了,玛琪雅小姐没事吧?"

桑格道:"没事,已经回去了。"

偃师师问:"桑大哥,这水怪是什么?"

桑格说:"水怪是湖里的一种妖怪,没人知道它叫什么,只知道它生有四蹄,蹄间有蹼,皮糙肉厚,力大无穷,一般的武器都伤不了它。水怪已经很多年没有出现了,我们以为它已经死了。"

偃师师问:"为何会这么认为?"

桑格眼中掠过一抹悲伤,似回忆往事:"七年前,当时部落旁边的湖中第一次出现了水怪,经常吃掉湖边的人或者牲畜。部落族人只道是一般的猛兽,是以决定将其击杀,可是用尽了各种方法,也没能杀死它,反而族人死伤惨重。族长为了族人的安全,下令迁移,可不管到哪里,只要有水的地方,水怪就会出现。族长只好到千佛崖找大祭司向神明请求指示,大祭司让族长带着部落里的人远离湖畔生活,不得靠近湖边,就连牲畜都要赶到草原上,远离湖边。之后,水怪就很少出现了,然而好景不长……"

桑格叹了口气接着说:"部落里的水源都来自湖里,家家户户每日的生活都离不开水,就连牲畜都要喝水。大家见水怪没出现,以为安全了,又到湖里打水。那日我和师父在练武,师娘一个人到湖边打水,就……就再没回来,当时她已有身孕……"桑格说到此处,突然握起双拳,话语中满含恨意,"后来,有一次水怪又出现了,师父为了给师娘报仇,追着水怪到湖里,就再没回来,从那以后,水怪也再没出现,大家都觉得是师父把水怪给杀了。"

"可恶,实在是太可恶了。"偃师师终于明白为何风暮族人听到水怪会这么害怕,那是抹不去的伤害。

第八章 情敌出现

姬夜辰提醒道:"是地下河。"

桑格问:"地下河?"

姬夜辰道:"这片草原下面有地下河流,把整个草原的水脉都连接了起来。"

偃师师想起在湖心岛时的地下河,地下河交叉盘绕在草原地下,看来水怪是利用地下河隐匿,才存活至今,只是这么多年它都没有出现,为何现在又出现了?

偃师师把两人在千萤之森发生的事避重就轻地说了一遍,避开了兽城和被追杀的事,不为别的,只是不想给风暮部落带来危险。

桑格恨声道:"当年族人不停地躲避,然而去到哪儿都躲不过,原来是因为这畜生利用地下河在各个水域穿梭。这次无论如何,我一定要杀了它。"

他望向姬夜辰道:"姬兄可有什么好办法?若能杀了这水怪,我桑格定不忘姬兄的恩情。"也不知为何,他总觉得姬夜辰会有办法。

姬夜辰道:"桑大哥言重了,这样的害兽人人得而诛之,只是现在我们对它知之甚少,贸然行动会有危险。"

桑格道:"可是不杀了这水怪,我部落必然永无宁日,再危险我也要杀了它,好祭奠师父、师娘的在天之灵。"

姬夜辰沉思半响,道:"我倒是有个想法,这水怪皮糙肉厚,刀剑很难伤到它,但如果先用热油浇,再以火烧,这样它的表皮就失去了保护,刀剑自然就能刺入它的皮肉中,只不过,我们现在还不知道它的攻击性有多强,弄不好会适得其反。"

桑格道:"这办法确实可以一试,就依姬兄说的办,我明日便向族长请示。"

第二日,桑格请示过族长,便和姬夜辰开始忙着布置陷阱,偃师师和桑音都帮不上忙，偃师师决定发挥自己的强项，做机关弩。

部落里材料有限，好在做普通的机关弩需要的材料并不多，所以很快她便收集好了材料，开始动手制作。

正在忙碌时，姬夜辰来了，偃师师刚做好一把机关弩，见了他便得意地向他展示，一副"看看我多厉害"的神情。虽说只是普通的机关弩，但是普通人可做不出来，她只是想证明自己是一名机关师。

姬夜辰并未感到惊讶，只是接过她的机关弩，仔细地察看。他的手指轻轻敲打着衣袂，眼中仿佛有流光闪过，机关弩的所有结构在他眼中被无限放大，他的目光一一扫过弩臂、弩弓、弓弦和弩机，每个部位的结构连接都出现在他的眼中，他通过这些组合从中看到了一个缺口，那里便是机关弩的弱点。他轻轻一笑，从机关弩中抽出一个零件，紧接着整个机关弩在偃师师惊愕的表情中，散架了。

偃师师愣了很久才回过神来，指着姬夜辰，气得半天说不出一句话。

姬夜辰不理会她，全部心神都在机关弩上，他像发现什么稀奇事物般，凭着之前的观察又把机关弩一件一件组装起来。弄好之后将新做的机关弩递给偃师师。

偃师师看着这个刚做好的机关弩，与她之前所造的机关弩形状上没什么区别，只不过把她原来的一箭发弩改成了三箭发弩。

她有些不敢置信地道："你确定这个真的可以用吗？"

姬夜辰点点头："试试就知道了。"

第八章　情敌出现

第九章　制作机关弩

　　草原上有专门的靶场，部落的人们在这里练习射击，此时已有几个年轻人在场中，最近的水怪事件让大家都格外勤奋。

　　风暮部落不懂机关术，族中没有机关师，他们使用的是传统的弓箭。当姬夜辰和偃师师拿出机关弩时，练习的人们都好奇地围了过来。

　　姬夜辰让偃师师试试，偃师师拿着机关弩瞄准箭靶按动机关，"咻"的一声，三箭齐发。然而没想到的是，就在箭射出的一瞬间，偃师师也被巨大的反弹力弹了出去。

　　偃师师嘴里发出一连串的惊呼，准备着迎接落地时的疼痛。可等了好一会儿，预想的疼痛没有到来，她才发现自己落入了一个人的怀抱中，一个既温暖又舒服的怀抱。

　　偃师师头未抬起，只瞅了眼衣服的颜色便知道此人是谁。

　　抱住她的，当然就是姬夜辰。姬夜辰并未等她知足，就把她放到地上，轻笑道："这种程度的反弹是不会受伤的，起来吧！"

　　姬夜辰见她没有起来，只道她可能真的不舒服，正想蹲下来查看。突然，偃师师一把抱住他的大腿，可怜兮兮道："头疼，真的好疼。"

　　姬夜辰皱眉，先生曾经告诫他，除非有不得已的原因，不然不能让人近身。所以，他一向都不喜欢别人靠近自己。所以，他把脚抽了回来。

"师师，你好像没磕到头。"姬夜辰道。

再次被揭穿，偃师师知道装不下去了，揉揉脑袋，很不情愿地从地上爬起，瞪了一眼姬夜辰。这笨蛋，不就是靠一下吗？又不会少一块肉，抠门。

有个年轻人拿过来箭靶给大家看，发现刚刚的三支箭都穿过了箭靶，在箭靶上留下了三个洞，场上的人都惊呆了，相比起来，他们的弓箭是无法达到这样的威力的。在知道机关弩是姬夜辰制作的之后，众人望向他的目光都闪闪发光。

偃师师发现这个机关弩比自己原来做的威力更大些，而且射得更远，她嘴上虽不愿承认，但是心里赞叹不已。所以，剩下的材料偃师师都丢给了姬夜辰，让他再做几把机关弩。

一日闲来无事，偃师师便晃晃悠悠地去找他，毡包中没人，地毡上放着五把机关弩，这个速度再次让偃师师大受打击，平时她做一把机关弩都要花一天的时间，而姬夜辰一天做的是她五天的量，而且不管是在速度上还是在制作工艺上都远胜于她。

偃师师正哀叹着，姬夜辰回来了。

偃师师瞅了瞅剩下的一点儿材料，凑合着应该能做一支袖箭，她道："给桑音做一支袖箭吧！"

姬夜辰盯着材料，却没动手："我不会做袖箭。"

偃师师疑惑："你不是会做机关弩吗？怎么不会做袖箭？"

姬夜辰道："机关弩是参照你原来的做的，我并不会机关术，先生也从未教过我。"

"参照我原来的做的？你是说你看看就会了？"偃师师不信，若是如此，那天下人不都可以成为机关师了？

"你把你的袖箭让我瞧瞧。"姬夜辰道。

偃师师二话不说就把袖箭解下来交给他。姬夜辰拿在手中左瞧右看，过了一会儿，只见他又像拆机关弩一样把袖箭拆了，然后一件件组装起来，做好以后递给偃师师。

姬夜辰微笑道："这下你信了吧！"

偃师师点点头，又摇摇头，让她承认自己笨手笨脚，总觉得不甘心，指了指地上的材料。姬夜辰拿起材料继续做袖箭，偃师师蹲在一旁，捧着脸，睁着大眼睛，紧紧地盯着。

偃师师问："笨蛋，你真的没学过机关术吗？"

虽然知道他不会说谎，但是偃师师还是忍不住再次确认，说起来，以他制作机关弩的能力，机关术必然在她之上。

姬夜辰沉默了一会儿，摇摇头道："我不记得学过机关术。"

偃师师"哦"了一声，便不知再说什么，无师自通，这不就是天才吗？亏得自己还叫他笨蛋。

再看他认真的样子，双眸黑而深邃，宛如波澜不惊的黑海，偃师师不由看呆，久而久之便沉浸其中。

不知过了多久，一根修长的手指突然抵在她的脑门上，把她推开。偃师师面颊发烫，原来在不知不觉中自己快贴到了他脸上了。

姬夜辰俊眉轻蹙，脸上写满疑问，望着她。

偃师师揉揉额头，不敢看他，出口的话连自己都觉得可笑。

"哎呀！差点儿睡着了。"话落，她急忙转身离开。

几日后，一切准备就绪，就等水怪上钩。偃师师小心翼翼地趴在靠近湖边的一个毡包顶上。

夜幕初落，四野苍苍，湖中依然没有动静，整片湖被木栅栏围了起来，只余一面。离湖边不远的木架上挂着一只宰杀好的羊，旁边不远处临时搭了一个两丈高的台子，姬夜辰和桑格在上面，为了引水怪上钩，湖边都不点火把。

姬夜辰突然望过来，偃师师急忙俯下身，早前桑格下令，任何人都不得靠近湖边，她偷跑过来，若被发现，肯定要被赶回去。

偃师师趴着不敢动，过了一会儿，只听桑格道："回去，这不是你待的地方。"

完了，被发现了。偃师师悻悻然正想回去，突然传来一个声音。"我是不会走的，它吃了我的马，我要杀了它。"

咦？声音有些熟悉，偃师师又悄悄探头望去，只见高台上多了一个女子，正是玛琪雅。

桑格道："胡闹，赶紧回去，免得族长大人担心。"

玛琪雅道："我自会与阿爹说，不用你操心。"

桑格脸色铁青："玛琪雅，现在不是你任性的时候，回去。"

玛琪雅伸手指向一处，气呼呼道："她能来，我就不能，你是不是喜欢她？"

桑格望过来，偃师师自觉藏不住，挥手讪笑，心想自己藏得挺好的，这大小姐是怎么发现的？

偃师师哪知道，玛琪雅其实是跟在她身后过来的，见她爬上毡包，玛琪雅才朝高台走去。

"你们这是不要命了？赶紧回去。"桑格气道。

玛琪雅倔强地站着，依然不动。桑格上前就想拉她下去。

姬夜辰喊住他："桑大哥，来了。"

桑格收回手，看向湖中，只见湖中泛起一圈圈的波纹。

桑格无奈地看了眼玛琪雅，将手中的机关弩交给她，嘱咐道："一会儿若有危险就赶紧离开。"

玛琪雅点点头，嘴角不觉一弯，心想，桑格还是在乎我的。

大家都闭了嘴，偃师师也跟着紧张起来，手中的袖箭已经准备好。

第九章 制作机关弩

眨眼工夫，湖中传来"哗啦啦"的水声，一颗硕大的脑袋探出水面，朝四周望了望，又沉入水中，似乎在试探敌情。过了一会儿，没察觉到异样，水怪又探出水面，这一次它没有犹豫，慢慢地朝岸上的羊肉爬去。

昏暗中，只见一只巨大的黑影"噗噗"向前。

偃师师没料到所谓的水怪竟然这般大，紧张得手心冒汗，大气也不敢出。

水怪来到羊肉前停下，巨嘴一张，前脚用力，扑向羊肉。刚咬住羊肉，它脚下突然松动，整个身子已陷入坑中。

坑中布置了之前准备好的陷阱，里面装满了箭刺。

见水怪已落入陷阱，桑格一刀便把缠在台架上的绳子斩断，原本靠在高台边的刺板倒下盖住洞口，四名护卫从黑暗中冲出，各分一角压住刺板。

桑格喊道："浇油。"

湖边亮起火光，紧接着护卫们拖着油桶将里面装着的热油灌入坑中。水怪被热油浇烤，暴怒地挣扎起来，四名压住洞口的护卫险些被震开。

桑格从高台上一跃而下，压住洞口，又喊道："点火。"

护卫们把事先准备好的火把丢入坑中，很快，坑中的水怪便烧了起来，它挣扎得越发厉害了。

桑格又下令道："来人，压住洞口，不要让它逃出来。"

几名护卫冲过来压住洞口，此刻的刺板已经被火烤得发烫，他们也未松手，依然死死地压住。行动之前，桑格就已说过，杀水怪很危险，族中不强求任何族人参加。他们既然来了，就不怕死。

高台之上，姬夜辰道："桑大哥，再浇油。"

桑格继续下令道："浇油。"

几桶热油下去,水怪更疯狂了,熊熊火光中伴随愤怒的兽吼响彻草原,说不出地骇人。

压住刺板的护卫又增加了两人,滚烫的铁板已经烧红,手掌迅速被烫出血疱,但是依然没有人松手。

这时刺板上隐隐传来碎裂声响,一名护卫喊道:"要撑不住了。"

水怪的力大无穷超出了所有人的预料。桑格喊道:"不能让它出来,一定要压住。"

伴随着炽热的火光,所有人眼睛通红,咬紧牙关坚持着。

虽然隔着一段距离,偃师师依然能感受到那里的压力,这水怪若不死,今日将会有很多人丧命。

桑格又喊道:"机关弩,射。"

手握机关弩的护卫已经等待多时,得了令开始疯狂射击。

玛琪雅早有准备,操控着机关弩便动手,虽然是在高台上,但是她射击术好,每一剑都准确地射入坑中。

水怪被轮番攻击,嗷嗷叫,疯狂挣扎了一会儿,终于渐渐静了下来。

虽是如此,姬夜辰依然凝视着坑中,手指轻轻敲动着。过了一会儿,见水怪没有动静,一名护卫喊道:"水怪死了。"

众人不敢确信地看向桑格,桑格呼了口气,僵硬地站了起来,没有人瞧见他那颤抖的双手。

众人如获大赦般都松了口气,忍不住露出笑容。压住刺板的护卫们颤抖着松了手,虽然手掌疼痛,但是内心却无比喜悦。

偃师师提着的心终于放下了,准备爬下毡包。

这时,姬夜辰突然喊道:"跑!"众人一时没反应过来,都站着没动。

第九章 制作机关弩

随着"砰"的一声巨响,原本以为已死的水怪,突然从坑中冲了出来,坑旁来不及避开的人们全都被震飞了。火光中只见一只虎头鱼身蛇尾的怪物,站在火光中,它生有四足,似鱼非鱼,似虎非虎,长着锋利的尖牙,背上皮开肉绽,插着几十支箭。

水怪得了自由,开始疯狂地四处乱撞,蛇尾狂扫,发泄心中的怒火。

桑格手臂上鲜血直流,从地上爬起喊道:"所有人都退开。"

这时候正是水怪盛怒之下,若是硬碰硬只会伤亡惨重,剩余的人都远远退开,谁都不敢靠近。

水怪一番疯狂肆虐,此地已化为一片狼藉,就连高台的一脚也瞬间被撞断,整个高台摇晃着慢慢倾斜下来。

水怪发完疯,一刻不停,一扭头,就想逃回水中,显然它也意识到自己此时的处境,再厚的皮肉,也经不住油浇、火烤、箭刺。

护卫们眼睁睁地看着,却又无能为力。他们望向桑格,桑格望着高台,好似在等待着什么。护卫们顺着他的目光看去。

高台上,玛琪雅抓着栏杆,已然有些站不稳,她看着身旁的男子,这个长得比女人还好看的男子,他仿佛没有察觉到即将到来的危险,手指不停地敲动着。

夜风吹来,火光一阵晃动,敲动衣袂的手指戛然而止。姬夜辰目光一凝,盯着水怪的右前腿,在那里他看到了一道扭曲的裂痕,仿佛雨夜中划过的闪电般,映入眼帘。

"右前腿关节上一指。"

玛琪雅明白他的意思,从桑格对这人的态度,从今晚击杀水怪的种种来看,这个人的判断是正确的。所以,她二话不说,稳住身形,扣动机关弩,三支弩箭就急射而出。整个动作一气呵成,弩箭准确地插入水怪腿部,只余小半截箭尾裸露在外。

然而，玛琪雅也随着倾斜的高台跌了下去，手中的机关弩脱手而出。

有护卫惊呼一声："玛琪雅小姐！"

桑格心中一紧，就向前冲去，刚冲出两步，突然又停下，望着高台处松了口气。高台上，姬夜辰及时抓住了她。

水怪受了重创，前肢无法抬起，怒吼连连，想要逃回水中已是不可能。它回过头来，铜铃般大小的双眼布满猩红，愤怒地望着挂在半空的玛琪雅，蛇尾一摆就挥过去。可惜还是差了些距离。

可虽是如此，玛琪雅也很害怕，她再怎么要强也是个女孩子。她哭喊道："桑格。"

桑格握紧手中的刀，一跃而起就斩向水怪，他一动护卫们也跟着动了起来，一场战斗又开始了。

偃师师从毡包上下来就看到这一幕，手中的袖箭毫不犹豫地接连射向水怪，只不过作用似乎不大，水怪压根不看她一眼，任由她的短箭落在它身上，蛇尾挥动着挡下护卫们的攻击。

高台越来越低，水怪艰难地移动身子，巨口一张似乎想跃起，但也许是牵引了伤口，不得不停下来。它昂着头，张着大嘴对准半空中悬挂的玛琪雅，仿佛要等她自己掉下来一般。

此时高台一角发出断裂声，眼看要撑不住了，玛琪雅的脚下正对着水怪的大嘴。

偃师师又往前冲几步，离水怪更近了些，对准水怪大嘴就开始射击。水怪吃痛闭上了嘴，朝她吼来，她一惊，退了两步，但是手上却没停，又射出两箭，直朝水怪面门而去。没想到，误打误撞地竟然射入了水怪眼中，使水怪哀嚎连连。

与此同时，姬夜辰喊道："桑大哥，接着。"

他用力一甩手，把玛琪雅甩出去，同时桑格一跃而起，将玛琪

第九章 制作机关弩

雅接住。因为重力的影响，高台彻底倒了下来。

水怪一只眼不能视物，然而它依然不顾一切地张大嘴，咬向姬夜辰。偃师师用完了所有的袖箭，眼看着姬夜辰就要落入水怪口中，她心中仿佛被什么东西狠狠地揪了一下，疼得眼中雾气弥漫。

突然，姬夜辰一个翻身，一只手抓着插在水怪眼中的箭，狠狠地再插入，另一只手按在水怪脑门上，一借力，双脚在水怪身上一蹬，跃向一旁，干净利落。

水怪嚎叫着甩着大头，挣扎几下终于死去。

偃师师愣了半响，笑了出来，奔到姬夜辰身旁，拉着他的手看了看，又看看脚，确定他没受伤才放手。

姬夜辰站着不动，只是微皱着俊眉，待她看够了，才理了理衣裳。偃师师一瞧他的动作就知道了，他刚才肯定是在嫌弃她。脸一绷，她学着他理了理衣裳，道："我还以为你刚刚要被水怪吃了，真是命大。"

姬夜辰微微一笑："它嘴里受了伤，想吃我，也是咽不下去的。"偃师师转身，忍着笑，果然是个笨蛋。

她向水怪走去，水怪的右前腿上插着三支箭，偃师师总算明白姬夜辰为何要叫玛琪雅射这里，这个部位有一条长长的疤痕，从腿部延伸至腹部，看来这水怪以前受过伤。

姬夜辰也走过来，站在水怪的大脑袋旁，仔细打量起来。

桑格与玛琪雅过来，桑格手臂上的伤已经被简单地包扎了，看起来不是很严重。

"今日的事多亏姬兄，桑格铭记在心。"桑格双手抱拳，对姬夜辰躬身道。他心中非常清楚，今日的事若没有姬夜辰帮忙，以他的能力断然无法杀死水怪。

"桑大哥言重了，之前你还救了我们。"姬夜辰认真地说道。

"是啊！桑大哥，咱们就不要计较这些了。"偃师师附和道，她话音刚落，玛琪雅目光射来，锋如利刃。

偃师师皱眉，看来她还在误会那件事，要尽快解释清楚才好。

"玛琪雅小姐，那日的事情你误会了，其实那个香囊……"

"其实那个香囊是桑音的，桑音告诉我了。"桑格接过她的话。原来桑大哥知道，这样倒省得再解释了。偃师师想。

"这么说你不是喜欢她。"玛琪雅看着桑格，面上终于有了喜色，"看来我是误会你了。也对，我们从小一起长大，青梅竹马，你怎么会喜欢上别人？"

唉，还是这般任性，桑格心中暗叹。"我送你回去，免得族长大人担心。"玛琪雅瞧他脸色苍白，再加上身上的伤，没再多言。

偃师师见桑格和玛琪雅离开，也想回去休息，却见姬夜辰一直盯着水怪看，没有要走的意思。

她顺着他的目光看去，透过细密的毛发，只见在水怪额头上刻着一个暗夜葵花徽记。

"是兽城。"偃师师惊呼出声，这个徽记和他们在兽城中见到的那些傀儡兽头上刻的一模一样。

"没想到这只水怪竟然和兽城有关。"

翌日，水怪被杀的消息传遍了整个部落，人们这几日的愁容终于消散。风暮族人都聚集到了千佛崖，参加祭祀活动。

在大祭司的一番祭祀之后，水怪的尸体被焚烧，算是给死去的人一个交代。

祭祀结束之后，大祭司巫骨却发布了一个惊人的消息，就是下一任大祭司的人选。

千百年来，守护千佛崖的大祭司人选，必定都是风暮族人，那就像是一条永不变的规矩，风暮族人便是千佛崖唯一的守护者。

但这一次，神明给出的指示打破了这个规矩，下一任大祭司是个外族人。在大祭司公布这件事后，整个部落都沸腾起来。

对于这件事情，族长哈提雷大人没有任何异议，风暮族人在惊讶之后，也接受了这个事实，因为那个人刚刚拯救了整个部落。

"所以，姬大哥成了我们部落下一任的大祭司。"参加祭祀回来的桑音将听到的消息告诉了偃师师。

偃师师听完一脸迷茫，大祭司？也就是说那个笨蛋要像千佛崖那个大祭司一样，穿着奇怪的衣服唱歌跳舞，想想这幅画面都觉得好笑。

桑音瞧她这忍俊不禁的样子，问道："师师，你怎么了？"

"没，没什么。"偃师师强忍笑意，摇摇头道，"千佛崖那地方安全吗？"

"若说整个风暮原，最安全的地方便数千佛崖了。据说，五百年前的灭世大战，就发生在这里，但是千佛崖却没有受到任何损伤，一直保存至今。"

"哦，那就好，那就好。"

这样他在那里就不会有危险了。

偃师师接着问道："什么时候开始接任大祭司？"

"历来的大祭司接任，是要等现任大祭司归入神位之后才开始，不过这一次，似乎大祭司想让姬大哥提前接任，留在千佛崖。"桑音说完似乎又想起什么，接着道，"听哥哥说，准备击杀水怪之前，他去千佛崖向大祭司请求指示，当时大祭司让哥哥听从姬大哥的安排，看来那时候大祭司就有了决定吧！"

"是这样啊！"偃师师想起那日两人在千佛崖的蘑菇事件，那个时候大祭司对姬夜辰就怪怪的，难道那时候他就看中他了？不过不管怎样，那个地方安全就好。

晚饭过后，偃师师拉着桑音去散步。

偃师师问："桑音，你离开过草原吗？"

桑音摇摇头道："没有，我从小就在草原长大，一直跟着部落迁移，从没离开过草原。"

"我跟你一样，我一直跟着师父生活，从没离开过桃木村，直到师父走了，我才出来。师父常说外面的世界很大，我以前不懂，现在才知道光草原就好大好大，你有机会一定要到外面看看。"

桑音有些悲伤地说："师师，我真羡慕你，我身体不好，到哪儿都是累赘。"

"别这么说，没人觉得你是累赘，你看你生的一双巧手，风暮部落的人们都喜欢你做的衣服，而我从小就被师父骂笨手笨脚，机关术学了很多年，还是做不好。"偃师师说到这又想起那书呆子，真是人比人气死人。

"师师，我相信，你以后一定会成为了不起的机关师的。"桑音安慰道。

"嗯，我是要成为偃师的人，到时候好让书呆子刮目相看。"

"书呆子？"桑音有些疑惑地看着她。

"书呆子就是姬夜辰啊，你看他有时呆呆傻傻的，跟书呆子是不是很像？"偃师师笑呵呵道。

桑音想了想也忍不住笑出来，只是笑着笑着似乎又有些悲伤，她望着偃师师，眼神复杂，似有些羡慕又有些惆怅："师师，你知道吗？姬大哥……他喜欢看着你。"

"桑音，你不是以为那笨蛋看着我就是喜欢我吧？你不知道，他多怕我靠近他，我一靠近他，他就把我推得远远的。"偃师师想想就来气，本来她还以为那笨蛋看上了她，实践证明，笨蛋就是笨蛋。

桑音苦笑，旁观者清，她知道他看她的眼神和看别人不一样。

第九章　制作机关弩

"其实那日你们在草原上说的话,我,听到了。"桑音轻柔的声音随着草原的清风飘散开来,有些虚幻缥缈。

"你听到啦!其实,我和他不是兄妹,我并不是想骗你,只是,我有我的苦衷。"

桑音轻轻一叹,她早就猜到了,所以也没有感到惊讶,问了另一个问题:"师师,你为何不愿姬大哥陪你去找师父呢?"

偃师师收回目光,笑得灿烂:"我不知道师父在哪儿,不知道去哪里找,不知道要找多久,我也不知道他能陪我找多久,他终究会离开。而且,现在他成了大祭司,留在这里更好。"

偃师师下巴微抬,望着远方,依旧笑着道:"我小时候掉进枯井里,是师父救了我,把我养大。后来师父走了,是半步陪着我,再后来,半步也走了。"她说得云淡风轻。

桑音有些心疼,她自小就失去父母,明白其中的思念之情,她想说些什么,却又不知从何说起。

"找个人有什么难的?"身后突然传来玛琪雅的声音。玛琪雅本是去找桑格,结果在湖边瞧见了偃师师和桑音,便跟了过来,听到了这番对话。

"玛琪雅小姐是有什么好办法吗?"偃师师回过头来,眼眸如洗过的天空,异常明亮。

"办法没有,不过我知道有个地方能打听到你师父的消息。"玛琪雅望着偃师师这双明亮的美目,心中莫名地泛起妒火。

"玛琪雅小姐,您说的是什么地方?"桑音问道。

"我阿爹有个至交好友,我叫他齐世伯,每隔一段时间他便会来部落找阿爹喝酒,每次来都会说些外面的新鲜事。他曾说在南周、戎马、天洛百郡三国交界处有个叫'界命城'的地方,那里聚集了无数南来北往的旅人游商,据说没有打听不到的消息,我觉得肯定也能打听到你师父的消息，只不过……"

"只不过什么？"偃师师急问，若真有这样的地方，说什么她都要去。

玛琪雅看了她一眼，接着道："去那个地方要经过一片荒芜之地，据说那里凶险无比，很多想去界命城的人，都死在了那片荒芜之地。"

偃师师道："若真可以找到师父，再凶险我也要去看一看。"

玛琪雅道："我前两日听阿爹说，他收到了齐世伯的消息，那个失踪已久的偃师老人，现在有消息了，而且消息就出自界命城，据说有人要拍卖这个消息。连偃师老人这样的大人物都可以找到，更何况是你师父呢？"

玛琪雅说完，见偃师师呆呆愣愣的，不由得有些不高兴。

"怎么？我说的你不信吗？"

"玛琪雅小姐，你刚刚说，偃师老人他真的有消息了吗？"偃师师有些紧张地追问道。

"我阿爹是这么说的，那自然假不了。"

偃师师强压下心中的激动之情，又问道："玛琪雅小姐，你说的那个界命城要怎么去啊？"

"我只知道是在北边，至于具体的位置，我不知道，你可以往北走，出了草原再打听打听。不过，你要去还得抓紧时间，这路上还不知道要多久呢！"玛琪雅说完，瞟了眼偃师师，心想自己的目的是让她早日离开风暮部落，离开桑格，但是她说的都是实话，这也不算害她。

偃师师点点头，恨不得自己现在就在界命城。对于天洛大陆的人来说，偃师老人是连着两届机关大赛的获胜者，是这片大陆最厉害的机关师，而对偃师师来说，他，还是她的师父。

第十章　不辞而别

　　东方初现鱼肚白，蓝天下，绿草畔，马背上的少女嘴里不停地喊着："驾，驾……"乌黑的秀发随风飘起，衣袂在风中呼呼作响。看方向，她正朝北疾奔。东方霞光越来越盛，似乎要破云而出。

　　一路马不停蹄，累了停下来喝口水，吃点儿干粮，然后接着赶路。虽是如此，但是直到夕阳西下，也没走出草原，不过再回头时，已经看不见风暮部落的影子。

　　她收回目光，心想桑音看到自己留下的书信一定会明白的。师父离开三年，一直没有消息，现在突然有了消息，不管多远她一定要赶去。

　　此时，落日的余晖将天边的云彩染成一片红色，眼看天色渐暗，目光所及不见半户人家，看来今晚只能将就着在草原上睡了。

　　她找了棵大树，将马儿拴在树上，又捡了些枯柴烧上火，靠着大树吃干粮，这还是她走时随手拿的烙饼。

　　也许是太累了，吃着吃着，她就睡着了。

　　夜深人静，草原上响起了狼嗥声，马儿有些不安地挣扎嘶鸣，偃师师就是被这些声音吵醒的。随着狼嗥声越来越近，几只黑影已经近在眼前。

　　听到声音，偃师师就猜到是狼来了，她急忙解下缰绳，想骑上马儿逃走，结果马儿受了狼嗥声的惊吓，压根不等她骑上，就撒开脚丫子跑了。

偃师师恨啊！不带这样的，考虑过主人的感受吗？

好在马儿一跑，反倒将这几只野狼吸引了过去。

偃师师来不及多想，就拼命地往树上爬，幸亏她小时候经常爬桃树摘桃子，练得一身爬树的本领。

树高不过两丈，有腰身般粗细，她找了棵舒服的枝丫坐好，暗自庆幸狼走了。一回头瞧了眼树底下，偃师师就傻眼了，树底下不知何时站着三只野狼，正虎视眈眈地盯着她。

好在早前她把火烧得很旺，这会儿火堆还在烧着，狼怕火，一时不敢上前。天空黑压压的一片暗沉，半点儿星光也没有，夜风呼呼吹来，将树枝撩得左摇右摆。

三只野狼守在火堆外，依然没有要走的意思，若不是知道它们是为了吃她，看起来倒像是忠实的守卫。

偃师师不敢睡，怕睡着了掉下去被狼吃掉。

狼群开始围着树木转圈，似乎在寻找最佳的进攻路线。

不大会儿工夫，火光渐渐熄灭，只剩下一堆泛着微弱红光的炭灰。狼嗥响起，野狼开始行动起来，它们把树团团围住，个头较大的狼已经开始试着跃上树。

偃师师心里苦啊！自己怎么是个招狼的体质，到哪儿都能遇到这种动物？不过，想吃她可没那么容易，她偶尔抬起手，便有袖箭射出，这般几次下来，野狼死伤过半，剩下的野狼都停下来，不敢再冲。

"不想死就快走开，本姑娘可不是好惹的。"偃师师撩起衣袖露出袖箭，假装凶狠地喊道。

狼群似乎没有被恐吓到，虽然没有再进攻，但是也没有离开，它们回头望着不远处的山坡，那里站着一只高大的头狼。头狼嗥叫

第十章 不辞而别

了几声，没一会儿，又来了十几只野狼。

偃师师欲哭无泪，看来这些狼一开始是小看她了，现在开始派大队人马过来了。她又往上挪了挪，很快就发现自己已经在树的顶端了，再往上已没有了退路。

草原上的狼，野性十足，它们靠捕杀落单的牲畜为食，平时又被风暮族人驱赶，寻找食物不易，此时难得见到食物，又怎么会放弃？群狼再次出击朝树上扑来，看样子是吃定她了，整棵树在狼群的围攻下剧烈地摇晃起来。

偃师师叫苦连连，袖箭接连不断地射出，将冲上来的野狼射落。

面对同伴的伤亡，狼群没有停止攻击，依然拼命地往上冲。

这时草原上忽然刮起了大风，大风呼啸而来，紧接着"轰隆隆"几声雷声，下起了倾盆大雨，仿佛要冲洗掉大地的污浊。

狼群被雷声一惊，停了下来，不过很快，山坡上又响起了头狼的嚎叫声，似乎在催促狼群。狼群的攻击继续，而且变得更加猛烈，它们踏着同伴的尸体，不停地向上冲来，偃师师挥着神夜伞挡开，又射出袖箭将三只野狼放倒，这时她发现袖箭用完了，还没等她想好对策，忽然，头狼从山坡上急冲而来，一扑就冲到了树干上，它比其他狼还要高大。偃师师被它这般势头吓得一惊，手没抓稳摔了下去，好在神夜伞被树枝卡住，她抓着伞杆，没有掉下去，可是这样一来，树下的野狼都围在了她脚下，疯狂地跃起想咬她。

偃师师抓着伞杆，用力缩着腿，可是垂下的裙角仍然被狼爪抓破，而手上越来越无力。她开始呼救，喊了一会儿，也不见有人来。想想也是，这样的地方，这样的天气，怎么会有人来救她？

大雨依然在下，偃师师就这样挂在树上，树上的头狼居高临下地注视着她，树下的狼群纷纷跃起，眼看着肉就在嘴边，它们一个比一个跃得高。

凉风带着雨水拍打在她脸上,透着丝丝寒意,她越来越感到绝望,即便在兽城中,她也没感到这么绝望,可是此时此刻,她就像是餐桌上的美食,注定了要葬身狼腹。

双手越来越无法支撑身体的重量,偃师师又惊又怕,她的手正顺着伞杆滑落,好在握住了伞柄。而这时,老天爷像是在跟她开玩笑一般,平时坚固的伞柄,竟然被拉了出来。

偃师师惊愕地看着抽出的伞柄,虽然她一直知道这把伞里隐藏了很多机关,可是她没想到的是,这里面还藏着一把剑,而本是救命的武器这时反而害了她。

偃师师还来不及惊讶,人已经顺着抽出的剑掉了下去。

雨很大,拍打在草地上发出"唰唰唰"的声响,以至于那阵急奔而来的马蹄声被淹没在雨中。马上的人看不出丝毫情绪,他握着缰绳的手甩了甩,马儿跑得更快了几分。

就在偃师师掉落的那一刻,他拦腰将她接住,拉入怀中。

马儿继续朝前奔去,狼群反应过来追了过去。

偃师师以为自己死定了,而当被人抱住以后,她竟然产生了幻觉,她感觉自己在姬夜辰的怀抱中。很快她又否定了自己的想法,闭上眼睛笑了笑,自己果然是被吓傻了,才会产生这样的幻想,他现在是风暮部落的大祭司,又怎会出现在此?

"受伤了吗?"他问。熟悉的声音仿佛在告诉她这不是幻觉,一时间,她忘了回答。姬夜辰不闻她回音,勒紧缰绳让马儿停下,他拿走她手中的剑,注视着她。

"伤在哪儿了?"他又问。偃师师还是没有回答。

昏暗的天空,雨不停地下着,她看不清他的脸,只是小心翼翼地将头埋入他怀中,似乎害怕一用力这一切就会变成泡影。

"呼——"她暗自吐了口气,吓死了,吓死了,差点儿就死了。

第十章　不辞而别

这时狼嗥声又传来，狼群越来越近。他没有走，似乎在等她的回答。

"我的伞还在树上。"偃师师也不知道自己为什么要说这个，她原本想问他为何会在这里，可是话到嘴边就变了。姬夜辰没有多问，驱马往回走。

狼群本来一直追着，没想到猎物竟然自己回来了，有些始料不及。马儿一路冲过狼群到了树下，那只高大的头狼还在树上，见马儿冲来，它从树上扑了过来。

姬夜辰手中的神夜剑在空中划过一抹轨迹，头狼身体在半空断为两截，尸体依然随着这股冲势砸向后面的狼群。追来的狼群见了头狼的尸体，发出几声哀鸣，一哄而散。

天蒙蒙亮，大树下，雨淅淅沥沥地拍打着树枝，偃师师将神夜剑归入鞘中，问道："你怎么会来这里？"

"桑音告诉我你往北边走了，要去一个叫界命城的地方，所以我就来了。"姬夜辰望着她，轻笑道。

"你现在不是大祭司吗？"

"这样出来好吗？"

"而且我不是说过不让你跟着吗？"

偃师师一连问了三个问题，将手中的神夜伞遮在两人头顶。

姬夜辰默然不语，突然举步走开。

偃师师握紧扇柄，心想，走吧走吧！回去当你的大祭司吧！每天唱歌跳舞对身体有益。

然而，姬夜辰走到马旁，从马背上拿下一个箱子。

"你不是说只要我修好半步就可以跟着你吗？"他道。

"我是有说过，可是……咦，你的意思是说你修好半步了？"偃师师有些不敢相信，瞧这箱子的大小，也不像能装下半步啊？

正在怀疑时，姬夜辰将箱子打开，偃师师瞧了眼，"扑哧"一声，哈哈大笑起来："这就是你说的半步？这明明就是，就是一只蘑菇，哈哈哈……"

小蘑菇转着滴溜溜的一双大眼睛，歪着脑袋看着偃师师，嘴里喊着："菇朵！菇朵！"

姬夜辰将小蘑菇从箱子里抱出来放在地上，小蘑菇怯生生地走到偃师师身旁，歪着脑袋，眨着眼，看着她，那矮胖的身材只到偃师师的膝盖处。

"这是用半步的材料做的，平时只能是蘑菇的样子，遇到危险它会变成半步，不过，只能坚持一炷香的时间。"姬夜辰对偃师师解释道。

"你是说，它还可以变成半步？"偃师师更加惊讶了，这机关蘑菇虽然第一次见，可怎么看都不像她的半步。

姬夜辰点点头道："半步的残骸损坏太严重，我用水怪的胫骨配合半步的残骸做的，所以不能一直保持半步的样子，而且时间比较紧，有些地方可能还不够完善。"

偃师师蹲下身来打量小蘑菇，压根没注意听姬夜辰说的话，小蘑菇也歪着头看她，一人一宠就这样相互对视，这么看了半晌，偃师师竟有些熟悉的感觉。

小蘑菇因为一直歪着头看她，久了整个身子失了平衡，就趴在了地上，嘴里喊着："菇朵！菇朵！"

偃师师瞧它这呆萌的样子，忍不住笑出声来，伸手将它抱起，这小蘑菇看起来个头不大，不过分量倒不轻。

"这样也好，一个机关宠物不会引起机关师们的垂涎，半步就更安全了，以后你就叫小菇朵吧！"偃师师摸摸小菇朵的脑袋道。

小家伙点点头，嘴里喊道："菇朵！菇朵！"

第十章 不辞而别

雨停之后，太阳便出来了，一夜的雨水将天空洗刷得湛蓝。

偃师师看着仅有的一匹马有些发愁，她边将身上的水渍拧干，边琢磨着要怎么办才好。

这会儿姬夜辰拿来两个包袱，将一个递给她，道："这里面是桑音给你的东西。"

偃师师接过，打开，里面装着衣服和银子，她心中万分感动，桑音真是她的救星，经过一夜和野狼的搏斗，她身上的衣服又脏又破。

"你转身，闭上眼睛。"偃师师对姬夜辰道。

姬夜辰依言转身闭眼，小菇朵却睁着一双大眼睛，看着她。

"你也转身闭眼。"小菇朵还是看着她。

偃师师只好将它放回箱子里，并将包袱里的银子也放了进去。

她走到树后偷瞄了一眼姬夜辰，见他真的没有动，便开始换衣服，等她换好衣服回来，姬夜辰依然站在原地不动。

偃师师说："你没带衣服吗？"

姬夜辰说："我没关系。"

偃师师说："换吧！会生病的，我不看你。"

她假装蹲下来看小菇朵，却见小菇朵在认真地数着银子，看不出这小家伙还是个小财奴。

身后传来脱衣的声音，偃师师悄悄地转头，只见他背对着她站着，光滑的肌肤在阳光下泛着淡淡的光泽。

姬夜辰没回头，淡淡地道："你在偷看？"

"没有，我怎么会偷看？你想多了。"偃师师讪笑，看一下怎么了？又不会少一块肉，而且她哪有偷看，明明就是光明正大地在看。

"我要去界命城打听师父的消息，你回去吧！"偃师师接着道，他现在可是大祭司，能来救自己已经不错了，她之前说修好半步的事，只是为了为难他，没想到他竟然做到了，可那时他还不是大祭司，现在……

"好，那我们就去界命城。"

"我说的是我去界命城。"

"嗯，我们去界命城。"

"你现在可是风暮部落的大祭司，你走了，祭祀的事情怎么办？"

"我下山的时候，先生说，我是南周国的太子。所以，我不能是大祭司。"

"哦，那你赶紧回南周国吧！你失踪这么久，家里该多着急，你还是赶紧回家报个平安吧！"

"那样我就听不到你的心跳声了。"

看看，看看，这个家伙就是软硬不吃，又说这句话，偃师师实在不明白心跳声有什么好听的，说一次她还当他是胡闹，这都说了好多次了，偃师师不得不怀疑自己的心跳声是不是真的有那么好听，她仔细聆听自己的心跳声，也没觉得有什么特别之处啊！

"这心跳声有什么好听的，况且你跟着我也没什么好处，我一路寻找师父，风吹日晒，风餐露宿的，还会遇上坏人，还不如你回家当你的什么太子皇子来得舒服呢。"偃师师不甘心，又开始循循善诱。

"你这一路寻找师父，风吹日晒，风餐露宿的，还会遇到坏人，我正好可以保护你。"姬夜辰不为所动，坚持己见。

"你这是耍赖皮，你见过哪个太子跟着人家大姑娘……后面的，有失身份。"

"现在耍赖皮的人是你，我已经修好半步了。"

偃师师无语望天，这笨蛋，估计自己还没找到师父就要被他活活气死了，我宝贵的命啊！

第十章 不辞而别

第十一章　神秘的白衣公子

天洛百郡是以天洛郡为首的百郡联盟。相传五百年前，天洛大陆有一大国，称为天洛国。后来发生灭世之乱，一夜之间天洛国分崩离析，形成了如今的天洛百郡。而南周国也是在那时成立的。百郡均奉南周国为宗主国，实行岁供制。百郡依据地形，在南周国周边散落，主要集中在最南方。

阻梁山位于天洛郡北面二百里，此山是出了名的匪山，劫匪、强盗甚多，因此也形成了狼多肉少的局面。此山山路一面挨着悬崖，一面靠着峭壁，易守难攻。若遇下雨，发生泥石流、山洪等自然灾害，道路更是无法行走。官府清剿过几次，损失惨重，之后便不再管。自此百姓路经此地都会绕道而行。不过今日却有人要过此山。

正午，天空下着绵绵细雨，山中显得有些昏暗，狭小的山路上，奔来十几匹骏马。雨天山路不好行走，来人都小心地驱马前行。

"老爷，虽然这山是去公输郡最近的路程，但是这山据说不安全，我们还是小心些为好。"说话的是人群中年纪最大的老者。

"赵管家，你怕什么，难道还有人敢抢我们公输家吗？"公输啸有些不高兴，公输世家可是天洛大陆第一世家，什么劫匪不要命了敢抢？

"把族徽举高一点儿，让人家看清楚一些，我们可是公输家的人。"公输啸命令道，走在前头的护卫将手中的旗帜又举了举，只见旗帜上用秘银丝线绣着一个并在一起的仙鹤翅膀，中间有明灿灿的太阳光线，这正是公输家族的千年家徽：鹤翼天曜纹。

"赵管家，你看看还有多久可以走出这座山。"公输啸有些不耐烦地问道。

赵管家急忙从怀中取出地图，借着昏暗的天光瞧了瞧，道："老爷，现在已经过了大半，再走个三五里就可以出山了。"

"嗯，让他们走快些。"公输啸说完，伸手摸了摸藏在胸口的事物，心中的躁意顿时淡了许多，满意地笑了笑。这一次族长定会奖励他，说不定还会将天洛郡的所有生意交由他来管理。想到此，他又忍不住笑了笑。

这厢笑意还在脸上，前边的护卫却突然停了下来。

"怎么不走了？"

赵管家见此上前两步，瞧了瞧又急忙回来道："老爷，前面有强盗。"

"强盗？多少人？"

"一个。"

"一个？"

公输啸的脸立马拉了下来，有些不耐烦地朝赵管家挥挥手，赵管家会意上前两步，对着地上躺着的人道："阁下请行个方便，借个道，我等……"

他话还没说完，公输啸就按捺不住了："喂，我说你要睡觉回家睡去，别在这挡路，没瞧见这是公输家的队伍吗？"

那人罔若未闻，依然躺着。

公输啸"嘿"一声就想下马，然而一瞧见地上的淤泥他就缩了回去,朝赵管家道:"去看看是死的还是活的。"

赵管家惶惶不安地下马上前,还未走近,那人就翻了个身,嘴里嘀咕道:"是要借道吗?"

"废话,赶紧的,本老爷还要赶路。"公输啸越发不耐烦,这地方脏兮兮的,让他甚是想念他那新妾的软床。

"那就好。"那人说完就站了起来,将蓑衣拢了拢,接着道:"把东西交出来。"

赵管家瞧清这人面目,吓得就跑了回来,喊道:"老爷,这是……这是官府通缉的要犯,狂良才。"

这狂良才本是强盗出身,专门打家劫舍,没少伤人性命。后来被官府通缉,他逃上阻梁山,之后便在这边安营扎寨做起山贼头子。

狂良才道:"看来还是你这管家有些眼力见儿。"

公输啸不以为意,指着一旁的旗帜,道:"你是不是瞎啊?没瞧见这旗上是什么标志吗?还敢打劫?"

"瞧是瞧见了,那又如何?你以为你冒充公输家就可以从这里过去了?"狂良才冷笑,将剑抽出道,"不想死就速度一点儿,我只要东西,不想沾上血。"

"你胡说,我就是公输家的人,何来的冒充?"公输啸气得牙痒痒,他最恨别人说他不是公输家的人。虽然他出自公输家旁支,不过别人都因为他姓公输给他几分薄面,因此他也极为自傲。

"本老爷我叫公输啸,乃是公输家的人,不信你去打听打听。"

"用得着打听吗?你们谁见过公输家的人会拿着这么大的旗帜出来吓唬人的?"狂良才大声喊道,紧接着山里响起一群嘹亮的声音:"没有。"

公输啸被吓了一跳，急忙喊道："快，快清道，赶紧离开这里。"

通过刚才的声音，他听出这群山贼人数不少，现在趁着人没到，赶紧闯过去。

十几名护卫武器在手，正准备冲过去，狂良才突然拍拍手。

一瞬间，只见前后山路上突然涌出一群山贼，瞧那人数，不下百来号人。

双方大战一触即发，动起手来。

公输啸想走，却走不了，他一不会武功，二不会机关术，平日里只会点儿生意经。他带的护卫们也好不到哪里去，一旦遇上如狼似虎的悍匪，很快就死的死，降的降。

一场血战之后，狂良才问道："你是自己交出来还是我们把你杀了搜身？"

"交……交什么东西？您也瞧见了，我们是赶路的，什么也没有带啊！"公输啸胆战心惊，可心想自己这个宝贝怎么着都不能交出去。

狂良才不理会他，朝一旁的手下示意，几个山贼晃着刀就走上前。

公输啸吓得两腿发软，喊道："我给你，我给你，不过，你要答应不杀我。"

一个骨瘦如柴的山贼上前拿过他手中的盒子交给狂良才，狂良才刚要打开，这个山贼凑近了道："狂大哥，那人不是说，咱不能看吗？"这个山贼是狂良才的拜把子兄弟，叫万里春。

狂良才想起前几日那人来找他做一笔买卖，让他抢劫个人，至于抢劫的东西他们不能看，给的好处比他一年抢的还多，他当然要做。可是人总是免不了好奇的。狂良才打开盒子，只见里面装着一块像破布的事物，可就是这样一块破布，却让他心情激动。他认得这是江湖上盛传的《浮屠帛书》。据说凑齐此帛书者，可得天下。难怪那人会出那么高的价钱。

万里春虽不认得此物，不过瞧狂良才的样子，他也猜出这是个宝贝。万里春道："狂大哥，这两个人要不就杀了？"

狂良才点点头。

公输啸见此就急了："你们东西也抢了，还要杀人，我们二公子知道一定不会放过你们的。"

"二公子？你家二公子是什么人？"狂良才将东西收入怀中，随口问道。

"狂大哥，他说的会不会是公输二公子？"万里春道。

"对，就是公输二公子，我们二公子的威名想来你们也是知道的，那可是上了红叶榜的七目机关师，若是让他知道你们竟然抢劫公输家，他一定不会放过你们。"

公输啸虽然害怕，可他还不想死。他是生意人，察言观色是家常便饭，他见山贼都停下来，便知道起了作用，继续道："上次雷火堡的长公子打了公输家的弟子，只是个普通的弟子，我们二公子知道以后，直接上门把他打残了，你们外人是不知道，这还是因为雷火堡的堡主求情，不然二公子估计都要把他杀了。我们二公子看似温文尔雅，可发起狠来，连族长都怕。"

赵管家哆哆嗦嗦站在一旁，不敢吱声，心想老爷这次说起二公子，怎么和以前不一样？

人之将死，其言也善，狂良才听完有些犹豫了，若真是公输世家的人，那他真惹不起，尤其是公输二公子。据说此人狂妄自大，做事不计后果。

他小声问万里春："万老弟，你说那人给的消息可靠吗？"

"想来，应该是可靠的吧！这人肯定是冒充的公输家，而且……"万里春突然压低声音道，"只要我们杀人灭口，任谁也不知道。"

狂良才摸了摸怀中的事物，眼中闪过一抹狠厉，点点头。

公输啸见他们窃窃私语，就感觉有些不对，他朝赵管家使了个眼色，赵管家跟随他多年，知道他的意思。

紧接着公输啸突然抬手，指着半空喊道："二公子！二公子！那是二公子的仙鹤。"

几声鹤鸣响起，所有人的目光都被吸引，公输啸一抽马臀向前冲去，赵管家急忙跟上。

山贼们一时间没反应过来，等反应过来，马儿已经冲了过去。狂良才这才下令追。

公输啸不停地抽打马臀，马儿吃痛跑得飞快。幸好他有先见之明，几年前就找人模仿二公子的鹤鸣做了只哨子，不然今日还跑不出来。

追了一盏茶的工夫，两条腿的人毕竟跑不过四条腿的马，山贼不得不放弃。公输啸和管家一路狂奔，很快就出了阻梁山。

三日后，阻梁山被烧，只逃了两人。

这件事轰动了江湖，据说那又是公输家二公子的手笔。

旧星历九月初七。天气虽已入秋，但是正午的阳光依然炙热。

风暮原往北的道路上缓缓走来一匹骏马，马上坐着一男一女，女子撑着伞，左瞧右看，嘴里嘀咕着："没有地图真是麻烦，这也不知道走到哪儿了，连个问路的人都没有。"

男子不急不躁，淡淡说道："既然是在北边，往北走总能找到的。"

第十一章 神秘的白衣公子

女子抬头看向远处，皱起眉头："再往北就是大山了，若是走错那就麻烦了，我们还是找人问问吧。"

男子点头："嗯，若是能找到人，再买匹马儿也好。"

"买马？为何要买马？"女子闻言，收回目光，可一瞧见两人此时共乘一马，她就明白了，脸色变得有些不自然道，"我觉得……其实这样也挺好的。"说完，嘴角露出一抹贼笑，好在她坐在前头，男子并未看到。

二人正是前往界命城的偃师师和姬夜辰。

姬夜辰没再多言，马儿继续向前奔走。

过了好一会儿，他才道："前面好像有户人家。"

偃师师看去，前方路旁有个房子模样的轮廓，看来总算有人家了，她急忙催促马儿朝那儿去。

烈日炎炎，茶棚里却没有客人，店老板在一旁打瞌睡，店小二闲着无事，拿着抹布在擦拭桌子。突闻马蹄声响，他抬眼望去，只见一匹马儿在路边停下，走来一男一女。男子一身青衫，气质清雅，那脸俊得连他都忍不住多瞧两眼；女子一身蓝衫，娇小玲珑，撑着一把白伞，那伞在阳光下，白得晃眼。

瞧二人这长相和打扮，店小二便猜是富贵人家的公子小姐，忙嬉皮笑脸地上前招呼："两位客官请坐，喝什么茶？"

两人坐下，姬夜辰道："来壶清茶就好。"

"好嘞。"店小二麻利地去准备，没一会儿就将茶水端上来了，还拿了盘花生。

偃师师喝了口茶，问道："跟你问个路。"

"小姐您问，小的知无不言。"这茶棚在路边，平日里路过的人不是歇脚就是问路的，店小二早就习以为常。

偃师师道："你可知道去界命城怎么走吗？"

"界命城？"店小二低声念着，摇摇头道，"小的不知，小的还是第一次听到这个名字。"

偃师师想了想又问道："小二哥，那你可知道荒芜之地在什么地方吗？"

"这个小的倒是知道，沿着此路往北走，翻过那几座山就有一片荒芜之地，不知道小姐说的是不是那里？"店小二手指向一条路。

想来应该是那里吧！偃师师道："多谢小二哥，再问一事，这附近可有打尖住店的地方？"

店小二道："这附近没有客栈，最近的郡城离这儿还有两日的路程，不过前面不远就是我们村子，二位可到村里问问。"

也只能如此，偃师师掏了一些碎银递过去："谢谢了，多出的就当是给你的赏钱。"

店小二接了银子，笑呵呵道："谢小姐打赏，请慢用。"

两人坐了一会儿，便听见远处传来"嘚嘚"的蹄声，官道上奔来两匹骏马，其中一汉子还未下马已叫道："小二，来壶茶，有什么吃的，再来点儿。"

"得嘞，客官稍坐，马上来。"店小二嘴里应着，人已麻利地去准备。

两汉子一前一后进来，左瞧瞧，右看看，目光落在偃师师一桌，稍稍停留，便在一旁的空桌上坐下。

偃师师瞧这两人，年轻的汉子骨瘦如柴，眼窝深陷，像是风一吹就会飞走一般。另一中年汉子，魁梧黧黑，豆大的双眼闪着狡狯的光。

两人风尘仆仆，似乎赶着去哪儿，店小二上了茶水小食，那瘦汉子喝了几口茶才道："狂大哥，咱们此次这般辛苦，可得卖个好

第十一章 神秘的白衣公子

价钱。"

那魁梧汉子朝他使了个眼色,左右看看,才压低声音说着什么。此二人正是从阻梁山逃出来的狂良才和万里春。

过了一会儿,万里春又道:"狂大哥,你说那千机令抓的是何人?赏金开了三万两银子,比那官府悬赏罪犯还高,只可惜咱们走得急,没瞧清楚画像上那人的模样。"

狂良才蔑笑道:"瞧清楚又能怎样?这千机城的千机令可不是谁都能接的。"

"这千机城是个什么地方,怎么跟皇帝佬儿似的?权力看上去大得很啊!"万里春好奇地追问。

"这千机城可不简单,江湖上只闻其名,未见其影,听说只要是得罪了千机城的人,都不会有好下场。"

"这般了得,倒是老弟我孤陋寡闻了。"万里春嘿嘿笑着,眼神闪烁间,竟朝偃师师瞟去。

狂良才面露得意之色,将几颗花生丢至嘴中,接着道:"万老弟,你是不知道,那千机令极少出现,但哪次出现不是棘手人物?这次的赏金算是低的了。"

万里春两眼精光一闪,急忙问道:"还有比这赏金更高的?"

"三年前悬赏的那个七目机关师,你猜是多少赏金?"狂良才伸手比了个数,接着道,"赏金可是十万两银子。不过那机关师也是了得,在自家院子里布下无数机关陷阱,那时不知死了多少人,都奈何不了他。"

"十万两银子,那岂不是发财了?"万里春张大嘴,面露贪婪之色道:"那后来呢?可被人抓到了?"

偃师师也是无比好奇,她本不在意,可听到"机关师"三字,不由得来了兴致,更何况还有十万两银子,这可不是小数目。那千机城看样子还真是财大气粗的，发个千机令赏金就上万，若能抓住那悬赏之人，岂不横赚一笔？不过转念又想，似乎大有不妥，自己又不会武功，说不定人没抓到，命就没了。相比起来，命比钱还是重要一点点的。

狂良才突然压低声音接着道："据说最后是被'繁花四锦'击杀了。"

"繁花四锦又是什么人？听名字可不像一个人。"万里春问。

"那自然不是一个人，繁花四锦是四个人，不过是什么人我就不知道了！"狂良才道。

"这个也不知道，那个也不知道，真不知道你到底知道些什么。道听途说一点儿消息，就来这儿卖弄。"

这时，突然传来一个爽朗的声音，嘲笑道。

狂良才哪受得了这般嘲笑，猛地坐起来，火冒三丈道："哪家的狗没喂饱，管不住嘴了，接你大爷的话！"

茶棚靠里的一张桌子旁不知何时坐着一位白衣公子，正侧头端详着白瓷茶杯："你这句话问得就巧了，在下姓倪，家族夙望是要成就大业，所以起名倪大业，你说你接我的话就接吧，还要我管饱，这脸皮也是明着不要了。小二，给这个黑脸大叔上菜，炖好的大骨头，钱算我的！"

偃师师"扑哧"一笑，这人说话可真有趣，骂了人还不带一个脏字。仔细看那白衣公子，他的容貌虽然不像姬夜辰一般英俊到动人心魄，但好在面目清秀讨喜，让人一眼看过去，不由得生出几分亲和之气。

狂良才吃不准白衣公子的来路，只好手摸向腰间的刀，静待时机。

店小二有些纳闷，明明空着的位置，何时冒出来这么个人？小

第十一章 神秘的白衣公子

二上前问道："这位客官……"

"给本公子沏壶明前龙井，最好是信女采的初蕊，有好茶，本公子就有好故事！"

"公子，这个小店没有。"店小二赔着笑脸。

"那你们有什么？"

"若说好茶，本店只剩下最后一撮毛尖末了！"店小二回道。

"哎哟喂，毛尖末那是人喝的吗？嗯……还是给我沏一壶吧！但是要按照龙井的价格收钱，品位低了，档次不能低。"

经得店小二一问话，场面缓和下来，狂良才刚想要坐下，被白衣公子转头看到，取笑道："大叔，你坐啊！哪有让你听我讲故事还要站起来的道理？"

白衣公子这么一说，他倒是坐不得了，只好僵着身板，黑着脸听下去。

"要说'繁花四锦'就得先从千机城说起。千机城，它不是一个城，而是三个城。分为鬼城、兽城、王城。你们看到的千机令是千机王城颁布的，官方虽不承认，但江湖上莫敢不从，因为王城的主人叫谢千机，天工魔童谢千机。据说此人精通机关术，六岁评得一目机关师，自此十年再无进境。"

偃师师听他说到鬼城和兽城，心中一动，想起在湖心岛时的兽城，那个老头儿曾说要让鬼城的人把它造得完美，看来并不是巧合，那里一定与千机城有关系。

只听狂良才冷笑一声道："这样愚钝的人，还叫精通机关术？"

白衣公子呵呵一笑道："愚钝？他若愚钝的话，天下只怕没有'天才'二字了！"

白衣公子继续说道："沉寂了十年后，谢千机以一目机关师的身份参加'天机会'，力挫十八家族二十二门派，一战成名，当场升至九目机关师，机枢处甚至断言，他是最有实力成为下一代偃师的人选。"

偃师师听到此处，想出声询问，没想到本来还怨气冲天的狂良才抢先问道："那后来呢？"

白衣公子继续说道："后来的事出乎所有人预料，他放弃了挑战偃师技艺的机会，同时也放弃了偃师的称号。你们可知道他说给天下人听的一句话是什么？"

"是什么？"除了姬夜辰置身事外，偃师师和两个汉子一齐出声问道。

"我修之道，不畏天地，又何以被虚名所缚？区区'偃师'二字，不足以慰我心志！"

"好霸气的言辞！"偃师师忍不住赞叹一声，说完突然想起师父，忙改口道："不过，这未免太过张狂了些，若是偃师老人尚未失踪，也轮不到这些话传于世人。"

白衣公子看了一眼偃师师，继续说道："从此，谢千机苦修霸道机关术和暗黑傀儡，为各郡国和南周军制造杀伤性机关武器和城池攻防武器，暗中为各大杀手组织和情报机构制造暗黑傀儡。多少权贵人头落，多少城池硝烟起，从此造就了他千机城的地下王者姿态。"

偃师师听得震惊无比，暗黑傀儡本就是禁忌之术，他们还明目张胆地制造，看来这个千机城真不是什么好地方。

这时狂良才像是想到了什么，和万里春耳语一番，两人一再确认，面色开始变得难看。最后两人挤出笑脸，起身向白衣公子行了个大礼，这才匆匆离开。

白衣公子自始至终也没搭理他俩，仔细地品啜瓷杯里的粗茶，似乎真的品出了一等好茶的味道。

偃师师倒是刚听得尽兴，忍不住问道："这位公子，一目机关师真的能成为偃师吗？"

白衣公子心思本不在这里，他紧盯着远去的两个汉子，算好了时机刚要起身，就被偃师师的问话拦住。

他不以为意，反而端正了神色，收起笑容，认真地告诉偃师师："机关之道，在乎感悟世间万物运作之规律，河水会从高山流向低海，风从温暖吹到严寒，肢体绕着关节奔走，除非能修习到天工之眼境界的人，悟了机关万般的牵引变化，才会明白所谓的机关师级别，绝不是牢不可破的壁垒，一目机关师未必就胜不过十目机关师。普通人未必就不能成为偃师！"

偃师师觉得白衣公子说的每一个字都闪闪发光，每一个字都说到了她的心里，她好像在修习的路上突然被人点亮了明灯，再抬头看白衣公子时，发觉就连他慵懒的笑容都变得熠熠生辉。

"那个，公子，我还想问……"

白衣公子长袖一挥，道："姑娘，我还有要事在身，恕不能畅聊一番，他日再相逢一定竭力为姑娘解惑。小二，结账，他们两位的也算我的。"说完，白衣公子留下一锭银子，直奔两个大汉而去。

偃师师直愣愣地看着人走远，有些魂不守舍，她似乎被白衣公子的某一句话开启了念头，却怎么也想不出开启了什么念头。

忽然，她看向姬夜辰："我懂了，他说的天工之眼，就是你这样的，怪不得在水底你能看得那么清楚，你能提前看透水的流向。还有，跟那个家伙打架的时候，你老盯着人家的肘啊，膝盖啊，原来你看得懂他们肢体的牵引变化？"

姬夜辰思索了一下，默认道："好像是这样的！"

偃师师觉得不可思议："那照他那么说，你也有可能成为偃师。"

姬夜辰觉得偃师师又开始胡言乱语了，说道："我为什么要成为偃师？我是我自己不好吗？"不等偃师师回答，他又问道："对了，你知道什么是暗黑傀儡吗？我好像在哪里听过这个名称。"

偃师师自小受了师父的教导，技术虽然不怎么样，杂学倒触类旁通，她解释道："这暗黑傀儡嘛，我倒是略知一二，它统共分为以下几种：第一种是我们在兽城见到的傀儡兽，训练活的野兽改造成可操控的机关兽，这叫傀儡兽；第二种是将傀儡人和毒虫毒草结合在一起，训练成带有毒性的傀儡人，这些叫傀儡人；最恐怖的一种叫傀儡鬼，可惜都没人见过。"

姬夜辰又问："那你的半步属于哪种？"

偃师师气愤道："半步那么乖，根本就不是暗黑傀儡，好吗？暗黑傀儡都是禁忌之术，伤天害理，我的半步才不是。"

姬夜辰不解道："可是他杀起人来，也挺凶狠的。"

偃师师生气地说："半步是光明傀儡，你懂什么是光明傀儡吗？"

姬夜辰摇头："我不懂！"

偃师师嘻嘻笑道："你不懂就对了，凡是对我好的傀儡，都是光明傀儡！"

第十一章 神秘的白衣公子

第十二章　大战黑蛇

两人离开茶棚，没走多久，就看到了店小二说的那个村子。村子不大，有十来户人家，平日里偶有路过的人来借宿也不奇怪，只是像这样年轻俊俏的公子、小姐倒是少见，好在村民纯朴，也无人多问，两人很快就找了家农户借宿。

农户家不大，也就两间房，所以只能给他们一间。原本户主大婶想着要不让他们再去跟邻居借一间，被僵师师拒绝了。

那大婶是个实在人，也就没多说什么，只猜两人可能是私奔的小情侣。毕竟未婚男女共处一室，在他们这样的小地方，那是违背妇道的，是要被人指指点点的。

僵师师当然没想那么多，两人一路从风暮原过来，天天吃住都在一块，而且姬夜辰压根对她没有任何想法，倒是她，对他越来越有想法了。

一路上，姬夜辰对她很好，事事顺着她，好吃的她先吃，睡觉的时候，他会用树叶给她铺垫好"床"，他则在一旁打坐，为她守夜。她长这么大还没人对她这么好，即便是师父也没有，关键是，这个人还长得那么好看。她只是一个初出茅庐的花季少女，所以，即便知道他对她没想法，她也对他很有想法。

第二日清晨，跟村民买了匹马和一些东西，两人才继续赶路。按那店小二说的，两人分辨了方向，就朝北边的那座山纵马奔去。

面前的山峰，高耸万仞，云雾缭绕，层林峰峦叠嶂，郁郁葱葱。两人进了山林，就小心前行，林中森木蔼蔼，正午的阳光也照不进几缕，倒是山风清爽，鸟儿啼鸣，别有一番意境。

不知走了多久，只觉林中越发昏暗，那日头早不见了踪影，两人只好停下来休息，想来今晚是走不出这山林了。

找了块干净的空地，生起火，偃师师坐在火堆旁吃着干粮，小菇朵站在她身旁，睁着一双大眼睛，盯着她手中的食物，半晌，它伸出了仅有三只手指的小手。

偃师师瞧它这样子就明白了，敲敲它的指头道："这个你不能吃。"小菇朵小嘴一嘟，扭头就朝姬夜辰走过去。

姬夜辰在煮摘来的蘑菇，随着他的搅动，蘑菇的清香飘散开来，香气沁人。比起之前，这次的蘑菇汤味道似乎更美了，仿佛带着一股让人无法抗拒的诱惑。

姬夜辰往蘑菇汤中又加了点儿调料，那香味变得更浓烈了，随着山风弥漫在林中，惹得那远处的山林似乎隐隐有些骚动。

没多久，姬夜辰将蘑菇汤盛出，分盛两碗。闻着那香味，偃师师迫不及待地伸手去拿，旁边也伸来一只小手，偃师师抓着小菇朵的小手道："这个你也不能吃。"

小菇朵可怜兮兮地看着她："菇朵！菇朵！"

偃师师没有心软，这小家伙虽然是用半步的残骸做的，却和半步一点儿都不一样。它明明什么也不能吃，却什么都要吃，好像并不知道自己是机关宠物一般，看来，得教育。

这时，寂静的山林中忽然传来一声清脆的声响，异常清晰，像是树枝断裂的声音。

偃师师和姬夜辰不约而同地望向声源处，入目之处漆黑一片，偃师师什么也没瞧见，姬夜辰突然冲着那处黑暗说道："出来吧，

第十二章 大战黑蛇

看见你了。"

那黑暗中没有回声，寂静得让人有一种毛骨悚然的感觉。

偃师师轻轻地挪到姬夜辰身旁，小声问："你看见什么了？"小菇朵有样学样，也跟着挪了过去。

姬夜辰低声道："没有。"转而又大声道，"别躲了，那棵树后面，我看见你了。"

过了一会儿，那黑暗中果真走出来两个人，偃师师一见这两人，就认出是昨日在茶棚里的那两个汉子。

"公子好眼力，我二人闻到香味，便寻了过来，不知公子煮的什么美食，能否分我俩一些。"万里春"嘿嘿"笑着，目光却往偃师师身上瞟。

姬夜辰轻笑道："原来如此，这是蘑菇汤，二位不嫌弃就一起吃吧！"狂良才和万里春对视一眼，便在一旁坐下。

偃师师猜不透这两人的来意，心里总感觉不踏实，这两人按理说昨日已经先行离开，此时又为何会出现在此？

她心中虽有疑惑，但还是乖乖地在姬夜辰身旁坐着。

殊不知她这样子落在那二人眼中，更显得娇弱可人。

蘑菇汤只分了两碗，这两人一坐下便不客气地吃起来，看样子还真是饿了，三下两下便一扫而空，姬夜辰只好再煮一份。

"公子，这蘑菇汤还真是好吃。"他这话是对姬夜辰说的，目光却落在偃师师身上，肆无忌惮地打量起她来。

好吃便好吃，你看我作何？偃师师被他瞧着莫名火起，出口便是逐客令："既然二位已经吃饱喝足了，那请自便吧！"

"不知这么晚了，公子和小姐怎会在此？"狂良才无视偃师师的话，问了另一件事。偃师师察觉到这两人不怀好意，轻轻扯了扯姬夜辰的衣角，示意他小心。

狂良才将一根枯枝丢入火中，接着道，"我这万兄弟，最是喜欢保护貌美的姑娘。"

"嘿嘿，狂大哥最是了解我，万某保护过的姑娘可不少，小姐放心，我以后一定会好好保护你的。"万里春笑得淫邪无耻，目光更是贪婪地盯着偃师师。

这万里春本是个采花贼，后来被官府追捕，他逃到了阻梁山被狂良才收留，两人一拍即合，狼狈为奸，成了结拜的好兄弟。在茶棚时见到偃师师，他便起了心思，没想到冒出了个白衣公子，他们认出了那人的身份，不得不连夜逃进山里，没想到，在这里又遇到偃师师和姬夜辰，这便是天意啊！

"师师有我保护就好，就不劳烦二位费心了。"姬夜辰站起来，认真地说道。然而他这张脸长得实在是好看，压根没让这俩强盗淫贼感到半点儿威胁。

"公子只怕连自己也未必保护得了吧！"狂良才说着站了起来，一旁的万里春早就忍不住了，"唰"地抽出刀来。

"狂大哥，你还跟他们废什么话？这俩小嫩芽又能做什么？我们还得赶路。"想起茶棚里那个白衣公子，万里春不由得朝林中看了几眼，见没什么动静，才转身对姬夜辰道："赶紧把值钱的东西交出来，留你个全尸，这小娘子我以后一定替你好好照顾。"

姬夜辰面不改色，淡淡说道："我不想伤人，我只想保护师师，至于值钱的东西，就只有这蘑菇汤了。"

狂良才扫了眼四周，目光又落在姬夜辰身上："我这兄弟脾气不好，公子还是别惹恼了他，只要公子……"他话没说完，突然捂住嘴，面上现出痛苦之色，紧接着"呜呜"痛哭起来。

这一变故，把偃师师吓了一跳，心想你吃了蘑菇汤，你也不用这么伤心吧！

第十二章 大战黑蛇

这一会儿工夫,旁边的万里春似乎也受了感染,跟着哇哇哭了起来。偃师师与姬夜辰对视一眼,都从对方眼中看到了疑惑与不解。

两个汉子越哭越伤心,想忍可怎么都忍不住,脑子里装满了无数的悲伤之事,仿佛只有哭出来才能得以解脱。

狂良才泪如泉涌,一只手捂着嘴,一只手指着姬夜辰,含混不清地说道:"你……呜呜……你……呜呜呜……"

偃师师看着姬夜辰,姬夜辰也看着偃师师,两人莫名其妙,不知道什么情况。

"呜呜……狂大哥,呜呜呜……快杀了那小子。"万里春哭着,一刀就砍过去。

狂良才听了万里春的话,哭着砍出一刀。能当山贼的老大,他的武功是不弱的,死在他刀下的人没有一千也有八百了。所以,即便是悲伤流泪,他的刀也比万里春准、狠。

当他的刀来时,姬夜辰动了,修长的手指在刀背上轻轻一弹,刀身便歪向一边,狂良才不甘心,又一刀砍去,效果自然是一样的。两个汉子挣扎一番后,终于精疲力竭地瘫在地上。

身旁的刀被一双小手拖走,两个汉子哭得更伤心了。

小菇朵拖着两人的刀走了回来,在偃师师身前放下,邀功似的喊道:"菇朵!菇朵!"

偃师师见此,哈哈大笑,指着两个山贼道:"不抢劫啦?还想保护本姑娘,瞧瞧你们那没出息的样子,本姑娘还没出手,你们就跪地求饶了。"虽然不知道什么原因,不过好在不费吹灰之力就解决了这两个恶贼,心情忒爽。

两人跪在地上,号啕大哭,站都站不起来,心中已认定是姬夜辰在蘑菇汤中做了手脚。

姬夜辰瞧他们二人现在的样子，似乎想起了什么，蹲下身看了看锅中的蘑菇，对偃师师道："师师，他们二人的症状和你之前在湖心岛时的一样，可能这蘑菇真的有问题。"

经他这么一说，偃师师想起了在湖心岛时，自己也是吃了蘑菇汤后悲伤、难过、痛哭流涕的，与此时这两人的症状倒是很相似。她记得之前因为致笑菇的事问过桑音，桑音说过，在《百草千药录》中记载了几种蘑菇，就有一种能让人痛哭不止的迷泪菇，迷泪菇能使人产生悲伤幻觉，将你所看到的悲伤画面转换成你的悲伤，使人痛哭不止。

看来应该就是这种蘑菇。偃师师庆幸道："还好咱们没吃，不过，你怎么会摘这种蘑菇，万一我们吃了可怎么办？"

姬夜辰有些尴尬道："我喜欢吃蘑菇，但是蘑菇的种类我并不清楚，我吃过的蘑菇都没有出现这样的情况。"

偃师师想了想，说的也是，之前在湖心岛，他们是一起吃的蘑菇汤，在千佛崖也是，但是只有她一人有事。想到这里，偃师师突然意识到了什么，像发现新大陆似的认真打量起姬夜辰。

姬夜辰被她看得很不自在，问道："怎么了？"

偃师师道："看来你是百毒不侵啊，你是不是没中过毒？"

姬夜辰点点头。

偃师师两眼闪着星光，像看稀世珍宝一样看着他，嘴里嘟囔着："宝贝啊！你可真是个宝贝。"

这时一阵大风刮来，由远及近。姬夜辰远远嗅到了风中的血腥之气，面色变得沉重，没有理会偃师师，而是伸出修长的手指探入风中，感受风的流向。

似乎有些不对，他望向黑暗中，眼神肃然，手指轻轻颤动。

偃师师第一次在他脸上看到这样的表情，虽然不知道发生了什

第十二章　大战黑蛇

么，可总觉得不是什么好事。

她本能地拔腿跑到一棵大树后，小菇朵见她躲起来，也跟着蹭了过来，一人一宠就这样探头探脑地看着姬夜辰。

姬夜辰计算了一会儿，回头不见两人。

偃师师朝他招手道："这里，这里。"姬夜辰闪身也躲了过去。

林中有风声有哭声，说不出地诡异，大风越来越近，树木摇曳，火堆被吹得忽明忽灭，夜晚显得更暗了些，一旁拴着的马儿不安地嘶叫，整个山林变得鬼哭狼嚎。

姬夜辰低声道："来了。"

紧接着，狂风大作，树木断裂，就差天雷滚滚了。

狂风过后，整个空间忽然像是静止了一般，就连那两个汉子的哭声都消失了。过了一会儿，偃师师悄悄地探出头，那一眼让她整个身体如掉入冰窟中般，冻得轻轻颤抖，一双星目瞪至极限，张着小口，惊骇万分地注视着面前的事物。

只见一条通体黝黑的巨蛇绕树而来，蛇体盘旋在半空，这一小片空地都笼罩在它的阴影下，透着森森寒意。

黑蛇慢慢俯垂至火堆旁，蛇本该怕火，可它丝毫不惧，那火光将它一双竖瞳照出妖异的红芒，它口吐红芯，盯着面前的锅，似乎被那锅中的食物吸引。

偃师师不知从哪儿来的勇气，双腿一跪就向林中爬去。从她踏上江湖之路起，她就给自己定下了一个规矩，那就是，遇到危险一个字——逃！

小菇朵也模仿她的样子一跪，开始爬了起来。一人一宠还没爬两步，就被人拎住，偃师师头也未回，一手向后挥，继续向前爬去。

然而下一刻就被人拎了回来，偃师师怒视着这个阻碍她逃命的人，他到底懂不懂什么叫性命攸关，溜之大吉，三十六计走为上计。

姬夜辰完全无视她的怒火，只是做了个嘘声的手势，他紧盯着黑蛇，俊脸上是少有的凝重之色。

小菇朵很不要脸地也跟着伸出它的小手，放在嘴边，做出嘘声的手势。偃师师连鄙视它的心情都没有了，一丘之貉。

这一小片夜空，因为黑蛇的出现，被掩去了星芒，暗沉得只剩下那一撮微弱的火光。

此时黑蛇正研究着锅中的蘑菇汤，这样的食物在它眼中既稀奇又充满诱惑，它似乎在考虑要不要吃。

此时就有这样一个不合时宜的声音响起，原本趴在地上痛哭的狂良才和万里春，正悄悄地向后挪动身体，万里春一不小心压断了一截枯枝。若在平时，也不见得有什么声响，只是此时此地，在巨大的阴影下，所有细小的声响都被放大无数倍。

黑蛇似乎有些烦躁，仰起头颅，居高临下地审视着地上的"蝼蚁"，两人身体剧烈地颤抖着，两颗脑袋紧贴在地面上，就像见了皇帝要行最大的跪拜礼一般，不敢抬起。

黑蛇注视着两人，这样的威压让一旁的马儿不安地挣扎、嘶鸣，企图挣脱绳索逃离。

过了半响，黑蛇又慢慢地转过脑袋，似乎不屑再看这两人，偃师师莫名地松了一口气，她当然不是担心这两人的安危，只是在这样的环境下，面对这样一个庞然大物，你不得不害怕它会做出什么可怕的事情。

黑色长影如闪电般划过，地上的两个汉子忽然少了一个，剩下的一人还在颤抖地跪着。黑蛇喉咙一阵蠕动，似乎咽下什么，接着

第十二章 大战黑蛇

巨口一张，另一个汉子也跟着消失了，那空地上就好像从未有过这两个人一般。

偃师师拽着姬夜辰的衣角，虽然知道他不喜欢，但是现在她管不了了，因为这能给她安全感。很快，一只小手也跟着伸过来，偃师师哭笑不得，她指指小菇朵，比画着对姬夜辰道："你不是说它遇到危险会变形成半步吗？"

姬夜辰看看小菇朵，小菇朵也看着他，小身体瑟瑟发抖。

姬夜辰摇摇头，指了指黑蛇，又指指小菇朵，对偃师师比画道："它害怕，就不变了。"

偃师师无语，这都可以，果然不靠谱啊！

黑蛇的威压使马儿挣扎得更厉害了，马上的行李都被甩了下来，它终于挣脱了绳索朝林中逃去。

与此同时，姬夜辰突然说："跑。"

偃师师以为自己听错了，下一刻她还没反应过来，人已经被姬夜辰压在地上。一条黑影如一把锋利的黑刀般一挥而过，周围一圈的树木拦腰折断，残破的树枝倒塌下来。

姬夜辰拉起偃师师就跑，偃师师回头想看看小菇朵，结果便瞧见小家伙从身边一溜烟而过，跑没影了。

这还需要她担心吗？偃师师一咬牙，也拼命地向前冲去，身后不停传来树枝碎裂的响声，偃师师不敢回头看，嘴里忍不住喊道："要死啦！要死啦！这次死定啦！"

姬夜辰紧抓着她，快速地分辨方向，忽左忽右地闪避。

突然，身旁传来"呼呼"的风声，两人瞬间就被卷了起来，接着又如沙袋般被抛了出去。

身体擦过重重枝丫，摔向地上，幸好地上有断落的枝叶遮挡，不然她估计就废了。偃师师只觉得浑身都疼，仿佛全身的骨头都被震散了一般。

她躺在地上动弹不得，试着挪动身体，疼得她忍不住抽搐，朦胧中竟听到了几声鹤鸣。

难道这是要驾鹤西去了吗？偃师师忍不住闭上眼睛，再抬眼时姬夜辰已站在身前，他将她抱起，靠在树干上，又取下神夜伞，抽出神夜剑，用伞护住她。

偃师师发现他与平日似乎有些不一样，原本漆黑的眼眸此时染上了淡淡的红芒，表情是说不出的冷酷，这与他平日的淡然与优雅截然不同。偃师师有些怀疑自己是不是看错了，擦擦眼睛再看，他已背对着她，修长的身影将她挡在身后，手中的神夜剑横在胸前，与居高临下的黑蛇对视。

黑蛇慢慢卷起硕大的身躯，仿佛要给这个人施以威压，让他知道它的强大。

她扶着树干挣扎着站起，对着姬夜辰的背影喊道："姬夜辰，你快走，你打不过它的。"她知道他这是要和这条大蛇斗，可是这样的大蛇岂是他一人能敌的？

听到她的声音，他眉眼轻颤，似乎有什么东西在眼中消失，他微微侧头，但是依然站着不动，说出的话异常坚定。

"我要保护你。"

这种要命的时候还保护什么啊？偃师师差点儿被他蠢哭，心里却是十足的感动。

"谁要你保护啦？要不是现在跑不动，本姑娘早就跑了，你还傻站着干吗？"

她伸手想去拉他，黑蛇突然偏过头，这让她想到那两个汉子被吃的情景，她的手稍一停顿，脚下急走两步，将神夜伞挡在姬夜辰身前。而紧接着黑蛇大口一张就咬下，只不过却咬在神夜伞上，伞卡住了蛇嘴，黑蛇一甩蛇头，偃师师抓着神夜伞跟着被甩向夜空。

偃师师紧抓着神夜伞没有被甩下来，惊呼声夺口而出，响彻山林。

姬夜辰毫不犹豫一剑就斩向黑蛇，他并不善于使用武器，或者说他在昆仑山时，先生也从未教过他如何使用武器。他是位皇子，一位体弱多病的皇子，先生只是个治病的先生，他没有师父。但是，他有一双天工之眼，还有一个好用的脑子。

他的攻击是依靠着快速地计算来寻找目标身上的弱点，进行攻击，这在面对黑蛇时会有些吃力，因为黑蛇巨大，它的动作也异常地快，快如闪电。这与水怪那次不同，水怪被一群人围攻已经受了重伤，他有时间去计算它的弱点，这一次，他没有时间去做这些事情，他要不停地躲避黑蛇的攻击，而躲避也需要计算方位。所以，当他分心去计算黑蛇的弱点时，他就来不及躲避黑蛇的攻击。

黑蛇被神夜伞卡住喉咙，此时正是狂躁之时，蛇尾的攻击也一次比一次凶狠，姬夜辰很快就被它接二连三地扫尾扇飞。而他会继续站起，像打不死的"小强"般，继续和黑蛇战斗。

偃师师看得心惊胆战，对他喊道："你打不过它的，快走！"

姬夜辰没走，他依然一手敲击衣袂，一手挥动神夜剑，与黑蛇周旋。又是一记扫尾将他扇飞。

偃师师看着他又爬起，仿佛没事般就朝黑蛇冲来，她又急又心疼，"你快走，趁着它现在吃不了你，快走。"

"我要保护你。"他仿佛在喃喃自语，毫不犹豫地朝黑蛇攻去。

"我不要你保护我，你快走，快走。"偃师师热泪盈眶，心疼不已，这个笨蛋，他怎么可以为了她拿命去拼，他不是不喜欢她吗？

姬夜辰左右闪避,终于找准机会,一剑插入蛇身,黑蛇吃痛暴怒,如发了疯般,狠狠地将他砸向林中,沿途许多树木折断。

偃师师心系姬夜辰安危,一时失神,也被甩了出去,人在半空瞥见神夜伞还是被黑蛇吞了,心道:"不好。"

接着便见黑蛇张着血盆大口朝她扑来。

这时,她又听到了鹤鸣声,而且比之前更加清晰了,仿佛就在耳畔,她还没来得及看清,半空中一对大爪子就抓住了她。

一个男子清朗的声音传来:"大鹤啊!你看这家伙这么肥壮,烤了给本公子当下酒菜,应该不错。"

偃师师听这声音感觉有些熟悉,可一时又想不起在哪里听过。她发现抓住自己的这对鹤爪与普通的鹤不同,抬眼看去,只见这只鹤全身都是由半金半木的材质组成,身躯比一般的鹤还要大上许多。偃师师很惊讶,因为这只鹤她认得,那是公输家的机关璇玑鹤。

只听鹤上的男子又道:"哎哟喂,虽然本公子生得风流倜傥,风度翩翩,你一个畜生也不用这么盯着本公子看吧!让你当下酒菜是看得起你,你还不高兴了,真是不识抬举。"

黑蛇有些不安地抬起脑袋,与半空中的鹤对视,此时它已不如之前淡定,张着大嘴冲着璇玑鹤发出"咝咝"的叫声,像是在示威,显然这只璇玑鹤让它有了危机感。

"怎么?要打架吗?大鹤啊!你看看人家不怕你。"

那鹤也不知道有没有听懂,只是不停地扇动翅膀。忽然,鹤爪一松,偃师师还没反应过来就掉了下去,惊呼中便瞧见璇玑鹤挥着翅膀朝黑蛇扑去。

偃师师人未落地就被鹤上之人接住,并随着那人几个起落间就飞跃到不远处的一棵大树上。

第十二章 大战黑蛇

偃师师一瞧见此人就明白了，难怪听声音这么熟悉，此人正是茶棚里遇到的白衣公子。

"原来是你，刚才多谢你了。"偃师师感激道。

"举手之劳，不足挂齿。"白衣公子眉眼带笑，瞧她脸色苍白，猜她是受了惊吓，问道，"你可有受伤？"

"只是浑身发疼，应该没有受伤吧！"偃师师看了看身上，没有发现什么伤口。

"那就好，这么晚了，姑娘怎么会在这里？"

"我们要去界命城，天太晚了就留在这里过夜，没想到……"偃师师突然想起什么，着急道，"糟了，姬夜辰不知道怎么样了。"

想到黑蛇的攻击那么强，他会不会已经……

"姬夜辰？可是昨日茶棚里与你一起的那位公子？"白衣公子问道。

"对，他刚与黑蛇打斗，也不知道怎么样了。不行，我要去找他。"偃师师说着就想从树上下去。

白衣公子拦住她道："你别急，他在哪儿？我去帮你找。"

偃师师想了想，自己又不会武功，找起人来肯定没有白衣公子快，是以也没有拒绝。

"那就麻烦你了，就在那边。"偃师师伸手指了个方向。

白衣公子看向那处，点头道："好，你先在这里等着，我去去就回。"说着从树上跃下，朝偃师师指的方向而去。

此时，黑蛇和璇玑鹤打得热火朝天。

只见黑蛇一尾扫来，璇玑鹤飞上半空，翅膀一挥就扇向黑蛇，攻击虽然很突然，但是黑蛇一扭蛇头险险避过，接着张口就咬向璇玑鹤。然而，也只有璇玑鹤这样的机关鸟，才不惧黑蛇的攻击，黑蛇即便是咬住了它似乎也伤不到它分毫,而璇玑鹤锋利的爪子却让黑蛇极为忌惮。

正看着,树下突然传来一个叫声:"菇朵!菇朵!"

偃师师低头一看,正是小菇朵那个胆小鬼,再一看,姬夜辰和白衣公子也回来了。

白衣公子轻轻一跃,落到树上道:"姑娘,幸不辱命,人我带回来了。"

"多谢公子。"

姬夜辰在树干上一借力,也跃了上来,随手将神夜剑搁置在一旁,偃师师见他安然无恙,放下心来,不过还是忍不住问道:"你有没有受伤?"

姬夜辰摇摇头,目光落在偃师师手背上,眉头皱起,偃师师一看,原来手背上有几条刮痕,只是皮外伤,她也没注意。

姬夜辰从她的衣服上撕下一块布条,包住她的手。偃师师怔怔地看着,心里突然堵得慌,果然啊!这个爱好整洁的家伙,情愿撕她的衣服也不舍得撕自己的,亏她还以为……

一旁,白衣公子忽然发出一声感叹道:"哎呀!这样精彩的战斗,人生哪得几回见,好在我赶上了。"

偃师师听他说得好像看戏似的,可在和黑蛇拼命的璇玑鹤明明是他的啊!不过他这么一说,分散了她的注意力,她反而忘了生姬夜辰的气。

偃师师看着璇玑鹤,想起了什么,问道:"公子可是公输家的人?"

白衣公子反问道:"姑娘为何觉得我是公输家的人?"

偃师师道:"这是公输家第三代家主公输复所造的机关璇玑鹤,在天洛大陆也只有公输家才有制造出飞行机关鸟的技艺,所以我猜你应该与公输世家有什么关系。"早在看到璇玑鹤时,她便有所猜测。

"看来姑娘对璇玑鹤很了解。"白衣公子没回答,反而说起另一个话题。

"只是略知一二,这璇玑鹤身长六尺六,翼展九尺九,腿粗长有力,御空能力极强,据说哪怕是风雨雷电交加的天气,它也一样能飞行。只不过并没有记载它有攻击能力,现在看来,它除了会飞,还会打架。"偃师师望着打斗的璇玑鹤,娓娓道来。

白衣公子一边摇着手中的折扇一边笑道:"原本只是用来飞行,后来总觉得太浪费了,所以我做了点儿小改动。"要知道把一只飞行机关鸟改成能战斗的飞行兽,可不是说起来那么简单的。所以,他说完了,便等着这姑娘赞扬自己一番。

没想到,偃师师只是"哦"了一声,就接着说道:"只不过,你这璇玑鹤有个不足之处。"偃师师自然是对他刮目相看的,只不过在她眼里,天下机关师都没有师父厉害。

白衣公子没想到这姑娘竟然如此淡定,而且能看出璇玑鹤的不足,这让他有些好奇:"姑娘说的不足之处是?"

偃师师记得师父说过,公输家的机关璇玑鹤尾部有一个动力机括,这个动力机括有利有弊,与它的飞行有关。师父当时只是这么一说,并没有详细说明,她也不清楚,但是机关上的每个装置都有其用处,任何一个机关师都不会无缘无故安装一个多余的东西。

所以,她大胆猜测道:"璇玑鹤尾部有一个动力机括,这个机括起到了飞行作用,但是又阻碍了飞行,我觉得,璇玑鹤只怕是不能长时间飞行吧?"

白衣公子听完,看着偃师师的目光多了一抹刮目相看的意味,要知道,璇玑鹤的这个不足,知道的人不超一手之数。

他微微一笑道:"姑娘说得很对,璇玑鹤确实无法长时间飞行,它每飞行一个时辰,就要休息半个时辰,让尾部的动力机括重新蓄力。"

偃师师没想到竟然被自己蒙对了,心里很是高兴,庆幸总算是没丢师父的脸。

姬夜辰这时插口道:"璇玑鹤看起来很复杂,只怕是不好拆。"

"嗯,改造起来确实花了不少时间。"白衣公子收起折扇,抱拳道,"说了这么久还未自我介绍,在下公输不忘,还未请教两位如何称呼?"

姬夜辰略微点头道:"姬夜辰。"

偃师师笑道:"我叫偃师师,偃师的偃,偃师的师。"

三人互道了姓名,相视一笑。远处的战斗,黑蛇渐落下风,与之相比,璇玑鹤的攻击依然凶猛。

公输不忘一摇折扇,轻轻一笑道:"看来黑岐蛇坚持不了多久了,不过说来也奇怪,这黑岐蛇一般都会守着天材地宝,极少离开自己的巢穴,今日怎么会出现在此?"

"天材地宝?这蛇还有宝贝的东西?"偃师师一听有宝贝,眼睛就发亮,自动忽略了白衣公子的问题。

公输不忘道:"黑岐蛇是上古余留下来的物种,比一般的野兽智商都要高,据书上记载,这种蛇最喜欢守护天材地宝。但凡有黑岐蛇巢穴的地方,就会有宝物出世。"

"啊!这样啊!"偃师师垂涎,宝贝是什么?不就是钱吗?再看树下数钱的小菇朵,唉,穷!

她开始有些期待璇玑鹤将黑岐蛇收拾了,说起来,自己的神夜伞还在黑岐蛇的肚子里呢,那也是师父留下的宝贝啊!

公输不忘自然不知道她的这些心思，不过说起宝贝，他倒想起一事，问道："对了，两位进山时，可有遇到昨日茶棚里的那两人？"

姬夜辰不闻偃师师回应，答道："那两人已经被蛇吃了。"

"吃了？"公输不忘有些意外，难怪自己找了许久都没找到人。

偃师师回过神来，道："可不是嘛！这贪吃蛇不但吃了那两人，连我的伞都吃了。不过话说回来，你为何要追踪他们？难道他们也抢了你的东西吗？"

"咦，偃姑娘怎么知道？"

"我猜的，因为那两人也想抢劫我们，结果误打误撞地被黑岐蛇吃了，真是恶人有恶报。"偃师师一想起那瘦汉子看自己的眼神，就生不出半点儿怜悯。

"原来如此，不过这样也好，省得我再到处去找。"

偃师师听他这般说，似乎并不在乎那两人被蛇吃了，看来他有信心拿回来被抢之物，那自己的神夜伞也不用担心了。

刚这么想，就听姬夜辰道："黑岐蛇跑了。"

偃师师急忙看去，只见只剩璇玑鹤，哪还有黑岐蛇的影子。

公输不忘已纵身朝黑岐蛇逃跑的方向飞掠过去。

偃师师没他那能耐，只能看着干着急，这蛇若是逃了，她上哪儿找去？她在此，姬夜辰自然也不离开。

过了许久，公输不忘骑着璇玑鹤回来了，对姬夜辰和偃师师道："黑岐蛇估计已经逃回蛇洞了，现在天色已黑，我们明日再去找也不迟，姬兄、偃姑娘觉得如何？"

偃师师瞧他一脸淡然，似乎并不担心，想来是有信心找到的，"嗯，也好。"

第十三章 探寻蛇洞

随着黑夜的缓缓过去,阳光再次普照大地。

三人在林中宿了一夜,一早姬夜辰便将两人的包袱找了回来。三人收拾了一番便骑上璇玑鹤朝黑岐蛇逃跑的方向寻去。

璇玑鹤按公输不忘指示的方向飞去,黑岐蛇昨夜战败而逃,沿路造成许多树木倒塌折断,俨然形成了一条不规则的路线,是以他们也无须再另寻路线。

空中视野格外辽阔,山林郁郁葱葱,一览无余。天边,光线穿透云层,洒出金光,三人如披上了一层淡淡的金装,衣袂飘飘,宛如神仙一般。

除了姬夜辰安静地观察着山林,偃师师早已忍不住看起风景,小菇朵一手抓着她的衣角,鼓溜溜的大眼睛也跟着四处瞧,公输不忘瞬间就被它的萌样子逗乐了。

他自小沉迷于机关术,对机关类的事物更是感兴趣,昨夜未注意到这个机关蘑菇,这会儿仔细打量,越发觉得这机关宠物有趣。

"偃姑娘,你这机关蘑菇工艺精巧,实属罕见。"他瞧见偃师师腰间的木铃铛,自然而然地就认为机关蘑菇是偃师师造的。

偃师师并未多想,听得他夸小菇朵工艺精巧,就乐了,"你看出来啦?它可不是一般的机关蘑菇。"

哦,公输不忘听得她这般说,忍不住又打量起小菇朵。

小菇朵见他一直盯着自己，忍不住往后挪了两步，然后，悄悄地拉起偃师师的袖子将自己挡住，只露出一双大眼睛，偷偷地看着公输不忘。

公输不忘瞧它这样子，哈哈大笑起来，越发觉得这机关蘑菇有意思。

"偃姑娘，你这机关蘑菇看起来虽是一般的机关宠物，但似乎又与一般的机关宠物不同，实在有趣。不过到底哪儿不同，我一时还说不上来。"

偃师师见他瞧不出来，就嘚瑟了，清清嗓子道："蘑菇虽是蘑菇，却又不是蘑菇，这其中变幻莫测，暗藏玄机，一般人是看不出来的。"她装出一副大师的风范，说出的话老气横秋。一旁的姬夜辰嘴角露出淡淡的笑意。

公输不忘听到她说一般人看不出来，更是来了兴致，他身为七目机关师，还没有人说过他是一般人，他收起了一贯的嬉皮笑脸，准备研究一番。

姬夜辰一直默不作声，此时开口道："公输兄，我们应该快到蛇洞了。"

公输不忘闻言，不得不收回心思，朝底下看去。只见面前出现了一面山壁，黑岐蛇逃跑的路线延伸到此，便消失了。

打量了一番，他道："嗯，看来黑岐蛇的巢穴应该就在这附近，我们先下去再说。"公输不忘指使璇玑鹤飞过去。

山壁下，杂草丛生，三人寻了一会儿，便瞧见有一处草地有被压过的痕迹，这个痕迹一直延伸到山壁下的一个洞口处。

洞口约有一人高，宽不足五尺，靠近洞口之处，有些颗粒状的粪便，一股腥臭之味扑鼻而来，里面漆黑一片，透着阴森恐怖。

"看来就是这里了。"公输不忘确认道。

姬夜辰打量了一下洞口,再一瞧璇玑鹤,道:"这个洞口太小,璇玑鹤是进不去了。"

公输不忘道:"看来要先把黑岐蛇引出来才行。"

偃师师道:"昨夜那贪吃蛇见什么都吃,我们不如用食物将它引出来。"

姬夜辰道:"恐怕不行,它昨夜才吃了两个人,以它的体积来算,够它几日不用进食了,只怕不会轻易出来。"

公输不忘道:"姬兄说得对,这黑岐蛇聪明得很,经过昨夜的一场大战,它是不会轻易出来了。"

偃师师道:"那怎么办?它不出来我们的东西就拿不回来了。"

公输不忘摇了摇手中的折扇,笑道:"我倒是有一个办法,不过现在时间还早,我们不如先吃饱了再说,所谓吃饱了才有力气干活。"

"好吧!就依公输大哥安排。"

公输不忘扇子一收,笑道:"我去抓几只野禽,你们先生火。"转身朝林中走去。

生火这种事情一个人就够了,姬夜辰生火,偃师师便趁此空暇时间做袖箭。

她袖筒中的暗箭早已用完,一直赶路也没有时间制作,主要是有姬夜辰在她也不担心,而且有神夜伞保护。但是现在神夜伞也没了,昨晚姬夜辰为了救她和黑岐蛇战斗,她看在眼里,疼在心里,她要是能保护自己,他也不用以身犯险了。

想起他昨晚拼命救她的情景,偃师师心里莫名温暖,嘴角不自觉向上弯出一抹弧度,他那么在乎她,不是喜欢是什么?

也不知道从什么时候开始,她看着他时,总是莫名其妙地想到儿女情长之事,她甚至想到他们手牵着手流连于闹市之中,他们策马扬鞭踏遍大小名山,他们相拥于高山流水之畔,看潮起、看日落,他们……

偃师师忍不住就"嘿嘿"笑出声来。

姬夜辰似乎已经习惯了她这种突然发出的笑声,所以只是看了她一眼,也没有多问。

偃师师瞧他看来,脸"唰"地红了,微微低头,擦去嘴角的口水,心想,你就装吧!这么拼命地救我不是喜欢是什么?我倒要看看你能装多久。

半个时辰后,公输不忘抓回了两只野鸡和一只小野兔。将野兔用树藤拴在树上,两只野鸡在溪水里处理了下,再加上井盐,就架在火上烤。

三人围着火堆坐着,一边等待食物,一边小心地观察着蛇洞的动静。

随着时间的流逝,烤鸡的香味慢慢地弥漫开来。三人昨夜就没吃什么东西,这时候真是饿得慌,两只烤鸡很快就被三人瓜分完了。

吃饱喝足,便开始工作。偃师师问道:"公输大哥,你说的办法是什么?"

公输不忘摇着折扇,站在洞口看了一会儿道:"办法就是入洞一探,再引蛇出洞。"

偃师师心中一颤:"这会不会太冒险了?这可是它的巢穴。"明知山有虎,偏向虎山行。他是不是胆子太大了?她昨夜可是亲身体验过黑岐蛇的可怕,再进它的巢穴,不就是羊入虎口吗?不行,这么蠢的事情,她绝对不做。

"不用担心,黑岐蛇一般都喜欢在夜间活动,白天睡觉,更何况它昨夜还打了一场败仗,这时候肯定躲起来疗伤。所谓不入虎穴,焉得虎子,我们只要悄悄地拿走它的宝贝,它自然会追出来。"

姬夜辰沉思片刻,道:"这个办法倒是可以一试,只是我们不能全都进去。"

"姬兄说得对,我们的目的旨在引它出来,进去的人多了,反而会打草惊蛇。所以,为了保险起见,我们要有一个人留在这里,等黑岐蛇一出来就让璇玑鹤拦住它,以免让它又跑了。姬兄、偃姑娘,你们谁愿与我一同进去?"

"公输大哥,我和你一起去。"偃师师仿佛下定了决心。有公输不忘在,她也没啥好怕的,而且看他昨晚飞来飞去的功夫,武功肯定不弱,最重要的,她不想姬夜辰去冒险。

公输不忘点点头,对姬夜辰道:"姬兄,那就有劳你在此守候了。"他接着从怀里掏出一只手指般大小的哨子递给姬夜辰,又教了他使用的方法。

姬夜辰没有多言,点点头。

准备了几支火把,公输不忘牵着抓来的小野兔,和偃师师准备进洞。站在洞口,公输不忘点上火把,对偃师师道:"偃姑娘,你跟在我身后,有我在,不用担心。"

"嗯,公输大哥,我可是把性命交给你了,你可要好好保护我。"

这两句话说得天真烂漫,犹带稚气,公输不忘粲然一笑道:"好,走吧!"说完,他赶着小野兔当先朝洞中走去。

蛇洞中伸手不见五指,有些潮湿,但还算平坦,两人小心地朝里走去,小野兔在前面开路。

越往里走,洞口的腥臭反而越来越淡。走了一段距离,公输不忘将火把插在地上，又点上新的火把，两人继续朝里走。

偃师师跟在他身后，大气也不敢出，虽然有公输不忘在，但是周围的环境还是让她有些不安。

公输不忘见她如此紧张，安慰道："偃姑娘，黑岐蛇虽然可怕，不过它的双眼在黑暗中会变得特别明亮，就像两个灯笼一样，很远就能瞧见，所以不用担心它会突然冒出来。"

听他这般说，偃师师心里觉得踏实多了，这人虽然总是一副笑嘻嘻的样子，但是也给人一种莫名的安全感。

"公输大哥，我可以说话吗？"

"当然，姑娘想说什么？"

偃师师其实并不想说话，只是在这样压抑的环境中，她越走越害怕，想着说说话能转移下注意力，现在公输不忘问起，她又不知道说什么了。

公输不忘等了一会儿也没听到她说话，猜到她是因为紧张。

"那天在茶棚，你不是还有问题要问我吗？你想问什么？"

是哦，偃师师才想起这事，果然是因为自己太紧张了，所以把这事给忘了。

"公输大哥，那天在茶棚里，你说千机城有三个城，那这三个城都在什么地方呢？"

"千机三城在大陆上是一个谜，至今还无人知道它们在什么地方。姑娘为何想知道这个？"

"我只是好奇，随便问问。"

"嗯，不光是姑娘好奇，我也想知道。千机城因为制造暗黑傀儡，在江湖上引起了轩然大波，有人从中受益，也有人因此惨遭毒手。是以千机城树敌无数，江湖上多少势力掘地三尺都想找到他们。"

偃师师欲言又止，最后还是闭了嘴，有秘密的人着实痛苦啊！说出来怕害了对方，藏在心里又难受。那千机兽城的实力她是知道的，若不是那老头儿轻敌，他们哪能逃出来？这要是说了，指不定公输不忘想不通就跑去送死了。酌情考虑，还是等时机成熟再说吧！

黑暗中无法感知到底走了多久，估摸着走了半炷香的时间，前面出现了一个岔路口，将道路一分为二。

公输不忘将火把插在来时的通道旁，又点上一支火把，回头对偃师师道："偃姑娘，我们现在已经深入蛇洞中，这里面只怕会有不少岔道，若有危险，你记得朝着有火把的通道跑。"

"好的，公输大哥。"偃师师回头看了看，又走到火把旁，画了个箭头的标志，这样就不会跑错了。

公输不忘在两侧通道都查看了一番，选了一条通道，道："我们走这边。"

偃师师有些好奇："公输大哥，这两条通道看起来没什么区别，你为何要选这条呢？"

公输不忘嘴角勾起一抹粲然笑意，道："因为我有一双慧眼。"

见偃师师有些愕然地看着他，他哈哈一笑，解释道："虽然两边的通道看起来没什么区别，但是这一边的通道地面有新被压过的痕迹。所以，黑岐蛇定是从这边走的。"

偃师师听他说得这般简单，瞧了瞧地上，然而，还是瞧不出什么来，只好默不作声。

两人继续朝前走去，寂静的通道中只有小野兔哼唧哼唧的声音，而这个声音在这样的环境中也莫名地变得好听。

又走了一会儿，到了一处拐角，走在前头的小野兔突然嘶叫着

第十三章　探寻蛇洞

就转头往回跑。

公输不忘拉住它,示意偃师师站着不动。前面一片漆黑,火光所到之处什么也没看到,他将手中最后一支火把点上交给偃师师,又把手中另一支火把朝前丢去。

火把划过一道弧线,掉落在地上,又往前滚了滚。忽然,在火光尽头处,出现一个巨大的蛇头。

偃师师扭头就往回跑,公输不忘后退两步,手中的折扇不停地挥动,扇中便有细不可见的丝线激射而出,钉入洞壁,布下一层丝网。

偃师师跑了几步,没见他跟来,急忙回头看去,只见公输不忘正朝蛇头走去。

偃师师着急地喊道:"公输大哥,危险……"她不敢喊得太大声,怕惊扰了黑岐蛇,只能压低声音,也不知公输不忘有没有听到,反正他还是朝着那里走去。

过了半晌,只听公输不忘笑道:"没事,过来吧!只是一张蛇蜕。"

偃师师愣了一会儿,才小心翼翼地朝前挪去,近了才看到面前的蛇头空洞洞的,俨然是一副皮囊。

"这蛇蜕看起来时间不长,估计是最近才换下的,蛇一般蜕完皮,都需要大量的食物来补充体力,也难怪它会出去觅食。"公输不忘望着面前的蛇蜕,回头对偃师师道:"偃姑娘,看来咱们要从这里穿过去了,你害怕吗?"

他笑盈盈地看着她,她能坚持到这里已经不错了,毕竟是个手无缚鸡之力的女子,就连一些武功高强的女子也未必能做到。

偃师师深吸了一口气,抬头挺胸道:"不怕,我们走吧!"

公输不忘不由得多看了她两眼,笑意深了几分,朝前走去。

这蛇蜕少说也有百米长，穿过蛇蜕，没走多久，面前的空间就变得宽敞起来。

宽阔的空间中出现了一方水潭，潭中长着一棵粗大的树，树身分生两枝，各自缠绕，远远望去，宛如一对相拥的情侣，安然静立在水潭中央，如此千百年，似乎从未变换过姿势。

世间的树本该长在土里，汲取营养，可这棵树就这样任性地长在水面上，任由白色的根茎游荡在水中，散发着忽明忽灭的荧光。

潭中不知哪儿来的小鱼儿从它身旁游过，触须般的根茎便会快速地将它缠绕包裹，接着生成一颗闪闪发亮的荧光沿着根茎一路向上游去，荧光穿过树身又沿着枝丫叶子，一路环绕树身，最后落在一颗果实上。

那是一颗有着三种颜色的果实，随着荧光的滴落，果实散发出三色的光晕。一股淡淡的清香缓缓飘来，使两人精神为之一振。

眼前的奇异景致震撼人心，偃师师忍不住发出一声赞叹："没想到在这样黑乎乎的岩洞中还有这般美的景致。"

公输不忘却发出一声轻咦，仿佛想起了什么。

偃师师问："怎么了，公输大哥？"

"这好像是三生树，难道树上的果子就是三生果？"

"公输大哥，什么是三生树，三生果？我怎么听不明白？"

"三生树是传说中的神树，它原本是两棵树，在萌发之际遇见，在枯老之际死别，两树的根系早已宿命般缠绕在一起。如果一株枯萎死去，另一株便荣华繁盛，待这繁盛的树再次枯萎，早先枯死的那株又萌发新芽。任凭水下情根深，从此枯荣不相见。两树一枯一荣，便是世间百年。直到空耗过三次枯荣，才能换来一次缔结因果的机会，这结出的果子，便被唤作三生果。"

偃师师依言仔细分辨，果然看到树身颜色有深有浅，明显是两棵不同的树。

"那结出果子之后呢？"

"结出果子之后，两棵树将会共同枯老至死，世间再无此树，又不知要过多少年月之后，又在何时何地，又恰逢另两棵树因缘际会，重生因果。"

偃师师听完一阵怅然，心中有说不出的难过。师父常说众生平等，这世间万物的造化，果然是与人无异。

公输不忘只顾着激动，继续说道："这三生果可不一般，多少皇亲贵族求之不得，据说这果实能起死人，肉白骨，堪称世间少有的奇异果实。"

"那这可是个宝贝。"偃师师听他这般说，原本黯然的心情瞬间就明朗起来，"公输大哥，这个应该就是黑岐蛇守护的宝贝吧？"

"嗯，我们小心一些，黑岐蛇应该就在附近。"

听他一说，偃师师心都提到了嗓子眼，注意力刚刚一直在三生树上，险些忽略了这地方存在的危险。

公输不忘将小野兔放开，开始细细打量四周，一再确定没有黑岐蛇后，才对偃师师道："偃姑娘，你在这儿等我，我去摘果子，若是有什么不对，你直接朝外面跑，不用管我。"

偃师师有些担忧："公输大哥，你小心。"

公输不忘点点头，就朝着水潭轻轻走去。

偃师师乖乖地站着，袖箭已悄悄准备，目光四顾，留意周围的动静。

公输不忘走了几步，突然停下来，回头对偃师师挥了挥手。

偃师师明白他的意思，自觉地往后退。

两人交流时，没有注意到，水潭中出现了一圈细微的涟漪。

公输不忘比画完，又朝水潭走去，待离水潭还有几步距离时，他一跃而起，伸手抓向三生果。

他刚一抓住，便察觉到水潭的变化，一圈圈的涟漪正快速地扩大，一个巨大的黑影急冲上来。

公输不忘临危不乱，一个翻身双脚在树身上轻轻一点，借势退出水潭。与此同时，潭中一个巨大的黑影冲出了水面，愤怒地朝他扑去。

公输不忘反手一挥，几只鹤针从扇中激射而出，射向黑岐蛇。

黑岐蛇被鹤针一挡，朝前的冲劲一滞。

趁此机会，公输不忘朝偃师师大喊道："快跑！"

偃师师僵了一瞬，撒腿就朝通道跑去，她知道自己留下来，不但帮不上忙，反而会拖后腿，以公输不忘的身手，没有她拖累反而更容易脱险。

她拿着火把，闷头往前冲，脑子里有一个声音，仿佛一直在提示她：朝着有火把的通道走……朝着有火把的通道走……

也不知道跑了多久，脚下被什么东西绊了一下，险些摔倒。举火把照去，偃师师急忙掩住嘴，绊到她的是一具骷髅，这个人不知道死了多久，只剩一堆白骨，被她一绊，整个散架了。

忽然，她想起他们来时并没有在通道中看到骷髅，只看到过蛇蜕，可她跑了许久，也没有看到蛇蜕，这说明她跑错方向了。

回头看去，漆黑一片，偃师师明白，现在再往回走只会更危险，只能继续朝前，只要找到有火把的通道，顺着就能出去。

她没有停留，继续往前跑去，一路上时不时会看到几具骷髅，她也越来越害怕。

蛇洞中的通道似乎很长很长，她也忘了自己跑了多久，脚下又是一具骷髅，她刚想绕过去，忽然发觉不对，这具骷髅散在地上，

第十三章 探寻蛇洞

不正是之前绊倒她的那具骷髅吗？

她突然意识到一个问题，自己可能一直在绕圈，所以才会感觉这条通道没有尽头。

她又试了几次，依然是回到这里，这个蛇窟宛如一个巨大的迷宫，走错一步，就陷入了死循环，找不到出口。地上的这些骷髅只怕也是因为这样才被困死在这里。

她又想到一个问题，这些人被困死在这条通道中，而没有被吃掉，说明黑岐蛇没有来过，所以这里是安全的。但是他们没有找到出去的路，这里又是危险的。这是一件非常矛盾的事情。

一个人在有希望的情况下会坚持，但是当没有希望的时候，内心的恐惧便会泛滥开来，使人越来越害怕，越来越绝望。偃师师现在就有这种感觉。

人在逆境之中要么等死，要么会激发出生存的潜能。偃师师不想死，所以，深吸了几口气，她继续寻找出路。这一次她走得很慢，沿着洞壁慢慢摸索，为了好分辨，她在走过的通道中都做了标记。就这样，终于在一个拐角的地方发现了一个洞口，这个洞口只有半人高，洞口处靠着一具骷髅，将洞口掩了一大半，之前遇到骷髅她都当作没看见绕过去，所以才会忽略这个地方。

顺着这个洞口摸索过去，她没有发现之前做的标记，看来这里是一条新的通道。也不知绕了多少路，眼前隐约出现了亮光。那简直就是救命的光芒，偃师师想都没想，就朝那里急奔过去，那里一定是原来的通道。

她没发现的是，那亮光也正朝她过来。

亮光越来越近，偃师师又加快了步伐，跑着跑着，总感觉有什么不对，但是又说不上来。

这时，一只手从黑暗中伸出，一把将她拽入了另一条通道中，跟着她手中的火把被人抛了出去。

借着那瞬间的火光,她看到了公输不忘。

"公输大哥……"

"别说话。"

偃师师叩首,公输不忘拉着她又往黑暗中退了两步。他抓着她的手时,才发觉她的手冰凉,想来她很害怕,只是一直忍着没吭声,手不自觉地握紧。

偃师师本来就紧张害怕,感觉到他抓紧她的手,以为他也是如此,所以也没在意。

过了片刻,便听到一阵窸窸窣窣的声音爬过。

等到声音消失,公输不忘从怀中拿出一个拳头般大小的果实,摊在手中,果实发着三色的光晕,正是那颗三生果。

借着三生果的光芒,两人继续寻找出口。

偃师师道:"公输大哥,我在通道中看到了好多骷髅,这里面似乎死了好多人。"

"我也看到了,这里面还有千机城的人。"

"千机城的人?他们怎么会在这里?"

"据说千机兽城在研制禁忌之术中的傀儡兽,我猜,他们可能是想训练黑岐蛇,没想到都死在了里面。"

"公输大哥,有件事……"

"嘘,别说话。"公输不忘驻足倾听了一会儿,确定安全才对偃师师道,"黑岐蛇会通过声音寻过来,我们先出去再说。"

偃师师点点头,他说得对,现在确实不是说事的时候,还是等出去再说。

两人走了一阵,终于在一条通道中看到了之前插的火把,两人窃喜,确定了箭头的方向,就朝那边跑去。

这时蛇洞中传来小野兔惨烈的叫声。

两人跑了一会儿，就看到进来时的第一个岔路口，这时，一双泛着黄光的巨瞳从另一条通道冲来。

偃师师只觉得心里发凉，不用公输不忘说，她也知道黑岐蛇来了，只是没想到它来得比预想的快。

公输不忘快速挥动折扇，布下丝网，偃师师双手挥动，几支袖箭射向黑岐蛇。然而射出的袖箭发出"叮叮"几声就掉落在地上，对黑岐蛇没有造成任何伤害。黑岐蛇一冲而来，没有冲断丝线，丝线反而在它的表皮上留下一条条细微的白痕。

趁着挡住黑岐蛇的这个空隙，公输不忘对偃师师喊道："偃姑娘，你先出去。"

偃师师没有犹豫，就往外跑，拐到了另一条通道中，她停下来，袖箭不停地射击黑岐蛇。

"公输大哥，你快过来。"虽然知道袖箭没有什么作用，但是希望这点儿阻碍能让公输不忘逃出来。

黑岐蛇冲了几次没冲断无影丝，突然巨口一张，喷出了绿色的毒雾。

偃师师反应及时，用袖子捂住了嘴鼻，但是脚下一踉跄，险些摔倒。

公输不忘喊了声"糟糕"，就朝偃师师掠去。好在蛇洞中没有风，毒雾散得慢，他拉着她，一收扇子就朝外跑。

黑岐蛇没有了丝网的阻拦，愤怒地朝两人追去。

公输不忘拉着偃师师冲出洞口，黑岐蛇也跟着冲了出来。

姬夜辰守在外面，见两人冲出来，就知道是什么情况，哨子在嘴边吹出一声清啸，璇玑鹤就扑向黑岐蛇。

黑岐蛇一冲出来就被璇玑鹤阻拦，往后缩了缩，然而，没想到的是，刚扑起的璇玑鹤扑腾了两下翅膀，就像泄了气的皮球一般，突然停了下来，站着不动了。

公输不忘刚喘了口气，回头就看到了这一幕："奇怪了，璇玑鹤的动力怎么这个时候用完了？"

他哪知道，就在他和偃师师进洞以后，小菇朵就驾着璇玑鹤在天上云游了一番。

"怎么办，公输大哥？"

"要等半个时辰璇玑鹤才能再战斗，看来是要本公子亲自出手了。"

没等他出手，黑岐蛇已经朝他们咬来，被偷了宝贝，此时它正是暴怒之时，扑来的速度快如闪电。

它快，公输不忘也不慢，拦腰抱起偃师师就疾跃而开，他身法奇快，几个纵跃退至数丈开外。

黑岐蛇一扑未中，紧接着蛇尾如黑色风暴，排山倒海般扫了过去，周围一圈的树木都难逃厄运，倒塌折断。

姬夜辰没有公输不忘那样的轻功身法，只是快速地计算出黑岐蛇攻击的路线，找出躲避的空隙。他刚避开黑岐蛇的攻击，就见黑岐蛇朝公输不忘和偃师师扑过去，他急冲而上，手中神夜剑绾起一个剑花，就刺向黑岐蛇。

神夜剑不知道是用什么材质造的，锋利异常，剑身在阳光下泛着一圈淡淡的玉色光芒，插入黑岐蛇尾部。

黑岐蛇活了几百年，表皮就像是盔甲一般异常坚固，刀剑难入，没想到神夜剑一刺就插入了，疼得黑岐蛇猛地缩了回来，用力一甩就将他扇了出去，接着黑岐蛇张开血盆大口，露出獠牙，朝他咬去。

姬夜辰一掌拍在地上，借势而起，神夜剑一挥，就斩向蛇头。

第十三章　探寻蛇洞

黑岐蛇仿佛知道这把剑的厉害，蛇头一扭，又是一记蛇尾扫去。

这一次它没有如愿以偿，姬夜辰踩着有些生涩的步法，避开了攻击。若是公输不忘看到，必定会大吃一惊，因为姬夜辰用的身法，正是他刚刚抱着偃师师躲避黑岐蛇攻击的身法。没有想到他只是看了一眼，便能模仿出来，虽然有些僵硬生涩，但也有几分味道在其中。

公输不忘将偃师师放下，又从怀中取出三生果放在她鼻尖，道："偃姑娘，这三生果有驱毒的效果，你闻闻就舒服了。"

将三生果交给偃师师，他接着道："你注意安全，我去帮姬兄。"转身就朝黑岐蛇冲去。

偃师师本觉得头晕想吐，闻了三生果的香味，难受的感觉便消失了，看来这三生果还真有驱毒的作用。

黑岐蛇的可怕，偃师师是经历过的，所以，看着场中两人不停地躲避黑岐蛇的攻击，与它周旋，她替他们捏了把冷汗。

野兽的攻击与人不同，没有什么套路可言，凭的是自身的强悍和蛮力。所以，公输不忘和姬夜辰除了躲避，很难找到进攻的机会。

无法伤到两人，黑岐蛇也越来越暴躁，狂暴的攻击夹杂着疾风，将这片区域砸出一个个深坑，山体都为之震动。

避开一记攻击，公输不忘对姬夜辰道："姬兄，再坚持一盏茶的工夫，璇玑鹤就可以战斗了。"

"好。"

又是一记蛇尾猛地砸来，将地面砸出一条沟壑。场中两人察觉到蛇尾力量的恐怖，都急忙退开。虽然避开了攻击，但是黑岐蛇又快速地攻来，公输不忘轻功一跃就避开，而这一次姬夜辰却被砸飞。

公输不忘急忙跃起接住他，这时黑岐蛇张着血盆大口又咬来，公输不忘挥动折扇，射出鹤针阻挡。

黑岐蛇突然仰起蛇头，巨口一张，就喷出绿色毒雾。

毒雾当头袭来，两人都来不及捂上口鼻，就已吸入一大口，公输不忘临晕倒前，喊了声："姬兄……小心。"

毒雾弥漫得很快，瞬间就包围了这片区域。

就连偃师师躲藏的位置也布满了毒雾，不过因为有三生果，所以她没有感到不舒服。

偃师师急忙朝场中看去，只见绿雾弥漫中，一个巨大的黑影在翻滚着，姬夜辰和公输不忘都不见了人影。

糟糕，他们一定是中毒了。偃师师心急如焚，不知该怎么办才好。

这时风吹来，将毒雾吹散了许多，偃师师再看去，只见毒雾中，一个人影站立着，两手一上一下用力地撑着黑岐蛇的巨口。

偃师师看清了，那人是姬夜辰，而公输不忘正躺在他脚下。

怎么办？偃师师紧张无措，再这样下去，他们两人都会被吃掉。忽然，她看到姬夜辰不远处的神夜剑，脑中瞬间就冒出一个念头，只要拿到剑就可以杀死黑岐蛇，就能救了姬夜辰和公输不忘。

想到此，她不再犹豫，就朝那方向跑去。她满脑子想着救人，没发现黑岐蛇摆动的巨尾，眼看着就差几步，黑色巨尾如一条牛筋鞭狠抽而来，她整个人就像断了线的风筝，被拍了出去。

黑岐蛇正在愤怒中，这次扫尾力道极狠，偃师师身体砸在一棵树干上，整棵树干都被砸断，疼得撕心裂肺，掉下来时，"哇"地吐了一大口血，眼前一黑，就不省人事了。

姬夜辰看着这一幕，嘴里突然发出一声怒吼，目光在那一刻变得冰冷，那是从未有过的眼神。他双手再次用力，坚如磐石般撑着

第十三章 探寻蛇洞

蛇口，任由獠牙刺破手心，鲜血滴落，他也不在乎。

而这时，在他脑海中，一幕幕记忆就像是丹青描绘的画卷一般，一一掠过。突然，"嘭"的一声，其中的一张记忆画卷蹿出火苗，在脑海中燃烧。

脑海中的火焰没有使他感到任何痛苦，他的意识仿佛已经不再属于他。

随着记忆的燃烧，他原本漆黑的星眸，在那一刻一点点地染成红芒，烧掉的记忆在他脑海中渐渐地形成了一个字："杀！"

随着"杀"字的出现，他眼睛猩红，手上的力道越来越大。黑岐蛇不停地挣扎，蛇尾缠绕而来，卷住他的身体，疯狂地挤压。

一声低吼从姬夜辰嘴里发出，黑岐蛇连连挣扎，显得极为痛苦，卷住姬夜辰身体的蛇身也不甘地松开。

不知过了多久，阳光已经消失不见，黑云从四面八方赶来，占领了这片天空。

天空下，毒雾弥漫的空地上，那人一张俊逸的脸如玉般白，如冰般冷，一双血一般猩红的眼睛，说不出地诡异。

经过神夜剑时，他停下来看了一眼，脚尖在剑身上一点，神夜剑轻轻弹起落在他手中，动作依然优雅，只不过握剑的人似乎毫无感情。

这时，一直站在远处的璇玑鹤也往前走去，步伐越来越快，它的翅膀也慢慢展开，一声鹤鸣，璇玑鹤赶在姬夜辰之前，两爪抓起公输不忘飞向天空。

鹤背上，小菇朵忍不住回头看看偃师师的方向，弱弱地喊了两声："菇朵！菇朵！"

失去了目标，他停下来四处张望，又往另一个方向走去。

他没有发现，手中的神夜剑已经发生了变化，剑身上的玉色光晕,随着他的走动变得越来越明亮,渐渐地,光晕生出了一条玉色的光带,如藤蔓一般沿着他的手臂缠绕而上。

他仿佛毫无察觉,依旧往偃师师的方向走去。

玉色的光带绕至手臂顶端,又沿着他的身体,自上而下,一圈一圈地缠绕,看起来极为温柔。但是随着光带的缠绕,他前进的步伐开始变慢,再变慢,最后变得举步维艰。他站在偃师师几步远处,试图举起手中的剑,手却无法抬起。看似薄弱的光带将他紧紧包裹,无论他怎么挣扎,也无法挣脱。

若仔细看就会发现,这条玉色光带中有许多细小的文字,这些文字细如蚂蚁,连接在一起,形成了一串串的文字链,如锁链般紧锁着他的身体。

他一会儿恢复清醒,一会儿又被拉入深渊,不知道发生了什么,但是当他出现片刻清醒时,他挣扎着转过身,朝偃师师相反的方向艰难地迈着步伐。

"轰隆隆"的雷声在山林中响起,豆大的雨滴从天而降。不知走了多久,从一开始的举步维艰,到越来越轻松,缠绕住他身体的光带已经全部消失。一阵强光从他的额头上爆出。他清醒了。

姬夜辰怔怔地看着周围陌生的一切,周围除了树木还是树木,雨水穿过树枝滴落在他身上,他收回目光,落在自己身上,脸上现出了惊愕的表情。

他手上的伤口,正在一点点地愈合。

"为什么会这样?"

第十三章 探寻蛇洞

第十四章　失散

偃师师醒来的时候，天已经亮了，她发现自己趴在地上，身上湿漉漉的，仿佛在水里浸泡了一夜。

她从地上爬起，靠着树干坐着，树干只剩半截，被撞断的一半倒塌在地上，她想起了之前发生的事，她被黑岐蛇扇飞，砸断了这棵树，后来她便什么都不记得了。

那公输不忘和姬夜辰呢？她急忙起身四处瞧看，没看到半个人影，就连璇玑鹤和小菇朵也不见了。

她朝前走去，边走边喊："姬夜辰，公输大哥，小菇朵。"喊了几声没有回应，渐渐地，她闻到了一股刺鼻的味道。

她记得自己昏迷前，公输不忘已经晕倒，姬夜辰一人强撑着，只怕是凶多吉少，不会是被蛇吃了吧？

偃师师的担忧更甚了，强忍着腥味向前跑去。

只见面前的空地一片狼藉，黑岐蛇静静地躺在地上，已无生气。

看样子，黑岐蛇是被蛮力撕断的，除了璇玑鹤，她想不出还有什么动物能做到。

现在璇玑鹤也不在这里，这更是证明了她的猜测，只是不知道公输不忘和姬夜辰有没有事，若是没事，他们又去哪里了？还有小菇朵和璇玑鹤，它们去哪儿了？

带着这些疑问，她小心地朝场中走去。好在蛇尸有毒，没有动物来吃，不然恐怕什么也不剩了。

她细细地翻找，找到了神夜伞，这伞不愧是师父留下的宝贝，即便被黑岐蛇吞了，依然完好无损。

在伞旁，还有一个包袱，看起来像是那两个被吞的劫匪的，想到那两人抢了公输不忘的东西，她又用棍子将包袱扯出来。

将包袱和神夜伞在溪水里涮了涮，偃师师将包袱打开，里面东西不多，两件衣物，一个小盒子，一些碎银，还有一卷地图。盒子中放着一块破布，也不知道是不是公输不忘要找的东西，不管了，先收起来再说。

又将地图打开，偃师师有些意外的收获，因为地图竟然是荒芜之地的地图，不过并不完整，只有几个标记，好在界命城的位置有标注出来。想来这两人也是要去界命城的，所以准备了这个。

有了这个地图，自己去界命城就轻松多了。

偃师师将有用的东西都收起来，忽然，她想起了从蛇洞中拿出的"三生果"，急忙伸手入怀，结果掏出来的是一堆残渣，三生果已经被她压烂了，干巴巴的就像被榨完了的果汁一般。

偃师师心疼啊！这可是三生树历经三百年才结出的果实，就这样被自己糟蹋了，造孽啊！

虽然果子只剩残渣了，但是她还是舍不得扔掉，所以，往嘴里一塞，吃了。果子看起来干巴巴的，不过吃起来还是蛮甜的。

偃师师哪知道，她误打误撞地把自己治好了，若不是她压烂了三生果，果汁滋养了她的身体，她被黑岐蛇击中的那下，早就让她一命呜呼了。

现在又把果子吃了，间接地又由内而外地治好了身体残余的内伤。三生果除了能起死人肉白骨，还能使吃了果子的人百毒不侵，

第十四章 失散

当然，现在的偃师师还不知道。

蛇腹中没有找到公输不忘和姬夜辰，偃师师放心多了，这证明两人还活着，但是他们又去哪里了？

偃师师想了很多种可能，最后得出两个结论：一是他们有非离开不可的原因，二是他们丢下她走了。

她希望是第一个，不过不管是哪一个，只要他们还活着就好，这个地方是不能待了，现在最重要的是先离开这里。

偃师师离开不久，一道黑影突然掠空而来，落在这片血腥之地上。

来人一身黑袍，戴着一副黑金面具，看不清他的脸，他打量了一下四周，对于这片血腥之地，他似乎并未感到不适。

一只烬冷鸦扑棱着翅膀从半空落下，落在黑袍人的肩膀上，那是一只很特别的烬冷鸦。

大多数的烬冷鸦都是黑色的，但是这只烬冷鸦身体是黑的，颈部以上是白的，非常漂亮。

黑袍人低声说了什么，鸟儿又朝空中飞去。

偃师师没有马，所以她走得很慢，但是好在没有遇到什么危险。

她白天赶路，晚上爬到树上睡觉，饿了摘野果吃，渴了喝溪水，就这样走了三天才出了山林。

站在山坡上，眼前出现一片荒芜之地，衬着灰蒙蒙的天空，远远望去一片荒凉，寸草不生。看来这里就是荒芜之地了。偃师师深深吐了口气，历经艰辛，终于来到了这里。

站在山坡上看了许久，也没有看到一座城池，看来界命城还要深入荒地之中。

想到还有一段很长的路要走，偃师师反而不着急了，检查了一下袖中的箭筒，还剩不到十支。这个地方这么危险，没有一些保命的东西怎么行？她决定在此多留一日。

没有再进入荒地之中，偃师师在附近找了干净的水源，将水囊装满，便开始准备路上要用的东西。

准备就绪后，她又在溪水里把自己洗了一通，换上姬夜辰的衣服。毕竟要一个人进入荒芜之地，为了不引人注意，还是女扮男装比较好。

第二日一早，她再次检查了一番所带的东西，包袱里有路上吃的果子和水囊，还有那个小盒子和地图，其余的东西她都不带，毕竟她没有马，光水囊就很重了，她不得不将多余的东西丢掉，轻装上阵。

检查好了一切，又取出地图再次确认方向，根据地图的指示，在荒芜之地的外围有一个小集市，那里便是她的第一站。

背上神夜伞，偃师师开始朝着荒芜之地出发。

荒芜之地，是夹在南周、戎马、天洛百郡之间的一个无人管辖的地带。这里之所以闻名于整个大陆，是因为这里有个界命城。

界命城的由来据说是从天洛国覆灭开始，原本统一天洛大陆的天洛国分崩离析之后，天下重新割据，便形成了如今的三足鼎立之势，界命城便是在那个时候诞生的。

界命城因为地理位置特殊，聚集了大陆上各式各样的人，其中还不乏一些狠角色。久而久之，这里便成了一个鱼龙混杂、混乱不堪的危险地带。

虽然如此，依然有很多人来此，因为这里是大陆上情报传播最快的地方。另外，这里也聚集了无数财宝，其中不乏一些稀世珍宝、高级机关、有市无价的机关材料等，所以这里也出现了各式各样的交易。

第十四章　失散

有交易便有竞争,有了竞争便有杀戮,有杀戮就会有人死去,死的人多了,埋葬在黄土里的秘密也就多了。

复杂的地理环境,畸形的力量,为这里搭建了既腐败又神秘的舞台。

艳阳高照,入眼之处,一片黄沙,偃师师按照地图上的标志,已经走了两日,四周荒无人烟,除了耳畔吹过的风声,就只有踩在地上发出的"沙沙"声。

翻过一个高地,路上的人渐渐多起来,大家相互之间保持着距离,警惕着周围的一切,这是人在危险环境中,自然而然生出来的警惕意识。

偃师师尽量让自己不引起别人注意,埋头朝着荒地中出现的那个黑点走去,那里就是她的目的地。

越走近,人越多,这个地方俨然一个小集市,与普通集市不同的是,这里没有街道,没有专门的铺面,只有地摊和帐篷。

这里属于荒芜之地的外围,在这里还算是安全的,许多胆小的商人不敢进到界命城,只好将货物在此变卖。

久而久之,这里就形成了一个小集市。集市虽小,但是人不少,许多为了进界命城的人都会聚集在这里。

偃师师转了一圈,买了些干粮和水,这里的东西比普通的集市上贵很多,光干粮和水就花了她身上仅有的二十几两银子,付钱的时候犹豫了好久,老板还好心提醒她,这些食物不够吃到界命城。

不够便不够,她也没有多余的钱了,想买件厚实的衣裳都不行。

转了一会儿,她本来准备找个地方休息,突然瞧见前面聚集了很多人,似乎在议论什么事情。偃师师忍不住好奇朝那边走去。

近了,只听有人说道:"这是什么人?怎么就得罪了千机城?

真是找死。"

"这和他一起被悬赏的女子又是何人？赏金怎么才五十两？这差距也太大了。"

"估计是没什么实力，毕竟一分价钱一分货。"

"这公子长得倒是俊俏，可惜啊！那么俊的脸，就要活不久了。"

"长得好看又怎样？说不定是个小白脸，偷了千机城城主的夫人，才会被千机城悬赏。"

"呵呵，你这话说得搞笑，江湖上还没人见过千机城城主，你怎么知道他有夫人？这种话也敢乱说，也不怕被割去了舌头。"

听得众人的议论，偃师师忍不住踮起脚尖看去，隐约看到人群前面有一个告示牌，想到之前听说的千机令，她拨开人群，朝里面挤去。

等站在告示牌前时，偃师师吓了一大跳，险些没喊出来。只见告示牌上贴了两张画像，一张是姬夜辰，另一张不正是她吗？

没想到，千机令悬赏的人竟然是他们，她还奇怪兽城的人怎么没有追杀过来，原来是让全天下人追杀他们，真是财大气粗啊！幸亏自己现在是女扮男装，不然早就被人抓了。

偃师师压下心头的震惊，垂下头，一手遮在脸上，就朝人群外挤去。

她找了个没人的角落蹲下，这才缓缓地吐了口气，拍拍胸脯安慰自己："还好，还好，有惊无险。"

幸好自己有先见之明女扮男装，不然后果不堪设想。

这样的小集市都有千机令的告示，那全天下只怕是没有人不知道了，自己和姬夜辰现在都成了众人眼中的香饽饽，只要抓到了，就能一夜暴富，这是多少人梦寐以求的，这一路去界命城只怕是危

第十四章 失散

险重重啊!

琢磨了一会儿,偃师师决定还是要去界命城,不然怎么对得起自己千山万水来到这里?更何况,能不能找到师父就看此行了。

在这小集市上待的这些时间,偃师师对怎么进入荒芜之地也有了一些了解,所以她也不着急,慢慢地等待着。

没多久,就有人喊道:"各位,我们震远镖局现在招收队伍,报名的到这儿来。"喊话的是一个镖师打扮的中年汉子,生得豹头环眼,浓眉阔口,甚是威武。

荒芜之地中危险重重,有些不熟悉环境的人进去之后,会因为各种各样的原因,葬送在这片区域。

所以,为了能安全地进入界命城,这里形成了一种组团的模式。

团队的建立一般都是由一些熟悉路线的人来领头,他们长期进出这片区域,知道怎么避开危险区域,怎么找到水源。

所以很多前往界命城的人或者商队,为了安全起见,都会等到一个团队建立之后,再进入荒芜之地,哪怕为此付出更多的等待时间和更高的代价。

这个震远镖局长期运送货物进出界命城,对这片区域极为熟悉,那喊话的镖师就是震远镖局的总镖头,叫雷震远。

他话音刚落,就已经有很多人拥去报名,对这种现象,雷总镖头早习以为常。

他看着面前这个来报名的瘦弱"少年",还有"他"腰间挂着的一目机关师的标志,忍不住皱了皱眉。

他做镖师这行当多年,看人极准,一眼就看出这"少年"不会武功,而且身板很弱,这种人进入荒芜之地只怕活不过两天。

不过这种事情他们不管,在这里要死要活那都是个人的事。

"少年"自然就是偃师师，听到喊话，她就过来了，但是面前这个大叔，一直打量她，看得她心里发毛。

"大叔，我可以报名吗？"

"你叫什么名字？"雷总镖头随口问道。

"偃师……三，我叫偃十三。"偃师师讪讪一笑，好在收了口，险些忘了自己现在是女扮男装。

那总镖头看了她两眼，指着身旁一张桌子道："进团费二十五两银子，交费进团。"

"进团还要交费啊？二十五两是不是太贵了？"偃师师小声嘟囔着，这价格都快赶上半个自己的悬赏了。

"下一个。"总镖头没再理会她，直接招呼下一个人。

偃师师还想说什么，被那汉子一瞪，只好弱弱地退到一旁，眼巴巴地看着越来越多的人加入团队中。

怎么连加入团队都是要收费的？这个地方处处透着奸商的铜臭味。

穷人的日子真不好过，早知道当初就不把银子给小菇朵了，弄得自己现在这么窘迫。

偃师师琢磨着得想个法子，要不然自己一个人进入荒芜之地肯定会一命呜呼。

她蹲在一边，托着腮帮子寻思着，忽然瞧见了另一边已经有一支队伍出发了，那人数少说也有百十来人，前头的人都已经走了老远，后面的人才跟上。偃师师灵光一闪，想到了一个法子。

有了主意，偃师师便安心找了块背阴的地方坐下，揉揉有些发疼的腿，走了两日，双腿已经有些酸疼了，这后面的路还很长，要怎么办？

这时，之前的那个总镖头又喊道："各位，从现在开始，我就

第十四章　失散

是你们的领队,大家的目的是到界命城,我们团队只有一个要求,就是在去往界命城这条路上,大家一致对外,不得自相残杀,若是有人不遵守规矩,我们将驱逐他出队。

不管你武功多高强,或者机关术多厉害,想独自穿过荒芜之地去界命城,那是不可能的。没有意见,我们就出发吧!"

说完,总镖头便领着自己的镖师队伍朝前开路,加入他团队的人,也慢慢组成长队,跟在他后面。

与之前的团队相比,他们这个团队人数少了很多,有七八十人,这在团队中算是刚好及格的数字。

偃师师悄悄地跟在人群后面,紧了紧身上的包袱,跟随人群向前移动。

因为身材瘦小,又是一个人,所以站在人群后,显得毫无存在感,没有人会注意她,这正是她想要的。

灰蒙蒙的天空下,只见一支几十人组成的队伍,浩浩荡荡地朝着荒芜之地深处行去。

进入荒芜之地后,偃师师才切身体会到这个地方气候变化之大,白天燥热难当,仿佛炎热的夏日,晚上则相反,犹如寒冬腊月,冰冷至极。

走了三天,人们已经从一开始的新奇渐渐地感到乏味。白日燥热的天气,使得饮水量增加,很多人的水都已经所剩无几,人们的心情也变得烦躁起来。

有些脾气暴躁的人开始咆哮。

"雷总镖头,这都走了三天了,怎么一处水源都没有?"

"你会不会带路?你可是收了我们银子的。"

"要是再找不到水源,休怪我们翻脸不认人。"

甚至有人抽出了武器盯上那些水源多的商客,整个队伍被迫停了下来,人们各自警惕地防范着对方。

雷总镖头见了这情形,也不急不躁,喝了几口水,又看看偏西的日头,才道:"要喝水的跟着我,走得快的话,太阳下山之前就能喝到水。"

说完不再理会这些人,带着自己的镖师走了。

听到很快就有水源,队伍又开始动起来,这些人都不想死,自然不会在这时候待在这里。

正如总镖头说的一般,天还没有完全黑下来的时候,团队就找到了水源,这是进入荒芜之地以来见到的唯一一处水源,很多人就像看到了稀世珍宝一般,蜂拥而去。

偃师师因为一直走在最后,所以等她跑过去的时候,已经有些人冲到了水里。

巨变随之发生,冲进水中的人突然尖叫起来,在众人惊愕的目光中,那几人犹如着了火般燃烧起来,眨眼工夫就烧成灰烬,消失在湖水中。

有些刚取水的人,反应及时,挥剑斩去了自己的手,而有些刚要伸手取水的人,都愣住了。所有人都看向总镖头。

总镖头不以为然,走到湖的另一边,捧起水喝了几口,才道:"这湖里的水只能喝一半,想喝水的都到这边来。"

依然是同一个湖里的水,看起来没有什么区别,但是镖头没有事,所以大家也就放心地过去取水了。

总镖头继续道:"这水源叫生死湖,一半生一半死,别看它很平静,这里不知道死了多少人。"

有镖头在,偃师师不敢过去取水,只能蹲在地上,借着人群遮挡身影,心里却是捏了把冷汗,还好自己不是一个人进入荒芜之地,不然遇到这处水源,自己肯定被烧得连渣渣都不剩了。

第十四章 失散

这个湖就像阵法中的生门和死门，选错的人，都别想活了。

这时，总镖头又道："别怪我不提醒你们，想活着就别那么冲动。

"这片荒芜之地危机四伏，往后面去的路会越来越难走，若是有人自作主张，那就后果自负吧！后面会有几天的路没有水源，趁这机会把能装水的容器都装上，多喝点儿吧！

"今晚在此休息，建议你们晚上不要用沙坑取暖，不然可能会没命。"

经过刚刚一事，即便一些性子烈的人，也没敢再吭声，毕竟后面的路还需要镖头带领。

喝足了水，有人烧起了火堆，许多人围着火堆吃晚饭。

偃师师独自找了个没人的地方，就着水吃干粮。她也不想特立独行，但是自己现在是混在团队中，还被通缉，要是被人发现了，肯定没有好果子吃。所以只能远远地看着那边的火堆，感受着遥远的温度。

这种时候，她又想起了姬夜辰，她记得他的怀抱特别温暖，就像现在的火光一样，让人想靠近。

自从千萤之森第一次见，他就死皮赖脸地跟着她，现在也不知道在哪儿，会不会想起她？

偃师师越想越觉得不舒服，啃的干粮也变得难吃，就像是被人偷去了什么珍贵的东西一般，食不知味。

天黑之后，越发冷了，不知是不是因为靠近水源，今晚格外冷，冻得人牙齿打战。前两日的栖息地还有些砂岩挡风，今晚，这里就是赤裸裸的沙地。

有些耐不住寒冷的人早就忘了镖头的告诫，开始刨坑把自己埋入黄沙中，利用沙层中残留的余温来抵御寒冷。

偃师师也受不了，刨了个小坑，躺了进去，再撑开神夜伞挡住身体，就这样蜷缩着过了一夜。

黑夜过去了，又迎来新的一天。东方刚露鱼肚白，镖头就招呼所有人收拾东西出发。

第十四章　失散

第十五章　荒芜之地

　　荒芜之地，午时是一天中最热的时候，赤日炎炎，酷热难耐，天上的云朵像被太阳烤化了一般，消失得无影无踪。地上的沙土仿佛刚从热锅里蒸出来一样，变得滚烫。走在其中的人犹如热锅上的蚂蚁闷热难当，就连偶尔吹来的风也是热浪滚滚的。

　　偃师师混在队伍中已经走了六天，这些天的艰苦不可言喻，虽然没再遇到什么危险，但是依然有人死去。这种为了共同目的组成的队伍，本身就存在危险，难免有人一言不合就打起来，而活着的人会继续跟着队伍，死的人也无人过问。

　　偃师师走在人群末尾，撑着神夜伞，伞的内面是繁星闪烁的夜空，在这样燥热的地方，它仿佛能透出夜晚带来清凉一般，让人舒服。所以虽然很热，偃师师依然能坚持下来。

　　走在她前头的是一个绿衣女子和她的师兄、师弟，这三人都出自一个叫破云宗的门派，偃师师没听过，也不知道在江湖上有没有名气，反正那个大师兄武功挺厉害的。

　　只见那绿衣女子擦了擦头上的汗水，身旁的小师弟又递来水囊，她喝了几口水，才道："真是的，师父非要我们来这种地方，这里不是石头，就是风沙，这太阳都把我皮肤晒伤了。"

　　"绿儿，你不是不知道我们此行的任务，就不要再抱怨了。"一旁的大师兄有些不耐烦道。

"不就是黑山集要拍卖偃师老人的消息吗？也不知道是不是真的，而且江湖上这么多人都奔这里来，我们能不能拿到消息还不知道呢。"

"不管拿不拿得到消息，这是师父吩咐的事情，我们作为弟子就要完成，你不要再喋喋不休了。"

"你，哼……"

"师姐莫生气，大师兄是被这天气弄得烦躁了，你别和他计较。再忍忍吧，镖头说再有半个月就能到，这已经走了六日了，很快就到了。"小师弟一边安慰，一边用手遮在绿衣女子的头上，给她遮阳。

这苏绿儿每天都要抱怨几次，偃师师也见怪不怪了，只是听得他们说的事情，她心里有些担忧，这么多人冲着师父的消息来，只怕是为了师父的偃师技艺。现在距离十年一次的"天机会"还剩不到一年的时间，机关师们新一轮的争战即将开始，一定要在这些人之前找到师父。

这一路跟着众人走，她也听到了不少消息，界命城中有个黑山集，每年十月初十会举办一年一次的拍卖会。每到这个时候，大陆上各方势力都会云集于此，很多商人也会把握这个机会，前往界命城大赚一笔。

而每年拍卖会上都会出现一些极为稀罕之物，据说就连九目傀儡人都出现过，当然，那价格也高得吓人。当今的大陆，九目机关师屈指可数，更别提九目傀儡人的难造程度。

而今年除了一些珍稀之物，更有偃师老人的消息拍卖，江湖上被吸引而来的人就更多了。

苏绿儿被小师弟安慰了一番，心里舒坦多了，不过内心的烦躁还是无法消除，回头就瞧见一个脏兮兮的"少年"撑着一把白伞，

第十五章 荒芜之地

那伞样式极为少见，洁白如雪的伞面上映着几朵桃花花瓣，甚是漂亮，一个小乞丐怎么会有这么好的伞？

这种天气若能有一把伞遮阳该多好，这么漂亮的伞在一个小乞丐的手中，实在是暴殄天物。

她朝小师弟努努嘴，示意他看后面。这小师弟叫张崖，平时对师姐言听计从，回头看了眼，就明白了师姐的意思。

"师姐你等着。"

偃师师闷头走路，想着师父的事，也没发觉张崖何时挡在身前，险些没撞上去。

"小兄弟，你这伞借我师姐一用如何？"

借伞？听他说话的口气，压根就不像是借伞，更像是让自己交出伞。偃师师摇头："这是我师父给我的，不能借人。"

"你堂堂七尺男儿，青天白日的学女人打伞，不觉得丢人吗？"

"谁说七尺男儿不能打伞？更何况，我也不足七尺，有何丢人的？"笑话，她本来就不是什么男儿，打伞怎么了？而且，这伞还是师父留给自己保命的宝贝，怎么能借人？再说这个地方，有借还会有还吗？

"别不识抬举，我师姐看上你的伞，那是看得起你。"张崖面露狠色，伸手就抓来，摆明了就是光天化日之下，行抢劫之事。

关键是，在这种地方，偃师师即便喊救命都没人会帮忙，这一路上不讲道理的事，可是上演了不少。

偃师师手指一动，收起伞，张崖没抓着，一掌就朝她面门呼来，这一掌还没到，手上的劲风已经先到，瞧这力道，若是被他扇中，这脸只怕是要肿得老高了。

偃师师急忙挥伞挡在面前，没想这张崖反掌为爪，一把抓住神夜伞，冷笑着看向偃师师。

偃师师没料到，这张崖这么奸诈，从头到尾就是为了抢自己的伞，估计是算好了自己会拿伞来挡，真是个小人。

张崖抓住了伞就用力往回扯，偃师师没有与他争夺，反而任由他拉去，张崖只道是她放弃了挣扎，正暗自高兴自己得手时，就瞧见偃师师神秘一笑。

她手指一动，神夜伞应手而开，将张崖的手弹了开去。这伞可不是普通的伞能比的，这一弹之力虽没有多强悍，但是胜在来得突然。

张崖始料未及，更没想到，一把看似普通的伞，还有这样的震力。张崖冷哼一声，长剑出鞘，就朝偃师师刺过去，这一剑他已经打定主意要取她性命，所以使出的是破云宗的三大杀招之一——"破云见日"。

偃师师虽然看不出他这招是什么，但是瞧他那副狠厉的模样，也知道他想杀她。偃师师将神夜伞护在身前，袖剑已经准备在手，既然人家都开杀戒了，她还不豁出去？反正，拼了命她也得活着。

剑离神夜伞还有半寸之时，偃师师的袖箭也跟着射出。这时，突然有人挡开张崖的剑，将他带偏至一旁，袖箭错身而过，插入沙地中。

"住手，这种时候你还要跟着你师姐胡闹吗？不要忘了我们此行的目的，别节外生枝。"

被人拦下，张崖显得极为不悦，手中的剑突然反转就朝大师兄挥去，此时的他，表情与平时对师姐温温顺顺的样子一点儿都不同，显得阴狠无比。

然而，大师兄像早有防范一般，一招"破斩乾坤"迎了上去，将他的剑斩落在地。旁观者清，偃师师看得明白，这个张崖显然不

第十五章　荒芜之地

是他大师兄的对手。

"你竟然敢向我出手?"大师兄的剑直指张崖的胸口,这一剑只要再往前一送,张崖就别想再见到明日的太阳。

"齐正,你做什么?快把剑放下。"苏绿儿本来跟着队伍,一回头发现大师兄朝后方去了,也急忙跟过来。

"齐正,是我让小师弟这么做的,你要有意见就冲我来,反正,你从来都不会心疼我,呜呜……。"苏绿儿一副受了委屈的模样,掩面而泣,她平日里都喊他"大师兄",现在一生气,就直呼了名字。

"绿儿,你真是……"

"师姐,别哭了,你这一哭,我心里也难受。"

"还是你好,只有你会心疼我。"

"我不心疼你,我心疼谁?只是师弟没用,武功不如大师兄,连一点儿小事都做不好。"

"没关系,你有这个心就好了,咱们走吧!"

两人准备离开,临了苏绿儿还狠狠地瞪了偃师师一眼。

偃师师悄悄地垂下手,却迎上了齐正的目光,他冷冷地扫了她一眼,没说什么,但那眼神中的警告意味再明显不过。

等他走远,偃师师才慢慢跟上队伍。

荒芜之地中天气变幻莫测,没走多久,前一刻还烈日当空的天气,这会儿突然就暗了下来。

有人喊道:"要下雨了。"闷头赶路的人们都抬头看天,只见天上乌云密布,黑压压的云层,仿佛触手可及。

淅淅沥沥的雨滴开始落下来,这种时候的雨水就仿佛是救命的清泉一般,所有人都恨不得雨能下得更大一些,洗刷掉一身的淋漓热汗。

正当所有人享受雨水带来的清凉时，前头传来总镖头催促的声音。"是'炼魂雨'，不想死的，都走快点儿。"听他的口气似乎很着急。

"炼魂雨"，听这名字就知道不是一般的雨。这一路上发生的事情让所有人都相信，听总镖头的话没错，所以队伍里的人都加快步伐，不敢再逗留。

沉闷的雷声仿佛从天的另一边翻滚而来，越来越响，现在已经变成了震耳欲聋的轰鸣声。

惊雷炸响，偃师师只觉得两耳嗡嗡作响，满脑子都被这种声音充斥着，什么也听不清。

有人指着天空在喊什么。偃师师抬头看去，漫天的黑云仿佛化身成了黑色的海洋一般，一条条闪电银蛇在滚滚海浪中翻涌游走。

突然，一条闪电银蛇从天而降，犹如一条带着钢爪的银色劈链，将队伍中一人卷向天空。

一圈圈的银色劈链缠绕着他的身体，淅沥的雨水也掩盖不住他身上渐渐升腾起的烟雾，那人悬浮在雷电交加的空中惊呼、挣扎，声音越来越微弱，最后只剩下身体在独自颤抖着。随后一声惊雷炸响，那人犹如点燃的烟花般，"砰"的一声灰飞烟灭了。

雨还在下着，天上降下的闪电劈链越来越多，人群已经被这景象吓得惊慌奔逃，混乱中，不知何人又被劈链抓上空中。

总镖头大声喊道："不要乱跑，趴下，把兵器插入沙中。"

兵器？偃师师急忙把袖箭脱下插入沙地中，又抱着神夜伞趴在地上，她的兵器也只有这两样，也不知道这么做管不管用。

有人听了镖头的话趴下，有人已经被吓傻了，不停逃窜。

突来的天气变化，来得快，去得也快，不足半炷香的时间，雷声消失，黑云散去，天空又恢复了晴朗，仿佛什么事也没发生过。

第十五章 荒芜之地

寂静的沙地上，没人敢起来，最后还是镖头招呼，所有人才惊魂未定地爬起来收拾东西。

被炼魂雨一闹，队伍没有继续前行，而是停下来在此休整一番。镖头说起了这个"炼魂雨"。

原来"炼魂雨"是荒芜之地中出现的一种奇怪天气，这种雨来去匆匆，但是每当降下之时，就犹如炼魂地狱一般，降下无数道闪电劈链，若遇上的人不懂得躲避的方法，则会被抓上天空锤炼灵魂。

这种雨虽然可怕，但是也有人喜欢，据说有些机关师会利用这种天气来锤炼机关武器，尤其是傀儡人和机关兽。被锤炼成功的机关武器，强度和韧性都会增加数倍，有些等级比其高的机关武器，也未必能有其耐打。

所以，像荒芜之地这样的地方，有利有弊，有些人就喜欢这种充满刺激和挑战的地方。

休整好后，队伍继续出发，走了一个多时辰，天就黑了下来，还起了风沙，行走变得越发艰难。

一般天黑之后，镖头都会找地方休息，今天看样子没有停下的意思。"大家再坚持一会儿，再走二里路，到了炎湖再休息。"镖头的声音随着风沙飘来。

二里路并不远，咬咬牙就到了，但是夜幕降临，带来的寒意和风沙，使行走的人们速度慢了许多，二里路走了将近半个时辰才到。

到了目的地，所有人都喜出望外，因为今晚不用再受冻了。

炎湖不是普通的湖水，而是岩浆形成的一个个大小不一的湖泊，湖面上结了一层灰白色的岩膜，时不时有小股的岩浆破膜而出，然后又落入湖水中，随着冷热刺激，重新结一层薄薄的岩膜。

对于荒芜之地中会出现这么奇怪的湖，偃师师已经见怪不怪了，经过这么多天的行走，遇到的奇怪事物实在是太多了，别说湖水中会有岩浆，现在就是太阳从西边升起，她都相信。

偃师师边揉发疼的腿，边取出发硬的干粮吃，即使这一路上省着吃，干粮还是所剩无几了，那个卖干粮的老板果然没骗她，这点儿食物是吃不到界命城的。

担忧无用，进入荒芜之地后就没有集市了，想要吃的，要么抢，要么像镖头说的那样，捕杀食荒兽为食。前者需要用命去搏，后者相对轻松些，但是弄不好，也不知道是人吃兽还是兽吃人。

偃师师没有花时间去考虑这些事情，她实在是太累了，吃了干粮，便趴在地上睡着了。

前几日的夜晚天寒地冻，根本无法安睡，这一晚很暖和，她睡得很死，以至于连被人拎起来都不知道。

"你一个小小的机关师，竟然想混在我们团队中，赶紧起来。"

偃师师被人重重地丢了出去，揉揉惺忪的睡眼，才知道丢她的是总镖头。

"你要进队伍就要交费，若是不交就滚蛋。"总镖头劈头盖脸地吼道，他带队这么久，还是第一次遇到蹭队伍的，而且一路走到这儿，他竟没有发觉，若传出去，肯定会被人笑话。

偃师师可怜巴巴地看着他："镖头大哥，我没钱了，你就带上我吧！这也走了一半的路了，等我有钱了，一定还你。"

"走走，我们团队有团队的规矩，你若是实力强些，我们还能留你，你是既没钱又没力气，要你作何？不杀你都是客气的。"

"镖头大哥，你这么凶干吗？不就是进团费吗？"苏绿儿扭着水蛇般的柳腰缓步而来，笑盈盈道，"小兄弟，你把你的伞卖给我,我帮你付进团费怎么样?"

偃师师看着手中的伞,摇摇头。这苏绿儿怎么老打神夜伞的主意,莫不是她看出来这是个宝贝?偃师师将神夜伞抱得更紧了。

苏绿儿咯咯一笑道:"小兄弟,二十五两银子可是能买好多把伞,你不是想为了一把伞,连命都不要了吧?这个地方,离开团队是会死的。"

"这是我师父留给我的,不能卖。"

"哼,不就是一把破伞吗?有必要这么稀罕吗?这里除了我,可没人愿意出这个价,你可别后悔。"

"我不后悔,伞我是不会卖的。"

"镖头大哥,你看着办吧!"苏绿儿换了副嘴脸,双手交叉在胸前,一副看好戏的模样。

"不想死就快走,一个小乞丐也敢混入我震远镖局的队伍,快滚。"

"镖头大哥,我在这里过一夜,明早就走,好不好?"

镖头二话不说,一脚就踹了过去,好在偃师师反应快,避了开去,不然这一脚非得被踹出内伤不可。

知道沟通无果,偃师师只好收起东西离开了。周围的人没一个帮她说话的,也没人留她,大家都在看热闹。这个地方就是这样,没有什么人情可言,即便你快死了,这里有医师,他也不会救你。

偃师师没走远,这里有炎湖取暖,她可不想出去被冻死。所以,她在附近找了个不会被看到的角落,但是依旧能感受到炎湖热气的地方,缩着身子,想着熬过今晚再说。

第十六章 烬冷鸦

翌日,偃师师睡醒的时候,队伍已经走了,太阳晒得她脸发疼,夜晚的圣地此时变成了炽热的火炉。

偃师师急忙逃离了炎湖区域,取出地图查看,这张地图实在是简陋,上面压根没标记出炎湖的位置,她研究了好久,也分不清自己到底在哪儿。

正暗自发愁,就见半空中盘旋着一只鸟儿,那鸟儿也不知道是不是迷路了,一直在她头顶盘旋,也不离开。偃师师不假思索,抬手就甩出一支袖箭,箭矢擦过那鸟儿的身体,鸟儿扑棱棱地呼扇了几下翅膀,终于还是掉落下来。

这几日她天天吃硬邦邦的干粮,牙都快咬碎了,难得见到一只能吃的活物,还是荤的,必须得吃到。

那是一只黑白相间的鸟儿,个头和乌鸦一般大,身体是黑的,头部是白的。袖箭射伤了它的翅膀,掉下来时已经飞不动了,但是它能跑,偃师师刚要抓它,它撒腿就朝前跑去。

"不要杀我,不要杀我。"

这鸟儿会说话是偃师师没想到的,但是她知道世间有一种鸟,叫"烬冷鸦"。这种鸟会学人说话,但是需要从小培养,与它沟通,教它说话,等长大之后,它就会变得伶牙俐齿,善解人意。若是已经成年的"烬冷鸦",那是再如何教也没用了,它只会像乌鸦一样嘎嘎叫。

不过，想抓到刚出生的烬冷鸦特别难，因为母鸦意识到危险就会把幼鸟杀死，宁为玉碎，不为瓦全。

这只鸟儿与烬冷鸦有些不同，烬冷鸦一般都是全身黑的，这只鸟儿的头却是白的，偃师师也不确定它是不是烬冷鸦。但是，这些不重要，她现在没空研究这些，正饿得慌，哪能放过它，所以一人一鸟就展开了追逐战。

"你别跑，乖乖地让本大爷吃了。"

"妖怪啊！你是人吗？连鸟儿也不放过，你有没有爱心？"

"本大爷饿了什么都吃，你给我停下。"

"救命啊！杀鸟啦！"

"你喊破喉咙也没人来救你。"

鸟儿本来就受了伤，哪跑得过偃师师，没多久，就被偃师师给逮住了。

"你说你，都这样了还跑，累死我了。"偃师师气喘吁吁，擦了擦头上的汗水，又道，"我已经好久没吃肉了，你可不要怪我。"

"你都要吃本鸦了，本鸦还不能怪你，你有病啊？"

"哎哟喂，你这嘴巴倒是挺伶俐的嘛！我也不跟你废话了，我现在就吃你。"

"慢着，有话好说，你什么时候见过有人吃烬冷鸦的？本鸦是益鸟，吃不得。"

"不管，我饿。"偃师师边说着，边找东西生火。

"我说你这个臭女人，你要是吃了本鸦，你……"

"你刚说什么？臭女人？"偃师师看了看自己，自己现在可是女扮男装，这鸟儿怎么知道自己是女儿身？

"你怎么知道我是女子？老实交代，不然……"偃师师从它身上拔了根羽毛，以示恐吓。

"哎呀，疼死本鸦了。"

"快说，不然我烤了你。"

"本鸦不但知道你是女人，本鸦还知道你被千机令……"

"千机令？这你都知道，你是不是跟踪我？"

鸟儿似乎察觉自己说错了话，将头埋入翅膀中，不说话了。

"好样的，看来你知道的不少啊！我不吃你都不行了。"

偃师师知道恐吓无用，要有些实际行动才行，看了看周围的环境，这荒地真是不毛之地，连个生火的材料都没有，怎么烤？

鸟儿悄悄探出头，就见偃师师正四处找柴火。

"你就是烤不了本鸦，你这个臭女人，等主子到了，就会收拾你。"

"啊！对了，炎湖那儿有火，在那里烤好了。"偃师师说着就往那里去，"等你主子到的时候，你早就在我肚子里了。"

鸟儿一听，急忙探出头来，用嘴啄偃师师的手。

偃师师一疼，就松了手，鸟儿掉下来，"哎呀"一声，趴着不动了。

偃师师以为把它摔死了，急忙蹲下来查看，原来是它掉下来时伤了翅膀，疼得它站不起来。

"哈哈，你跑啊！你怎么不跑了？"

鸟儿挣扎了几下，没能站起，只能放弃。

"都说最毒妇人心，这个道理，本鸦还是知道的。"

"你还敢骂我？告诉你，这里弱肉强食，明白吗？"

"你这是趁鸟之危。"

偃师师瞧它那样，忍不住哈哈大笑起来："对，我就是'趁鸟

第十六章　烬冷鸦

之危'，你奈我何？"

将鸟儿从地上拎起，又拍掉它身上的沙子，偃师师接着道："今天就不吃你了，那里太热，估计把你烤熟了，我也被烤熟了。"

"你有这个觉悟就好。"

偃师师懒得跟它斗嘴，从衣服上撕下一条布，将它的伤口包扎起来，这才把它放在地上。

没有肉吃，她只好取出干粮艰难地啃着，这里的天气燥热，水分流失得快，干粮堪比石头。偃师师边吃着干粮，边看着鸟儿，仿佛这样干粮也能变得美味些。

荒芜之地的另一边，天空还是那片天空，只不过天空下的事情却不一样。

沙地上，一群人正围着一个青衣男子。这些人有二三十个，一个个身强体壮，眼神锐利，身上散发出的是久经杀戮的血腥之气，他们是"沙匪"，荒地中存活下来的"恶魔"。

他们将青衣男子围在中间，虎视眈眈地看着这个年轻人，这个全天下都在找的人。

男子衣裳上沾了血，显得不够整洁，这是他很不喜欢的，但是没有办法，他没有多余的衣服来换。他不是别人，正是姬夜辰。

从森林中醒来之后，他发现了自己身体的异样，记忆中也多出了一些奇怪的碎片，这使他有些不安。他不知道自己为什么会在森林中，身上的血迹也不知从何而来，他记得自己要和师师去界命城，现在师师也不见了。他一路寻找她，来到了这里。

他站在沙地里，笔直修长的身影，在沙地里拖出一个长长的影子，他一动不动，一脸淡然地看着这些要杀他的人，说了今天的第一句话。

"你们要杀我?"

他没有问为什么,从踏入这片荒芜之地开始,一路上遇到的人都想杀他,他们没有说为什么。所以,他知道他们就是想杀他,没有为什么。

"你很值钱。"

听了他的回答,姬夜辰陷入沉思,值钱?是因为他的太子身份吗?

"可我并没有钱。"

"杀了你,自然有人会给我们钱。小子,你要是想死得舒服点儿,最好不要反抗。"

姬夜辰再次陷入沉思。

自从下了昆仑就有人要杀他,风暮湖边,那个刺客说,他们不能共存,他不该回来;现在这个人说他值钱。他们想杀他的理由不一样,但是他们都想杀他,为什么?他从小生活在昆仑,没有做过任何伤害别人的事,也没有见过这些人,他们却要杀他,他有些无法理解。

他又想起下山前,先生曾说过,"尘世藏的是浊,人心藏的是祸,善恶只在一念之间,"他们选择了对他恶,那他该如何选择?

"先生要我与人为善,我不想杀人。"

人群中响起一阵哄笑,这是他们听过的最好笑的笑话了,与人为善,在这个地方何来的善?这里只有恶,越是恶,你越能活得久。

"最是迂腐数书生,真不知道你这样一个人,怎么会被千机令悬赏,莫不是真像传言那般,你是个小白脸,抢了千机城城主夫人不成?"

第十六章 烬冷鸦

"哈哈哈……"人群中又发出一阵哄笑,都说千机令上悬赏的人物,没有一个不是狠角色,这个人除了长着一副好皮囊,身上没有半分让人感觉危险的气息,说出的话更是让人觉得可笑。

"我不认识千机城城主,又怎么会抢了他的夫人?不过,你一说千机令,我就明白了。"千机令他听过,也知道这和千机城有关,所以,他很快就想到是因为他们闯了千机兽城。

"小子,你与千机城有什么恩怨,我们不想知道,但是我们要拿你换钱,这是事实。"

头领从背上拿下钢刀,这把钢刀刀面很宽,刀身很长。以他的身材使用这样的武器应该很吃力,但是他拿得很轻松,因为他有一只青铜造的手臂。每个机关师都有属于自己的机关武器,他的机关武器就是他的手臂,他利用青铜手臂来操控这把与他身材不符的钢刀。

"如果你想死得舒服点儿,就乖乖地站着别动,我下手很快,你不会感到痛苦的。"

他话音刚落,手跟着扬起,钢刀快速地劈下,就像是刽子手在对囚犯执行死刑一般。

姬夜辰安静地站着,修长的手指轻轻地敲击着衣袂,神夜剑自然地垂在身侧,看起来像真的听了对方的话一般,乖乖的,一动不动。

他不动,他眼中的世界也跟着放慢了速度,这快速劈来的一刀也变得迟钝起来。随着他的目光,一幅画面已经在脑海中生成,就像有人拿着画笔在他脑海中描绘画卷一般,把对方的招式清晰地描绘出来。

这与他以前的计算不同,以前他只能通过眼睛去看,快速地计算出来。现在,他的脑海中仿佛被开辟出了一方天地,他的计算速度比之前快了很多。

他不知道这是为什么，也许这和自己的身体变化有关，这是他的猜测。

他盯着对方的手臂。这只手臂本只有普通手臂的长度，但在刀劈出时，手臂凭空长出了半截，已经不是原来的长度了。往往很多人只会注意劈来的刀，而忽略了这一点，手臂的增长已经改变了刀的杀伤范围，原本只要退两步就能避开的招式，此时可能需要更多步来完成。所以，才会有很多大意的人死在这把刀下。

无数遍的计算过后，姬夜辰不退反进，神夜剑随着他的挪动，刺向对方的机关手臂。

头领毕竟是久经杀伐之人，感觉到他的动作，不惧反笑。手肘处的衔接机关旋转起来，劈下的刀反转而回，形成半包围之势，斩向姬夜辰。

这只青铜手臂，外面包裹着一层非金非铜的秘银，坚硬异常，不知道替他挡下了多少攻击，这个小子是想将他的手臂卸下，简直可笑。

然而这回旋的一刀，还是晚了一步，姬夜辰的剑已经插进了他的手肘处，使他整个手臂运转失灵。

他的速度已经很快，没想到姬夜辰更快，快得可怕。他更没想到的是，姬夜辰的剑也很锋利，锋利到可怕。神夜剑抽出时，头领的手臂跟着飞了出去。

眨眼工夫的事，头领已经被卸下手臂，这是所有人未预料到的。

"都愣着干吗？一起上，把他杀了。"头领震惊之后，随即下令，这个看起来毫无危险的小子，现在他不得不开始重视，尤其是他手中的那把宝剑，必须拿到。

第十六章　烬冷鸦

可惜他们人虽多，出手也快，也够狠，但是他们遇到的是现在的姬夜辰。姬夜辰不喜欢杀人，先生告诉他的话，他一直谨记着，但是他需要自保。

他的目光一一扫过人群，手指快速敲动，身形跟着他的计算轻轻挪动，手中的神夜剑随着他的挪动，不停地挥动着。等他步伐停下时，一阵"叮叮当当"的兵器掉落声响起。

所有沙匪捂着手，嗷嗷大叫，每个人的手肘处都有一处伤口，地上到处散落着他们的兵器。

"只是外伤，不会伤及性命的。"姬夜辰淡淡地说道，平静的语气就像医师在和病人说"你没病"一样。

所有匪徒看向首领："头领，怎么办？"

"什么怎么办？我们这么多人都杀不了他吗？继续上。"

"头领，我的手动不了了。"

"我的也是。"

接二连三的声音响起，说着同样的话语。

姬夜辰再次提醒道："一个时辰之内都不能使用受伤的手，不然以后可能都用不了，切记。"

他说完转身要走，似乎又想起了什么，问道："你们有没有见过一个姑娘？她的眼睛很大，背着一把白伞。对了，她的心跳声特别好听。"

心跳声好听？这是什么鬼话，怎么会有人心跳声好听？所有人摇摇头，不知道他说的是谁。

姬夜辰不再理会这些人，径直朝前方走去，留下一群不知所措的沙匪。

"头领，怎么办？"有人问道。

"要不跟着他，一个时辰后，我们再想法子杀了他？"

头领摇摇头，他们这些在荒芜之地中生存下来的人，身体极为强悍，受过的伤也不少，但是像这样，只是一个小小的伤口就使他们整只手都动弹不得的情形，很少很少。

更可怕的是，这个青衣男子是如何出手的，他在一旁都没看清楚，这个人不简单。

"把消息放出去。"

傍晚，是一天中最舒服的时候，那时候天没那么热，也没那么冷，刚刚好。趁着这个时候，偃师师能好好休息一番。

偃师师已经走了三天，这三天没有看到团队的影子，也没有找到水源。她的干粮一天前就已经没了，靠着水撑了一天，现在水也没剩几口了，若是再找不到吃的喝的，她会死在荒芜之地中。

据说，人死之前都要吃一顿好的，才对得起自己，偃师师现在已经没有吃的了，若一定要说有，那就只剩鸟肉了。所以，她决定把鸟儿吃了。

说服了自己，偃师师开始生火。

把火烧旺了，偃师师对鸟儿道："小白头，你可不要怪我，我现在能吃的就剩你了，你就让我吃了吧！"

"小白头"是偃师师给鸟儿取的名字，这两天她边赶路边和小白头斗嘴，一路上倒也不寂寞。

这鸟儿看似很能说，但是除了会纠正她的行走路线之外，其他的事情无论偃师师怎么引诱，也无法从鸟嘴里撬出半点儿秘密来。难怪烬冷鸦也被人称为最忠实的鸟类，会为主人保守秘密，至死都不会背叛主人。

"都说了本鸦不叫小白头，这么难听的名字，你真是个没见识的女人。"

"你还敢骂我,那我问你,你叫什么?"

"鸦鸦。"

"什么?鸦鸦?这名字,怎么像个姑娘?难道你是个姑娘?"

"你才是姑娘,本鸦是大老爷们儿。"

"好好,这都不重要,反正我要把你吃了。"

说罢,偃师师抬起手,袖箭对准鸟儿脑袋。

"慢着,有话好说……本鸦知道在哪儿能找到吃的喝的,你等本鸦翅膀好了,本鸦带你去。"

"不行,等你翅膀好了,我不是饿死就是渴死了,到时候你早就飞走了。"

"唉,那你杀了本鸦吧!"小白头说着闭上眼睛,垂下脑袋。

"小的时候,本鸦的家乡遭遇了大火,本鸦失去了父母,无依无靠,吃不饱、穿不暖。后来主子救了鸦鸦,把鸦鸦养得白白胖胖的,没想到,鸦鸦还没有好好报答主子的救命之恩,就要被你吃掉了,鸦鸦这可怜的鸟命啊!嘎呜……"小白头朝天喊了一声,又展开翅膀捂着眼睛,仿佛真的很悲伤一般。

"哦,不好意思,本鸦没有眼泪。"

"呜呜,太感人了。"偃师师举起袖子擦眼睛,接着一把抓住它的双脚,笑呵呵道:"虽然你的故事编得很感人,但是,我还是要吃你。"

"女人就是虚伪,做什么事情,都要给自己找一堆借口。"

偃师师不理会它,将它身上的布条揭开,看着它翅膀上的伤口,偃师师轻轻一笑,果然!

她忽然扬手把小白头抛向天空,接着喊道:"记得飞高一点儿,再被人抓住非吃了你不可。"

小白头扑棱了几下翅膀,慢慢稳住身形,望了望底下的偃师师,飞走了。偃师师将最后的水喝完,就睡了。

烬冷鸦的唾液能治疗伤口,她在知道这种鸟类的时候,就知道它有这种自我疗伤的能力。只是有一点她想不通,它已经好了,她也没有绑着它,它为何不离开呢?

睡了不知多久,渐渐地闻到了一股清香,那香味是她熟悉的味道,那是姬夜辰煮的蘑菇汤。她缓缓睁开眼,透过袅袅青烟,她看到了熟悉的画面。那人一身青色衣袍,坐在火堆旁,轻轻地搅拌着锅里的蘑菇汤,如她第一次见他一般,优雅入画,俊美绝伦。

"你去哪儿了?"

"你怎么找到我的?"

"你有没有受伤?好多人要杀我们。"

"你怎么不说话……"

再次见到他,她有太多想说想问的话,一股脑地说了出来。但是他什么也没说,只是将蘑菇汤盛出一碗,端到她面前,微笑着看着她。

再次看到这熟悉的笑容,偃师师眼圈都红了,这些天受的委屈,一股脑地涌了出来,她硬是忍着没落下泪来,只是看着他傻笑,看着他抬起手轻轻地敲在她额头上。

偃师师闭上眼睛,靠进他怀里,那是她想靠的怀抱,那么温暖,那么舒服。可是,他为什么一直敲她的脑袋?

"你别敲了,抱抱我吧!"

他还是没有停下,不停地敲,不停地敲。

"咚咚咚……咚咚咚……"偃师师听到了自己脑袋发出的声音,接着不知道是什么东西在啄她的脸,就像有人不停拿针扎她一样,即便靠在姬夜辰的怀中,她都觉得疼。

疼得她受不了了,睁开眼,就看到一只飞走又飞回来的笨鸟儿。

"喂，快起来，天都亮了。"

"怎么是你？姬夜辰呢？"

"什么姬夜辰？快起来，本鸦找到水源了，哎呀！真是累死本鸦了。"

偃师师很失望，原来只是一场美梦，关键是，现在美梦还被这只笨鸟吵没了。

看着这只站在自己胸口上唠唠叨叨的鸟儿，偃师师一把将它拎到一旁，这才坐起来。

"快收拾东西，还有一段路要走呢！"小白头又在催促。

原来这只笨鸟是去找水源了，还以为它是害怕被吃掉，逃走了。

有希望自然不能等死，偃师师在这只"鸟大爷"的催促下收拾好东西，跟着它上路了。

小白头说的一段路，偃师师走了一天，从天蒙蒙亮到日头西斜，也没看到水源。走了一天又累又饿，干裂的嘴唇都渗出了血，脚上也不知道磨出了多少水疱。每次她想放弃的时候，小白头就不停地啄她，疼得她不得不继续走。她现在完全是靠着潜在的求生意识支撑着，也不知道自己能撑多久。

"不行了，歇一会儿，我走不动了。"偃师师声音干哑得快说不出话来，趴在沙地上，怎么也起不来。

"马上就到了，你闻闻，有没有闻到水的清香？"小白头站在她身上，循循善诱地鼓励着她。

"走不动你还可以爬，你爬着爬着就到了。"小白头又开始啄她。偃师师被啄得又疼又烦躁，最后又被它叽叽喳喳的声音逼得朝前继续爬去。

双手渐渐地在沙地里磨出了血，视线在风中已经看不清方向，她只能凭着小白头的指示，往前爬，不停地爬。

虽然此时她视觉模糊不清，但是还有听觉，还有感觉，所以，她听到了风中的水声，她感觉到了身下的土地变得湿润。终于找到了水源。

夕阳西下，天边的云彩像火一样绚烂，万道霞光染红了半边天，绚丽的光辉灿烂夺目，映落水中。此处便是"一叶泉"。

偃师师喝足了水，口干舌燥的感觉没有了，但是依然很饿，全身酸疼得要命，尤其是手脚，疼得她忍不住呻吟。

小白头站在她的身上，边捋着羽毛，边不停地说话。

"喂，别睡，一会儿就有吃的了。

"这水源附近每到这时候，就会有一些出来觅食的家伙过来喝水，到时候，你就可以逮几只来吃。

"哇，你是不知道，那肉可香了。"

偃师师不知道它说的是什么，有气无力地问道："你说的是什么？"

"食荒兽啊！这都不知道，许多进入荒芜之地的人会被食荒兽吃掉，然后又有食荒兽被人吃掉，真有意思。"

"我才不要吃那种东西，它们肚子里都是……都是……"偃师师想想都恶心，说都说不下去，还怎么下得了口？

"你不吃它，可没东西吃了。"

偃师师无言以对，是啊！她哪还有得选，什么吃的都没了，即便是食荒兽，她都未必能抓得到。

"一会儿食荒兽来了，你就躺着别动，等它过来吃你，本鸦会抓住它的脑袋，你就趁机打它，动作要快，本鸦抓不了它多久的，知道吗？"

第十六章 烬冷鸦

"你是要拿我当诱饵？"

"难道本鸦当诱饵啊？食荒兽不吃鸟儿的。"

"哎呀……来了来了，快快躲起来。不对，是本鸦躲起来。"小白头叽叽喳喳着朝天上飞去。偃师师心里叫苦，竟然被一只鸟儿拿来当诱饵，太欺负人了。

偃师师是第一次见到食荒兽，那是一种长得像蜥蜴的动物，与蜥蜴不同的是，它长着两条尾巴，头上长着像犀牛一样的角，个头有人手臂般大。

食荒兽在岸边喝了水，突然抬起头，嗅了嗅，就朝偃师师爬过来。食荒兽来到她身旁，开始在她身上嗅，似乎是在确认猎物。按计划，这时候小白头应该扑下来抓住食荒兽的头。

然而并没有，那只不靠谱的鸟儿依然在半空中扇着翅膀，没有要下来的意思。

偃师师知道，指望小白头是不行了，她可不想坐以待毙，趁着食荒兽还没开始攻击，她悄悄地抬起手。这不动还好，她一动食荒兽就察觉了，反扑而上，张口就咬下。

腿上传来针扎般的疼，偃师师"啊"地大叫起来，袖箭胡乱地射出，一连几箭，只有一箭射在了食荒兽的尾巴上，没想到的是，食荒兽不逃，反而张口又咬下。

偃师师疼得朝天大喊："小白头，我要烤了你。"

若是普通的动物，受了伤，早就被吓走了，但是这种动物在荒芜之地生活久了，与这里的人一般，又精又狠，它们知道牙上的毒素会慢慢地侵蚀人的身体，过不了多久，人会渐渐地失去抵抗能力，那时候，它们就开始进食。

所以，这时候食荒兽是不会放弃猎物逃走的。

食荒者没有靠近，也不离开，只在偃师师身旁周旋，嘴里发出嘶哑的叫声，那是在召唤同伴。

偃师师使出吃奶的力气，从地上爬起，好在被咬过的伤口居然不疼，难道食荒兽牙齿上的毒素，还有麻痹痛觉的作用？

性命攸关，偃师师没空思考太多，按动手部机括，袖箭不停地朝食荒兽射去。可惜那畜生巧捷万端，再加上她身体乏力，射出的箭都没有准头，压根伤不到食荒兽。

折腾了一会儿，偃师师因体力不支坐在地上，食荒兽也没有攻击，只是跟她保持着一定的距离，盯着她，仿佛在等猎物成熟一般。

偃师师算是看明白了，现在不是她在狩猎食荒兽，而是食荒兽在狩猎她。人吃兽，兽吃人，这种活生生的食物链，就摆在眼前。

她抬头望天，对着出馊主意的罪魁祸首喊道："小白头，你这个骗子，有本事你下来。"

小白头没有理会她，又往高空飞去，嘴里念叨着什么，两眼紧盯着食荒兽。突然，它如一支离弦的箭般，急冲而下，两爪狠狠抓向食荒兽的脑袋。

"快快，打死它……"

偃师师被它这一冲之势惊呆了，好在反应及时，几箭射出，终于把食荒兽弄死了。

这时，小白头鸟爪一松，跟着倒在地上。

偃师师以为它受伤了，焦急地喊道："小白头，小白头你怎么了？"

一连唤了好几声都没反应，偃师师忧心忡忡，爬过去将它捧起，小白头双眼紧闭，软软地瘫在她手中，俨然死了。

偃师师泪如雨下，"哇"地哭了起来。

这些天是她长这么大以来，过得最艰苦的几天，不停地寻路，还要挨饿受冻，为了活着，一直咬牙坚持着。好在有小白头陪着，

第十六章 烬冷鸦

不然她已经放弃了。现在若不是要给她找食物，它怎么会死？

偃师师越想越难过，哭哭啼啼地说了好多话。

"小白头，要不是因为我你怎么会死？呜呜……"

"小白头，你不要丢下我。"

"你只要活过来，我以后再也不说吃你了，我也不怪你把我当诱饵……"

"你刚说什么？你不怪我？"

"……"

"说话要算话，哎呀，累死本鸦了。"装死的鸟儿扑扇着翅膀落在偃师师肩膀上。

偃师师愣了愣，才知道自己被骗了，破涕为笑。果然啊！这只笨鸟儿就该被烤了吃。

这时，远处的沙地里突然传来"沙沙"的声音，由远及近，此地没有什么遮挡物，只见一群黑影朝这边过来。

"快跑，是沙匪来了。"小白头飞上半空，朝偃师师急切地喊道。顾不得全身的酸痛，偃师师站起来就跑。

说时迟，那时快，一条长鞭从天而降，"啪"的一声狠狠地抽打在她身上。

偃师师整个人被打趴在地，疼得大叫起来，这个抽鞭的人下手极狠，恨不得一鞭子抽死她，即便背上有神夜伞阻隔了部分的力道，那种火辣辣的疼依然散遍全身，痛不可忍。

还未等她有片刻的喘息，又是一鞭子抽来，这一鞭的力度不比上一鞭的弱，打在背上，衣服都被撕破，将她打得皮开肉绽。

偃师师疼得不停地抖，眼泪糊了一脸，嗓子却发不出一丝声音，满脑子都是疼疼疼，那种痛仿佛从骨子里散发出来的一般，疼得她恨不得自己能死去。

第十七章　冰琥珀之体

一群踏着沙橇的人出现在一叶泉畔,一个男子的声音道:"大哥这鞭子打得漂亮,八成是活不了了。"

"那当然,去看看,把值钱的东西拿过来,我们还要赶路。"

"好嘞。"

偃师师疼得脑子无法思考,但很明显地感觉有人朝她走来。那人在她身上踹了两脚,疼得她忍不住呻吟。

那人也不管,伸手就扒她背上的包袱。包袱里没什么东西,偃师师还能忍,但是这人又拿她的神夜伞,这个她不能忍,这是师父留给她的宝贝,任何人都不能抢走。

偃师师咬着牙,忍着伤口传来的剧痛,朝背后射出袖箭,这是三箭齐发,距离又近,那人瞬间就一命呜呼了。

即便要死也要拼尽最后一口气,保护师父留给自己的东西。

天上突然响起鸟儿的叫声,"嘎呜……嘎呜……"

在荒芜之地极少有鸟儿,更别说听到鸟儿的叫声了,沙匪们都被吸引了目光,一时间没人理偃师师。

偃师师吃力地朝天上看去,她知道,小白头这是在为她哭泣。

她就要死了,这一路咬着牙熬到这里,最终还是躲不过要去见阎王爷。只可惜,还没有找到师父。

鸟儿的叫声嘹亮悠远,说不上好听,也说不上难听,不过随着它的叫声响起，天地间渐渐地起了风，沙地也变得不安起来。

沙匪们也意识到了什么，纷纷朝脚下看去，脚下依然是黄沙，但是这些黄沙仿佛活了一般，不停地蠕动起来。

一圈圈的涟漪在沙地中生成，这突来的变化让沙匪们措手不及，但毕竟是见惯了杀戮之人，领头的大哥很快就下了命令。

"都给我睁大眼睛，出来的不管是什么都格杀勿论。"他手中的长鞭已经挥舞着拍向沙地。其余的人也各自兵器在手，警惕着沙地的变化。

突然，一只庞然大物从黄沙中冲天而起，卷向人群，宛如一条从地狱中钻出的巨龙一般把沙匪们困在中间。

巨龙带起了沙尘，形成了一个巨大的旋涡，不停地旋转，风沙呼啸着呜咽般的调子，扫起地上的沙土，天地间变得暗沉，风暴扶摇而上。

偃师师被风沙吹得睁不开眼，不知过了多久，风声小了，她才抬头看去，眼前出现了一幅震撼人心的画面。

只见一副巨大的蛇骨盘旋在沙地上，巨蛇高昂着头颅，在它的头颅上站着一个黑袍人，夜风带起他的黑袍，落日的余晖发出了黑暗前最后的那抹光亮。

那人仿佛天神一般，静立在天地间。

偃师师朝着那里伸出手："救我……"背上的伤口被牵动，疼得她直哆嗦。

"神"仿佛听到了她的召唤，从天而降，落在她身旁。黑衣，黑发，黑金面具，一双剑眉斜飞入鬓，冰冷的星眸似乎没有多余的感情，冷冷地看着她。

小白头扑扇着翅膀落在"神"的肩膀上。

"主子，人家好想你。"

偃师师一怔，主子？原来这是小白头的主人，看来自己有救了。

"神，救救我……"

"主子，这女人把三生果吃了，但是她不会武功，主子的坐骑肯定不是她杀的。"小白头开始叨叨。

什么三生果？什么坐骑？信息量太大，偃师师发现自己受了伤，连脑子也不够用了，小白头刚说的意思是，它跟着她是为了三生果？它怎么知道她有三生果的？它主子的坐骑又是什么？

这么多的问题突然冒出来，加上背上的疼痛，偃师师根本无法分神去思考，但是这个人，显然不是自己想象中的神。

黑袍人一言不发，目光落在偃师师受伤的背上。

偃师师感觉背上发凉，此时的她背上衣服被打烂了，后背裸露着，白皙的皮肤就这样呈现在这个人眼前。

一股羞恼之意袭上心头，偃师师顾不得许多，喊道："喂，你看哪里呢？"这一动又疼得她直发抖。

小白头飞到偃师师身上，用爪子扒开她的衣服，使她整个后背都露了出来，一条刺眼的伤痕如沟壑般印在肌肤上。

"哎哟！好惨，主子，这伤口估计是活不了了，就把她丢在这里喂食荒兽好了。"

可恶，这只笨鸟儿，好歹她也是个姑娘，要她以后怎么见人？偃师师背上发疼，现在脸也烧了起来。

黑袍人没有回答，目光依然停留在偃师师的后背上，他的目光越来越凝重，过了半晌才冷声道："冰琥珀之体。"

"主子，你说什么？"

冰琥珀之体？偃师师被他这句话震得一颤，他说的是她吗？不可能，她才不是这种体质的人，她怎么会是这种体质的人？他凭什

第十七章 冰琥珀之体

么断定她是这种体质的人？

"你胡说，我不是神木之躯。"

小白头不懂，但她懂。冰琥珀之体，又被称为神木之躯。拥有这种体质的人百害无一利，因为那是炼制傀儡的最佳材料。

只可惜，不管是傀儡这一机关技艺，还是冰琥珀之体，都只是传说，没有人见过，现在这个人说的话，偃师师根本不相信。

黑袍人没有回答她，只是抓起她的手看了看，这动作牵扯了背上的伤，偃师师终于忍不了，疼晕了过去。

"把她治好。"黑袍人放下偃师师的手，冷声道。

"主子，你要救她？"小白头有些惊讶地喊道。

"主子，她是千机令上悬赏的人，这……"

剑一般的目光扫来，小白头闭了嘴，乖乖地挤出唾液给偃师师疗伤。

偃师师醒来的时候，身边一个人都没有，肚子饿得咕噜噜响，两眼发晕，浑身都使不上劲。她发现自己趴在一块木板上，那木板看起来像那些沙匪用来在沙地里滑行的沙橇。

她轻轻地伸手到背后，摸了摸背上的伤，手上传来的触感似乎表明背上的伤已经结痂了，不过还是疼。她回头想看看背上的伤口，但实在是疼，伤口没看到，却瞧见了一个火堆，那火已经熄灭了，但是火堆上架着一块肉，一块烤好的肉，看起来像是一只大鸡腿。

这种时候食物就是命啊！顾不得许多，偃师师拼命地爬过去，抓起肉就吃，等她把整块肉狼吞虎咽地吃完，才觉得自己真的活了。

吃饱喝足，她这才有力气打量四周，这里是一处砂岩下，两面都是砂岩，她正好是在两面砂岩中间的夹缝里，抬头能看到一线天光。

奇怪了，这是什么地方？黑袍人和小白头呢？

偃师师想起昏迷前，那黑袍人还抓着她的手，还说她是冰琥珀之体。

正想着事情，就见一只鸟儿飞了进来，除了小白头还有谁？

"哟，你终于醒啦！真是累死本鸦了。"

"小白头，这是哪里？"

"你是不是睡傻了？这里当然是荒芜之地啊！也难怪，你都睡了三天了，能不傻吗？"

"三天？你是说我睡了三天？"

"嗯，快趴下，别废话。"

偃师师乖乖趴回木板上，时间过得真快，还以为只是过了一夜，没想到已经过了三天。

"谢谢你，小白头。"

这几天一定都是小白头在帮自己疗伤，不然自己估计都去见佛祖了。这只笨鸟儿，虽然嘴毒了些，心地还是很好的。

"嗯嗯。"小白头嘟囔着把唾液挤出敷在偃师师的伤口上。

小白头给偃师师敷好伤口，就飞了出去，接着便听到它的声音传来："主子，可以走了。"

偃师师还没反应过来是怎么回事，就感觉到身下趴的木板朝前滑去，滑出了这片砂岩。

这时候赶路是要去哪儿？偃师师忍不住问道："我们现在要去哪儿？"没有人回应。

"现在天已经黑了，会很冷的，我们明日再走吧！"

还是没有人回应。

"你听见我说话了吗？

"喂，你到底是什么人？"

偃师师问了几个问题，黑袍人都没有回答，若不是知道他会说话，她都要以为他是个哑巴。

小白头飞来，对偃师师喊道："别吵，好好待着。"

"小白头，我们这是去哪儿？"

"回城。"

"回城？是去界命城吗？太好了。"

小白头说完就飞走了，没理会偃师师，偃师师也不再多问，安安静静地趴在木板上。

只要是去界命城就好，看来这个人也是急着赶去界命城的，不然怎么会连夜赶路？

想明白了，偃师师就安心了，不过夜晚真的好冷，虽然裹了件衣服，但还是很冷，她又把神夜伞打开，遮住身子。

比起之前一个人在荒芜之地挨饿受冻，这已经是很好的待遇了。

之后的几天，偃师师都是这般度过的，他们晚上赶路，白天会在砂岩下休息，那黑袍人好像对这片荒芜之地极为熟悉，总能找到栖息的砂岩，而且偃师师每天睡醒都有肉吃，有水喝，压根不用再担心会饿死渴死。

背上的伤在小白头的治疗下，已经渐渐好了，最起码现在站起来走路是没有问题了。

不过有一件很奇怪的事情，就是，她从未见过那黑袍人吃东西，他也没有跟她说过一句话，白天的时候，压根看不到他的人影，可一到晚上他就出现了，那人身上处处都透着一股既神秘又危险的气息。

伤好之后，就无聊了，小白头每天黏着它的主子，压根都不搭理她，偃师师只好给自己找事情做。

晚上又是在赶路，偃师师盯着这蛇骨看了许久，不得不再次赞叹这人机关术了得，这还是她除了师父之外，见过的会机关术最厉害的人。

按理说，蛇死之后，蛇骨会随着时间慢慢腐化，但是这副蛇骨却非常完整，虽然表面有些裂痕，那裂痕宛如一条条黑色的闪电般，分布在蛇骨上，里面能隐约看到一些黑色的流光闪过，但这反而让它看起来越发坚韧。

这个人上哪儿找的这么大一副蛇骨来作为制作机关的材料？这骨架看起来，快赶上黑岐蛇了。

黑岐蛇！偃师师脑中灵光一闪，想起小白头跟着自己是为了三生果，它怎么知道自己有三生果？除非自己在山林中把三生果吃了的时候，它也在那里。这么说，在山林中的时候，小白头就跟着自己了？那它主子的坐骑又是什么？

他主子的坐骑？偃师师看着面前这副蛇骨，难道，难道是黑岐蛇？这一想把她自己都吓了一跳。

不可能，不可能，那蛇残暴成那样，怎么可能甘愿成为别人的坐骑？不过这骨架倒有可能是黑岐蛇的，毕竟自己走的时候，那黑岐蛇的尸骨还在那里。

想到这点，偃师师不由得看向蛇头上盘坐的黑袍人，这人的机关术可谓不可估量，短短几天时间，他就能把一副蛇骨制造成机关走兽，这技艺，这速度，都快赶上师父了。

只是，他到底是什么人？

可惜他戴着面具，看不到脸，之前听到的声音有些低沉，与姬夜辰和公输不忘的清朗声音完全不同，估计是个大叔级的人物。

将衣服拢了拢，偃师师瞧了瞧黑袍人，见他端坐不动，她轻轻地伸出手，拽着蛇骨尾部，就爬上去。

第十七章　冰琥珀之体

瞧他整日坐在蛇骨上，好像很舒服一样，她也想试试。

刚要感受这蛇骨坐骑是否舒适的时候，蛇尾就动了起来，偃师师"哎呀"一声，就被甩到了沙地里。

"哎哟，我的屁股。"

蛇骨继续朝前走，压根没有等她的意思。偃师师爬起追去："等等我，我掉下来了。

"等等我……

"喂，你听见了吗？大叔，你听见了吗？我掉下来了。"

蛇骨上，盘坐的黑袍人瞳孔慢慢紧缩，凝成一道冷芒，小白头站在他肩上，不自觉地挪了挪身子。

偃师师发现蛇骨不但没有停下，速度似乎比之前更快了，这是什么意思，故意整她呢？不就是趴一下蛇骨吗，有必要这么小气吗？

"大叔，我真的知道错了，我再也不趴你的蛇骨了，等等我。"

偃师师在沙橇上睡了一晚，醒来的时候，天已经亮了，奇怪的是，周边没有砂岩，身下的木板还在往前滑去。

这几日白天他们都会停下来休息，今天怎么没有？难道那大叔可以见光了，白天也开始赶路了？

"小白头，你过来。"偃师师撑着伞坐在木板上，对小白头招招手。

小白头飞来："有什么事？你的伤已经好了，不需要治疗了。"

"不是伤的问题，我就是问问，我们今天白天还继续赶路吗？"

"马上就到了，当然要继续赶路，别吵。"小白头说完又扑扇着翅膀飞走了，留下偃师师独自欢呼。

"太好了，哈哈！终于要到界命城了。"

黑袍人的肩膀上，小白头回头看了眼偃师师："主子，这女人真傻，竟然以为我们是去界命城。"

黑袍人睁开紧闭的双目，望着茫茫黄沙与天地相接之处，在那里，似乎有什么东西若隐若现。

偃师师躺在木板上，开心地把玩着手中的神夜伞，嘴里哼着不知名的歌儿。算一算，现在距离界命城黑山集开市日还有十天的时间，自己总算是提前到了，没有耽误打听师父的消息。

正当她窃喜的时候，天上的阳光仿佛被一张黑色的幕布一点儿一点儿地遮了起来，地上出现了一条分割线，阴影慢慢吞噬这片沙地，狂风夹杂着沙尘翻滚而来。

这感觉像是要下雨了，不会还是那个恐怖的"炼魂雨"吧？偃师师急忙坐起，眼前风云变幻，前方的天空昏天暗地，无数条风暴卷起的铅灰色风柱接天连地，宛如一群龙蛇在天地间乱舞。

暗沉的天空像是天神怒踏人间的巨足，压得人喘不过气。

"这是什么？"偃师师被眼前的景象吓得大惊失色，"大叔，快停下，前面有危险。"

风将她的声音带向远方，偃师师不知道黑袍大叔有没有听到，身下的木板依然不为所动地往前滑动着。

"大叔，不要再走了，我们会被风暴吞噬的。"

"大叔你听见了吗？"

眼看着离风暴地带越来越近，偃师师越来越着急，声音越来越大，她边喊边用神夜伞敲击蛇骨，可是不知道为什么，黑袍人非但没有停下，反而加快速度朝风暴中冲去。

眼看再喊下去也无济于事，她只能抓紧蛇尾不放手，任由风沙在耳边尖锐地呼啸而过。很快暴风狂虐到使人完全睁不开眼睛，偃师师只得埋下头来，紧紧抓住巨蛇的尾骨，免得被风吹走，风暴中隐约传出呼救的声音，还有东西碰撞的声音，也不知是什么东西被

第十七章　冰琥珀之体

暴风袭卷撕碎了。

偃师师一直闭着眼睛，完全不知道如此这般在风暴中究竟行走了多久，只感觉蛇骨在风暴中忽左忽右穿梭，悍然前行。

她有些心慌，强睁开一条眼缝朝四周看去，只见身旁不远就有一条巨大的风柱正高速旋转着，发出雷鸣般的嘶吼，但奇怪的是，他们从旁边经过却没有被卷进去，偃师师又朝蛇头上看去，黑袍人依然盘坐着，似乎并不担心被风暴侵蚀。

看来这个大叔对这里很熟悉，知道怎么避开这些龙卷风。

偃师师也大着胆子坐起来，眼睛越睁越大，她四处打量了一番，渐渐发现，蛇骨前行的路线似乎是沿着某种奇怪的方位在走，有时候前方明明没有龙卷风，他却没有迅速占据住安全位置，而是故意绕行，偏偏往有龙卷风的方向前行。

为什么要这么走？偃师师不禁疑惑起来。

风沙依然在肆虐着，观察了一会儿，偃师师终于发现其中的奥妙，龙卷风一直在变换位置，只要按照某种既定的路线，就能一一避开，而这条安全的路线，就是眼下这条巨骨蛇正在走的路线。

果不其然，他们快要挨近一条龙卷风的时候，突然风向有变，这残暴的龙卷风刮向了原本安全的路线上。

偃师师越观察越觉得有意思，反而不觉得害怕了，将一只手虚遮在双眼上，借着指缝研究这块风暴区域。

她越看越觉得像阵法，可惜她对阵法一窍不通，所以只能猜测，但是居然有人能有这样的通天手段，利用自然环境布下阵法，简直太厉害了。

就在偃师师琢磨的时候，蛇尾不知怎么突然抬起，吓得她不得不再次趴下，这次蛇尾没有落下，偃师师连人带板子就这样飘在半空，仿佛一只在暴风中挣扎的风筝，随风转舵。

偃师师着急了，大喊道："大叔，我飞起来了，你快放我下来。

"大叔，你听见了吗？我飞起来了。"

"小白头，救命……"

暴风夹杂着沙尘往嘴里钻，一张口就吃了一嘴，偃师师不得不闭嘴。

在地上的时候还没感觉到风暴的可怕，在半空风沙仿佛恨不得将所有东西撕碎一般。沙子拍在脸上如针刺般疼，她只好将头埋在两手中。

蛇头上，黑袍人站起身，身上的黑袍在风中摇曳，仿佛一只展翅而飞的苍鹰。随着他的动作，蛇尾朝前甩去，偃师师"啊呀"一声，飞冲向前，她从他身旁擦肩而过，她看到了他冷漠的眼神，但还是不由自主地伸出了求救的手。

"大叔，救我……"

偃师师伸出手，黑袍人却如她第一次见他一般，静立不动，冷冷地看着她伸出的手，看着她朝风暴中坠去。

即将被风暴湮没之时，偃师师心里响起一个声音。

"这回死定了。"

第十七章　冰琥珀之体

第十八章　黑袍大叔

坠入风暴中时，偃师师已经想到，自己绝对是活不成了，她紧紧地抱着头，蜷缩成一团。

龙卷风不停地旋转而上，一股巨大的力量突然将她推出去，偃师师落在沙地上，摔了个"狗啃泥"。

她发现了一件奇怪的事，这里的沙子很白，白得如雪般，与之前沙地上的黄沙不同。她回头望向身后，依然是一片白茫茫的沙地，什么也没有。

偃师师左顾右盼，漫无目的地朝前走去，走了几步，偃师师就感觉到了异样，沙子正朝前方流动，虽然很缓慢，但是它们确实如流水般，朝前滑去。

偃师师顺着沙子流动的方向跟过去，走了三丈有余，脚下一滑，险些摔下去，原来这里是一处砂岩上。

砂岩下，眼前是一片苍白的沙海，与天相接，蔚为壮观，一波波的沙浪在汪洋沙海中翻涌，浪涛滚滚，朝着岸边涌来。

岸上的白沙受浪涛的牵引，又朝沙海中流去，如此循环相引。

正当偃师师被眼前的景象震撼得瞠目结舌之时，一只黑色的鸟儿朝着沙海飞去，偃师师一眼就认出那是小白头。

"小白头，你去哪里？"

小白头越飞越远，视线中只留下一个小黑点。

偃师师见唤之无用，又朝四周看去，既然小白头在这里，那黑袍人肯定也在这儿。

果然，在她左侧一块突出的砂岩上，黑袍人盘坐其上，手中似乎拿着什么东西。

偃师师走到他身后，发现这块砂岩是延伸出来的一块长条石头，长约六尺，宽不足两尺，底下就是茫茫沙海，若是不小心掉下去，那真就省了挖坟的钱了。

"大叔，这里是什么地方？"偃师师小心翼翼地问道，心里已经做好准备，这个孤傲的大叔是不会回答的，果不其然，他压根连头都未回。

"乞丐。"

乞丐？偃师师愣住了，大叔说话了，这还是这么多天来，他第一次跟她说话，只不过说的不是什么好话。

"大叔，我不是乞丐，你这样说就不对了。虽然我现在脏兮兮的，但是……但是……"

偃师师瞧了瞧自己身上，衣服又脏又破，脸上估计也好不到哪里去，这个样子不是乞丐又是什么？

"大叔，我跟你说，我现在，只是有点儿脏，不过，反正，我不是乞丐。"

"走开。"

一只黑蝶不知从哪儿飞来，在偃师师头顶盘旋，可惜她并未发觉。黑蝶离偃师师颈部只有一寸距离，蝶翼上闪过一丝冷光。

皮肤上传来的清凉感觉，使偃师师忽然回头。

"咦，大叔，这里怎么有只黑蝶？"

偃师师一回头，黑蝶又远离了她，与她保持着一定的距离，在她周身转圈，似乎想靠近又不敢靠近的样子。

偃师师朝着黑蝶伸出手,想调戏调戏它,黑蝶没有落在她手上,反而绕至她背后,偃师师跟着它旋转,乐呵呵地笑着。

"小黑蝶,到这儿来。"

黑蝶忽近忽远地飞着,就是不靠近偃师师。偃师师忍不住跳起来想触摸它。

在荒芜之地,除了小白头,这还是她见到的第二只会飞的动物,原本死气沉沉的沙地,因此多了份生机。

脚下的沙石随着她的动作掉进沙海里。

"哎呀!"偃师师刚触碰到蝶翼,手上突然传来一阵刺痛,收回手一看,手指上多了一条血痕,鲜红的血液正往外溢。

"大叔,这只黑蝶好奇怪,我刚摸到它,手就流血了。"

等偃师师再抬头看去时,黑蝶已经消失不见了。

"咦,黑蝶呢?"

黑袍人从怀中取出一个小瓶子,对偃师师道:"过来。"

这人的话语似乎带着一股让人无法抗拒的力量,偃师师乖乖地过去,在黑袍大叔身旁蹲下。

黑袍人抓起偃师师纤细的手指,放在瓶口上,血液顺着白皙的指尖落入瓶中。

偃师师看着感觉不太对劲,这似乎更像是在接血。

"大叔,这是做什么?"

"别动。"

他手上戴着暗金色手套,透着丝丝凉意,仿佛初秋的夜晚,有些凉,却又有些清爽怡人。

"大叔,你在做什么?"挣脱不开他的手,偃师师看着他的眼睛,那里除了冷漠,没有多余的其他情绪。

"不要浪费。"

仿佛在说一件无关紧要的事，他冷漠的星眸眨也不眨。

"大叔，你拿我的血做什么？快放手。"

黑袍人的手劲奇大，任由偃师师怎么挣扎都挣不开。她像落入如来佛祖手中的孙猴子，怎么也逃不出他的手掌心。

"吃了三生果，血液中便有了解毒的功效，这点儿常识你不懂吗？"他难得不惜字如金，说了这么多话，看着她的眼神像在看一个白痴。

"你是说，我的血液能解毒？"

偃师师对三生果了解不多，在黑岐蛇洞时，听公输不忘说过，三生果能起死人、肉白骨，后来在蛇洞外，闻着果香能驱毒。

但是听这大叔的意思，吃了三生果身体里就自带了解毒的功能，这岂不是说，自己现在是百毒不侵了？

"别挤了，大叔，给我留点儿……要死啦！大叔。"

既然知道了这个功能，可不能浪费了，再说这好歹是她的血啊！这大叔再这么挤下去，她还活不活了？

"快到了！"黑袍人说了这一句后，便不再吭声，他静默地望向远处，似乎在等待什么。

沙海起了风，地平线上有个黑点正朝着他们过来，黑点一开始只有蚂蚁般大小，一眨眼的工夫，越变越大，最后终于显出它的轮廓。

那是一艘船，一艘本该行驶在汪洋大海中的船，此时却在沙海中乘风破浪而来。

"咦，大叔，那里……"

看清沙海中的事物，偃师师刚想问，这时，远处突然有声音传来。

"看，那里有船。"

"真的有船，看来我们可以离开这里了。"

第十八章 黑袍大叔

循着声音看去，原本安静的沙滩上不知何时多出了一群人，这些人中还有偃师师认识的人，破云宗的师兄妹三人，还有几个同一团队的人。

奇怪的是，这些人怎么也来了这里？他们走得比她快，她还以为他们已经到界命城了。

当初自己拼命地追寻团队，没想到会在这里遇到，真是踏破铁鞋无觅处，得来全不费工夫。

黑袍人立在那里，深黯的眼底充满平静，颀长的身材包裹在如墨般的黑袍中，他的身边围绕着一股冰凉的气息，似冬日里的雪花，凛冽、孤傲。

因为位置的关系，她在的地方能清楚地看到他们，但是他们却看不到她。沙浪翻涌，船来得很快，等偃师师再看去时，一艘庞然大物已经近在眼前。

船首处，几条大鱼拖着铁链好似车夫般拉着巨船往前行，在船周围，还有无数鱼群跟随着，驮动着巨船行动，这奇怪的画面看起来极为诡异，使人为之咋舌。

巨船高有十余丈，船体有五层，船上有楼，这楼船仿佛一座大山，朝着岸边压来。

船停下来后，一阵机括声响起，接着船上突然伸出两条跳板，一条朝着偃师师他们所在的方向伸了过来，一条朝着人群所在的沙滩而去。

跳板一节一节地延长，与岸边对接后，形成了两架木桥。

原本安静的楼船上突然传来了一阵奇怪的笑声，这笑声之所以奇怪，不光是因为听不出是男是女，最主要的是这笑声是一个字一个字笑出来的。

"哈哈哈，欢迎诸位登船，船上有好吃好喝的招待各位。"

刚见到这突然出现的大船，人们还在猜测它的来历，这会儿一听说有吃有喝的，沙滩上的人群已经顾不得许多，蜂拥而去。

偃师师也饿了，但大叔没动，她也没动。

黑袍飒飒飞扬，他仿佛要成为永恒的雕像一般。

过了许久，沙滩上的人都走完了，那里的木桥已经开始回收，黑袍人还是没动。

偃师师实在忍不住了，问道："大叔，我们不上船吗？"

黑袍人回头看了她一眼，什么也没说，径直走上了船。

偃师师没敢停留，急忙追上，她可不想一个人留在这里。

这桥看起来就薄薄一片木板子，却异常结实，两人走在其上，一点儿都不晃悠。

"大叔，咱们吃饱了就去界命城吧！我还有急事。要是再耽搁下去，就来不及了，大叔，你也去界命城吧？"

"你想去界命城？"黑袍人突然停下来，这还是他第一次主动问她。

偃师师受宠若惊，连忙点头道："嗯，我就是为了去界命城，大叔不也是吗？来这儿的人不都是为了去界命城吗？"

黑袍人转过身，看着她，偃师师从他的眼中看不到任何情绪，就像荒芜之地中的黄沙一般，荒凉、冷漠。

"我们来玩一个游戏，若是你能在这艘船上活过三天，我带你去界命城，若是活不过，你也不用去了，连在这儿都活不了，界命城你一天也活不下去。"

"呃，为什么？"她瞪着一双清澈的大眼睛，认真地看着他。

"再不走，你现在都活不了。"黑袍人眼神古怪，看了眼偃师师身后，转身离去。

这架木桥不知何时已经开始往回收，偃师师察觉时，回收的木桥离她只剩几步远,吓得她朝前跑去。

"大叔,大叔,走快点儿,木桥要收起来了。"

黑袍人双手握成拳,剑眉紧皱,反手抓起偃师师朝前一掷,偃师师如沙袋般朝着船上飞去。

"记住我说的话,你只有三天时间。"

第十九章　噩梦

这三天可以说是偃师师毕生的噩梦。

此后多少年的时间里,偃师师都不愿回忆起这三天的经历。

如果有人问地狱的模样,偃师师一定会觉得就是这艘船。

她被黑袍人掷到半空后,重重地摔在甲板上,好不容易起身,却发现黑袍人早已消失无踪。

远处的舷梯一阵热闹,那群结伴勇闯荒芜之地的人陆续爬上甲板,偃师师刚想跟他们打个招呼,不知道谁眼尖,第一个发现了船楼大厅里,摆满了食物和水。所有人蜂拥着冲了进去,完全顾不上一脸热情的偃师师。

食物都摆在一张粗木长桌上,有葱饼、刚烤好的脆馕、马奶提子、大碗大碗的清水,人们不知道饥渴了多久,看到这些像发了狂似的,拼命地抓住能抓的一切,拼命地往嘴里塞,等偃师师赶到的时候,桌面上已经一片狼藉。

偃师师好不容易抢了一块饼子出来,还没来得及塞进嘴里,就被一个狼狈的汉子抢了过去,三下五除二地嚼了个干净。

饿得不行的偃师师也顾不得许多,一把推开这个汉子,又挤进人群,结果这次只抢了半碗清水,可就是这半碗清水也没喝进嘴里,一些唾沫星子远远地喷到碗里,那个狼狈的汉子一脸猥琐地说:"不好意思啊,小兄弟,打喷嚏没忍住,不然这碗水我帮你喝了吧！"

　　他说完也不管不顾，夺过碗就喝，偃师师气得火冒三丈，也不管自己新伤初愈，上去对着碗劈手就是一掌，没想到这汉子武功倒也不差，手腕紧紧格住偃师师的手掌，手里的碗被余力打飞，却又落在另一只手里，他一仰脖子，这碗水算是彻底见了底。

　　偃师师一下子就失去了力气，瘫坐在船板上。

　　这时一个水袋递到她面前，居然是破云宗那个大师兄齐正。

　　"给，里边遇到风暴时进了沙子，但好歹也有些水，你凑合着喝几口吧！"虽然不知道他为何会大发善心，但偃师师还是感激地接过去，喝了一口。

　　这半个水袋子的水被偃师师喝得差不多的时候，船楼的大门突然关闭了，厅内陷入一片漆黑。

　　"什么情况？谁关的门？"

　　"有人吗？放我们出去！"

　　"我们是不是中计了，被人关在了这里？"

　　"就说天下没有白吃的宴席，这可能是个阴谋。"

　　"是谁？到底是谁？我告诉你，有种下来和爷爷我大战三天三夜。"鸦雀无声，丝毫没有回应。

　　终于有人拔出了刀，尝试着来回劈斩大门，大门却纹丝不动，这门居然是用钢打制的。

　　有人开始顺着墙脚摸索着寻找出口，有人用火捻子擦出短暂的火花，方便上下左右地探照，一炷香的时间过去了，几乎一无所获。

　　就在大家准备放弃的时候，人群中一个低沉的声音传了出来。

　　"为什么会有一个人没有吃？是不是你们看不上本船主赐予你们的食物？"

大家受了惊吓，纷纷在人群中寻找声音的出处，却什么都没找到，每个人都是一副惊恐的表情。

突然那个声音再次响起，这次是在人群中的另一个方向。

"人门已闭，鬼门开启，活人若进，死不足惜！"

大家连忙看发出声音的方向，那里只站了一个少年，他正惊恐地看着自己身后，那里空空如也，但在他看来，自己身后似乎有极度骇人的东西。

"不是我说的，不是我的声音，刚才那声音就在我背后，我一转头就不见了。"

"唰"的一声，一柄剑直指他的喉咙，一个匪气十足的汉子握着剑柄说："你要尽快证明不是你在说话，否则任何人出了事，我第一个杀你！"

话刚说完，就听到一声惨烈的尖叫，破云宗的苏绿儿喊道："快救命啊，我看到他了，一个黑乎乎的妖怪，刚才就站在我身后。"

这一声尖叫，所有人都吓得赶紧拔出武器，偏偏这个时候，一盏灯火"砰"的一声亮了起来，接着是第二盏，第三盏，越来越多，大厅的顶部出现了无数灯火。

大家本想借着灯火看清场面，却逐渐意识到，这好像与普通的灯火有些不同，那泛着悠悠蓝光的火苗，不是灯火，而是燃着火苗的眼睛。

无数双眼睛挂在屋顶，紧紧地盯着场间的几个人。

空气中发出一声尖锐的刺鸣，一双眼睛破空飞来，擦过其中一个人，便又飞上屋顶。

那个人愣了愣，往前走了两步，便再也动弹不得，他的七窍里喷出苍蓝色的火苗，逐渐越烧越旺，最后"轰隆"一声，成为一摊尘土。

是人！他们是人！

不，他们已经不是人了！

所有人慌不择路地四散奔逃，偃师师被人群推来推去，终于摔倒在地，不知是何人还从她身上踩了过去，疼得她想骂人。她挣扎着爬起，无意间抓到地板上有一个拉环，本想借力站起，没想到拉环竟然被拉开，地板上出现一个洞口，一条往下延伸的梯子出现在眼前。

这是什么？偃师师踩了两下，觉得挺稳的，就准备进去躲过这一劫再说。似想起什么，又停下来，在混乱的人群中搜索，终于看到那人的位置。

"齐正，喂，齐正，这里，这里。"偃师师边喊，便朝他招手。

"这里有出口。"有人眼尖，发现偃师师的位置，大喊着朝她冲来。还没等偃师师做出反应，已经被人群推搡进去。

当众人都逃离了大厅，那群眼睛燃烧的家伙重新回到房顶，熄灭眼中的火焰，再次进入休眠期。

地板下的这一层是一条狭窄的长廊，两侧的墙壁上隔几步便插着一支松烟火把，火把的底部浸泡在松油里，似乎有人经常来添加，所以火光燃烧得十分肆意。

偃师师虽是第一个发现出口的，此刻却混在人群中，任凭一些胆大的走在前头。

走了几步，发现长廊里镶嵌了几座铁栅栏铸制的牢门，牢里没有灯光，黑乎乎的，看不真切。

有人摘下廊柱上的火把，就近照了过去，随着火光的晃动，大家看到地上盘着粗重的镣链，再往前看，一个接近油尽灯枯的人被铁链缠缚在墙壁上，嘴被塞住说不了话，怒瞪着眼睛，万分焦急地想跟牢门外的人说些什么，却什么也说不出口。

偃师师在队伍后边，仔细研究了牢门，发现居然被牢牢铸死，连可以开启的地方都没有。可惜啊！可惜，若是称手倒是可以发挥一下侠义心肠，现在这般情形，偃师师彻底断了救人的心思。

大家再往前走，一连发现了好几个牢笼，每个里边都锁困着这样一个被折磨得不成样子的囚徒，偃师师一路都忍不住去看那些囚犯，结果看到一个人眼含热泪，朝着众人拼命地摇头，无奈众人全部的精力都用来寻找着出口，无暇顾及他的表情、动作。突然那个囚犯停止摇头，像是看到了极其可怕的事情，紧紧闭上了眼睛。

偃师师惊觉地回头，神夜伞"砰"的一声打开护在身前。

众人被她一吓，纷纷停住了脚步，各自防范。

半晌，不见有何动静，有人小心问道："什么情况？"

除了众人粗重的喘息声，无人回答。

"小兄弟，你可是看到了什么？"齐正打量了一圈，朝偃师师问道。

"我也说不出来，这一路走过来，总感觉我们被人盯着一样，怪怪的，浑身不自在！"偃师师握着神夜伞的手不由得又紧了几分，手心因为紧张而渗出细汗，那种被人窥视的感觉，言语无法形容。

突然人群中冒出许多怪物，它们的身影蹿出又消失，一会儿在这个人身后，一会儿又在这个人面前。

偃师师抱着伞往前走，居然逃过一劫，在神夜伞的缝隙里，她看到那些怪物身影消失后，其实全都攀爬在屋顶，倒悬而下，伺机而动。

偃师师忍不住提醒道："他们在顶上！"

第十九章 噩梦

幸存的人都停住了脚步，惊恐地抬起头，发现屋顶黑压压一片，谁也不知道到底悬挂了多少怪物。

偃师师这一喊之后，瞬间恢复了安静。

那些黑压压的身影，居然缓缓地朝着偃师师爬了过去。

众人趁着这个机会，也缓缓地朝长廊尽头移动。

偃师师出声救人，万万没想到会给自己招来横祸，这下大气也不敢出一下，怪物们本就视力不济，靠的是敏锐的听觉，这一下子失去了声音，居然停止了脚步。

大难不死的那些人显然也看明白了这种情况，居然有极个别人为了活下去，朝偃师师掷来暗器。

幸好暗器都被神夜伞挡了下来，但是这股怒气让偃师师咽不下去，自己好心提醒还被如此对待。她怒不可遏地站了起来。

"你们还要不要脸？"一句话刚说完，偃师师就后悔了。

这些天上地下黑压压的怪物，像是突然亢奋了一般，齐刷刷地冲她狂奔而来。

天上地下黑压压的怪物们随着声响朝偃师师所在的方向扑来，如黑云压城。偃师师将整个身子裹在神夜伞的保护下，蹲在地上。

怪物们看似视力不济，行动速度却极快，几乎在偃师师蹲下的同时就来到她身边。

就在怪物们齐刷刷咧开牙齿，准备咬下去的千钧一发之际，一次突如其来的震动传及整个船身，原本平稳如地的楼船突然剧烈晃动起来。

长廊上的众人被这突来的震动扰乱了方寸，有人不稳，撞到了铁栅上，发出一阵碰撞声，怪物们被声音吸引，丢下缩成一团的偃师师，又循声折身而返。

偃师师趁机就地一滚，朝墙壁贴去，心中暗道一声，好险好险，要不是船体震动，差点儿要了性命。

齐正不知何时也靠了过来，低声道："趁现在怪物们没时间顾及我们，快走。"

两人趁着怪物们被吸引，沿着墙根朝走廊尽头爬去。

晃动持续时间短暂，很快就平稳下来，长廊再次陷入安静，两人靠着墙根休息，小心留意着悬挂在屋顶上的怪物们。

经过刚才的变故，又有一些倒霉的家伙葬送了小命，有些受了重伤的，倒也算是条血性汉子，往嘴里塞了块破布，脸被憋得苍白，强忍着疼痛没喊出声。

"这些是什么怪物？"偃师师将声音压至最低问道。

齐正摇摇头，表示不清楚。

"或许……"偃师师刚想说，或许铁栅里关着的人会知道，话还没说完，就被对面铁栅中的景象惊到。

铁栅中，一个原本被镣链缠缚住的囚徒，此时如灵敏的猿猴一般，将自己从镣链中解脱出来，看得出他动作极为熟练，三下两下就如蜻蜓点水般落到了地上，其间未发出任何声响。

紧接着，其他牢笼中，那些被锁住形如枯槁的囚徒也接二连三地脱离了镣链。偃师师与齐正对视一眼，两人都明白对方的意思，原来这些看似可怜的囚徒并不是真正意义上的囚徒，那他们为何要将自己锁起来？牢笼的铁栅是被铸死的，现在他们解开了锁链，又要怎么出来？

很快她便得到了答案。

只见对面铁栅中，一个身形枯瘦的囚徒，轻手轻脚地走到铁栅与墙壁间的角落处，弯腰躬身轻轻松松就穿出了牢笼。偃师师朝那个地方看去，原来那里的铁框比其他的宽一些，再加上囚徒身上也没几两肉，出来就更容易了。

第十九章 噩梦

其他囚犯也纷纷从牢笼中脱困,有秩序地沿着墙根朝着同一个方向爬去。

存活下来的人们早没了主意,这会儿见囚徒们诡异的行为也没人多想,大家二话不说都跟上。

见此,齐正对偃师师打了个手势,两人也跟了上去。

这些囚徒能在这地方活下来,一定是有原因的,要想弄清楚原因就要跟着他们,为今之计活下来才是硬道理。

跟着爬了一阵,前面出现了一扇高大的黑漆大门,厚重的门板紧紧闭合着,两侧燃着两支松烟火把,火把烧得很旺,拼足了劲想照亮四周。

看来这里就是出口了,两人一阵欣喜,总算要脱离这个鬼地方了。

偃师师打量完大门,回过头来,发现爬在前面的囚徒并没有去打开大门,而是在门前墙根处停下,前头的囚徒伸出枯瘦如柴的手拉开地上的拉环,露出一个朝下的洞口,与之前他们从上面一层下来的洞口一样,囚徒们陆陆续续地钻入洞中。

面前明明有一扇大门,这些囚徒为何还要往下走?

如果这扇门不是出口,那么这扇门又是通往何处?

偃师师急忙伸手抓住前面一个正要钻入洞口的囚徒,低声道:"你们这是要去哪儿?"

那人回过头来,嘴里的压舌棒还未取出,看了看偃师师,又转头朝洞口钻去。偃师师手上紧抓不放,没让他钻入洞中,她认得这人,正是之前对他们不停眨眼睛的囚徒。

那囚徒见她这般死缠烂打,有些无奈地回头,将嘴里的压舌棒取下,揉了揉嘴巴,又伸出一根手指压在嘴边,"嘘"了一声,又指了指洞口,那意思是先下去再说。

偃师师摇摇头，指了指黑漆漆的大门，不出声地询问为何不从那扇门走。

那人摇摇头，比画了一番，偃师师勉强明白了他的意思，大概是那门开不了。

偃师师踌躇了半晌，看了看齐正，询问意见。

偃师师提醒道："若是大门能出去，那些囚徒早就出去了，想来这扇大门不是出去的路。"伸手摸了摸漆黑的大门，入手是一片冰凉厚重的金属感，偃师师接着道："这扇门怕是打不开。"

齐正赞同道："看来我们要先跟着下去，最起码要弄清楚这里是什么地方。"

两人随着囚徒进入下一层，脚刚落地，便警惕地朝头上看去，待确认没有悬挂着那些恐怖的怪物，才松了口气。

偃师师始终抓着那个囚徒，囚徒瞧他们这副模样，竟然笑了笑，道："放心，这一层没有上面两层那种傀儡，不用这么紧张。"

听他说话如此轻松，也没有再压低声音，想来这里是安全的。不过，他刚说的是傀儡？偃师师有些难以置信，"你是说那些悬挂在屋顶上的怪物是傀儡？"

齐正也一脸惊讶，似乎也没料到那些怪物会是傀儡。

囚徒对他们的惊讶不以为然，淡笑道："自然是傀儡，以后你们就知道啦！不过你们得先活下来。"

他说完准备往前走去，刚跨出一步就被偃师师拉回来，"大叔，你说清楚，这到底是什么地方？这些怪物、傀儡又是什么东西？"

想起那黑袍大叔说的话，让她在这里活过三天，现在看来，弄不好分分钟都要挂掉。

囚徒没有马上回答，只是很意外自己居然被一个毛头小子一把拉了回来，他低头看了看自己瘦骨嶙峋的身子，有些自嘲道："果然是老了，想当年……"

"大叔，我们只想快点儿出去，你能告诉我们怎么出去吗？"偃师师没等他感慨完，又急忙抛出关键问题，现在没有什么事情比离开这个鬼地方更重要了。

"小兄弟，你知道老夫在这里待了多久了？"

偃师师道："多久？"

囚徒伸出枯瘦发黑的双手，比画了一下，偃师师猜道："十天？"

"是十年，老夫理解你们现在的心情，想当年老夫刚来的时候，也是和你们一般，唉……"囚徒感叹一声，拍拍偃师师肩膀道，"慢慢就习惯了，对了，不要叫我大叔，我姓孟，你们就叫我孟大哥好了。"

"孟大爷，你说十年？难道我们也要在这里待上十年？"

偃师师只觉脊背一阵发凉，脑子发晕，发怵。

"年轻人不要紧张，不要紧张。"孟老头儿摆摆手不紧不慢道，"还有点儿时间，你们想知道的，老夫都会告诉你们，少安毋躁！"

一刻钟后，孟老头儿大致地讲完了他来此的经历。

出乎两人的意料，事情远远超出他们的想象。

原来，大厅的傀儡叫不知火傀儡，身体关节用无影丝牵连，牵一发而动全身，体内存有白骨生成的磷火，在黑暗里发出幽蓝的光芒，进入人体后能瞬间将人的五脏六腑焚烧殆尽。

所以踏入楼船的人从那一刻开始，便踏入了"人间地狱"。

紧接着往下两层便是不觉尸傀儡，杀人前会提前往人体内喷射麻痹毒素，让人瞬间失去痛感，甚至被杀戮都无法察觉。

其实十年前这里还没有这么多不觉尸傀儡，那些牢笼也真的是关押囚徒的笼子。

而那看似坚不可摧的笼子，每到指定的时间，顶上的铁框就会自动打开，供悬挂在房梁上的不觉尸傀儡进食。新人换旧人，不停有人来，不停有人死去，一些艰难存活下来的人渐渐摸索出了一套生存法则，孟老头儿便是其中之一。

他们用锁链将自己缠绕起来固定在墙上，这样即便不小心睡着了，也不至于被不觉尸傀儡吃掉，而那些看似困住囚徒的锁链，其实也保护了囚徒的安全。

可是，真的要回到笼子里吗？她打从心里抗拒，生命诚可贵，于她而言，没有什么比命更重要。但现在所知的情况，她以后有可能要在这个地方过一辈子，想想心中不免发凉，手心冒汗。可她想活着，她还要找到师父，还有那个让她心心念念的人。

"难道真的没有出口吗？"偃师师不甘心。

孟老头儿摸了摸浓密的胡子，高深莫测道："出口当然有，只不过……"

只不过什么，他没来得及说，就被一阵突来的晃动打断，船身再次毫无征兆地摇晃起来，众人如惊弓之鸟惶惶不安，好不容易恢复平静的大殿又乱作一团。

偃师师险些跌出去，好在齐正及时拉住她才稳下身。

稳住身后，偃师师准备问问孟老头儿什么情况，却看到孟老头儿一副大写的未知表情，仿佛也在问她，这是什么情况？

既然大家都不知道，看来这种晃动以前从未发生过，那今日为何频频发生？难道和黑袍大叔有关？不过以那黑袍大叔的能力，倒是真有可能。

第十九章　噩梦

偃师师猜测的同时，心头突然升起一股希望，一股活下去的希望。

突然传来"砰"的一声巨响，原本封闭的大厅突然敞开一扇大门，一阵清风随门而入，吹醒正在发愣的众人。

"这里有出口。"不知何人大喊道。

"真的是出口。"有人不顾一切地冲向大门。

"天不亡我啊！终于可以出去了。"更多的人朝门口跑去。

偃师师扫了眼大殿，囚徒们都在，除了她、齐正，其他一起进入楼船的人走了七七八八。

孟老头儿幸灾乐祸道："嘿嘿，又有新的养料了。"

什么养料？偃师师还没来得及问，门外突然传来几声凄厉的惨叫，尖锐刺耳，惊心动魄。有几个在门口徘徊的人都吓退回来，大家死死盯着大门，不知道发生了什么。

灯火通明的大殿和门外的黑暗形成了鲜明的对比，火光在大门与大殿之间形成一条分界线，仿佛是切割开的两个世界，一面明亮、一面黑暗。

黑暗中，一个人影摇晃着朝门口冲来，步伐蹒跚。

偃师师离门口很近，还未看清来人模样，一只发绿的手已经抓在她肩膀上。

顺着这只手，她终于看清这人的脸，整张脸好似菜叶子般发绿，嘴唇发紫，眼眶发黑，若不是他还有正常的五官可辨认，偃师师还以为是什么怪物。

发绿的怪人张口咬来，偃师师一掌拍在他脸上，另一只手快速操控袖箭射击，这种距离百发百中，然而绿怪人依然死死抓着她不放，口中喷着难闻的绿色气体，不依不饶。

情急之下偃师师又腾不出手拿神夜伞，该怎么办？难道真的要命丧于此？

难闻的气味熏得她眯起双眼，双手费力地抵住绿怪人的头。突然手上一轻，绿怪人飞了出去，撞到门板上。

是她眼花了吗？偃师师用力地揉揉眼睛，没错，那抓着她的绿怪人正趴在地上一动不动。

"你没事吧？"齐正的声音响起。

"没……没事，你救了我。"偃师师愣愣地看着他，有些不敢相信，这里还有好人。

"举手之劳……"话说一半，他突然倒了。

"齐正，你怎么了？喂，醒醒……"偃师师急忙蹲下，不停地摇晃他，齐正的脸色渐渐染上一层绿色，和那绿怪人很相似。

"他中毒了。"孟老头儿的声音从通道口传来。

中毒？偃师师似想起什么，急忙咬破手指，将自己的血挤出一点儿给齐正。

黑袍大叔说过，她的血液有解毒的功效，还没试过，也不知道是不是真的能起作用。

眨眼工夫，齐正体内的毒气退去，恢复正常血色，看来是起效了，偃师师喜出望外，忙问道："你没事吧？"

齐正摇头。

"哈哈……小兄弟，老夫果然没看错人，你果然与众不同啊！"孟老头儿笑哈哈地过来，一边打量偃师师，一边道。

偃师师心想，果然是老滑头啊！

"老头儿，你说什么？"

"小家伙，老夫可都看到了，刚才那毒傀儡抓着你，你可是安然无恙。"

"老头儿，你没看到我刚才差点儿死了吗？要不是齐正仗义相

第十九章 噩梦

救，只怕我现在已经死了。"偃师师故意把"仗义"二字咬重。

"嘿嘿，年轻人大难不死，必有后福。"孟老头儿假装没听出偃师师是在讽刺他见死不救，"之前你不是问我哪里有出口吗？"

"哪里有出口？"偃师师急忙追问，现在不是跟这老头儿生气的时候。

孟老头儿指着敞开的大门道："那里就是出口，不过……"

"多谢，齐大哥，我们走吧！"偃师师没等他说完，大步朝门口走去。

"等等，等等，小兄弟，老夫话还没说完呢！"孟老头儿追来，拦在偃师师身前，殷勤地说道，"小兄弟，你初来乍到，对这里又不熟悉，这外面危险重重，没有人指路，即便你不惧毒，也是走不出去的。"

"老头儿，你到底想说什么？"偃师师假装没听懂，这老滑头刚才见死不救，现在又想跟他们一起出去，哪能这么便宜他？不过，他说的也有道理，这个地方自己又不熟悉，总得有人带路才行。

"小兄弟，老夫愿意当这个指路人，与你们一同涉险。"

"好啊！那走吧！"偃师师不想再跟他废话，准备要走，孟老头儿又把她拦住，笑嘻嘻道："小兄弟，这外面都是不厌毒傀儡，沾了就中毒，这么出去可不行……"

"老头儿，你有话直说，别吞吞吐吐的。"

"小兄弟，你要是有什么解毒丹药，是不是该先给我们服了？也有个安全保障。"

原来这老头儿以为她有解毒药丸，这样也好，若是让这老滑头知道自己是百毒不侵之体，指不定会打什么主意。

偃师师灵机一动，从桌上拿了三碗清水，又假装从怀里取出药丸,背对两人悄悄把血液滴入碗中,搅了搅,道:"好了,这便是解毒药。"

孟老头儿不愧老奸巨猾,非要等齐正喝了,他才将融了偃师师血滴的清水喝下。

大门之外是一片葵花田,没想到船上居然种了这么一大片葵花,这真是太匪夷所思了。

更匪夷所思的是,那些葵花花盘都是黑色的,血红色的花瓣脉络又平添了一份诡异,花株与花株之间萦绕着墨绿色的毒气,仿佛开了一张绿色巨网,笼罩着整个葵花田。

几人所在的大殿此时已经打开所有的大门,绿色的毒气很快就侵占了这里。

看着眼前的画面,几人心里都捏了把冷汗,若是没有偃师师给的解毒药,只怕现在他们已经死了。

孟老头儿暗自吐了口气,虽说之前看到偃师师给齐正解毒,但长久以来的警惕心让他还是不放心,现在总算松了口气,他的目光不自觉地落在偃师师身上,心想这个小子到底什么来历?竟然有这么厉害的解毒药。还有他背上那把伞,以他多年老辣的眼光来看,那一定不是一把普通的伞,这让他想起了传说中的那把武器。

想到此处,孟老头儿原本暗淡的双眼仿佛被点燃了一盏明灯,眼中隐藏的那抹贪婪被照亮。

偃师师正暗自庆幸,自己当初误打误撞吃了三生果,拥有了百毒不侵之体,不然后果不堪设想,正想着无意间朝孟老头儿看去,只见这老头儿嘴角挂着一抹意味不明的笑看着她,整个人似乎与之前不一样了,容光焕发。

这个老头儿又在打什么主意?偃师师总感觉孟老头儿很奇怪,但到底怪在哪儿,她也说不上来。

第十九章 噩梦

孟老头儿见她看过来，连忙换上另一副笑脸道："我们走吧！老夫在前面带路，小家伙们跟好咯！"说完当先带路朝葵花田走去。

偃师师猜不透，只道是自己多想了，也许这老头儿是觉得能出去了，心里高兴吧！

弥漫着毒气的葵花田，视力范围有限，几人走得小心翼翼，生怕惊扰了葵花田中的不厌毒傀儡。这种傀儡虽然不似之前的那两种傀儡一般神出鬼没，无声无息，但浑身布满毒气，遇人便攻击，不死不休，他们以黑葵释放的毒气为食，而黑葵则以擅入者的尸体为养料，这二者相互共存，形成一个死亡地带，早前那些冲入葵花田的众人，想必此时早已成为花下鬼。

孟老头儿对这个地方颇为了解，边走边大致地说了说这里的情况。

此间的主人将出口设置在这里，可谓用尽心思。

偃师师想到，若不是自己有解毒的能力，这辈子估计都没有走出去的希望。

此时细细想来，偃师师心头一惊，自己不会真的这么倒霉吧！刚踏入江湖时，她就在千萤之森的兽城遇到了传说中的禁忌傀儡，傀儡兽。现在又遇到这些被称为傀儡的怪物，如果她没猜错的话，这里见到的怪物可能也属于禁忌之术中的一种，这里到底是什么地方？为何会有这样的傀儡？黑袍大叔又为何要带她来这里？

现在这些问题，都没人来解答，看来只能从这里出去后，找到黑袍大叔才能问清楚。

为了避开不厌毒傀儡，几人走得缓慢，一路七拐八绕，孟老头儿不时折下几枝黑葵堆积到一处，用来吸引不厌毒傀儡的视线。

虽然走得慢，好在有惊无险地穿过了葵花田。

出了葵花田，便再无路可走，不等偃师师等人发问，孟老头儿已一屁股坐在地上，摆摆手示意三人稍作休息，偃师师也无力发问，这一路不停歇地闯过来，早就精疲力竭了，往地上一躺，险些睡过去。

齐正脸色苍白如纸，以剑支撑着身体，之前包扎好的断臂处又被鲜血染红，偃师师有些担忧道："齐大哥，你的伤口又流血了。"

齐正似乎全然不在意地说："我没事。"

偃师师取出水囊，自己喝了点儿，又递过去道："齐大哥，你喝点儿水吧！"齐正接过水囊，把仅剩的一点儿喝了。

"哎呀，你们这些人真是忘恩负义，老夫辛辛苦苦地给你们找出口，你们一口水都不给老夫留！"孟老头儿见无人理会他，又抱怨道，"算了算了，老夫自己去找水喝，你们在这里等着，不要乱跑。"

"等等，孟老头儿，你不是想把我们丢在这里，自己一个人先跑了吧？"偃师师跳起来拦住孟老头儿问道。

"小兄弟，你把老夫当什么人了，老夫怎么会做出这种事？"孟老头儿眼神闪烁，却说得一脸认真。

"坏人脸上也不可能写着'我是坏人'吧！这地方看着也不像会有水源，还是先找出口吧！"偃师师想到孟老头儿狡猾无比，若是让他走了，说不定就不回来了，他们两个人又不知道出口在哪里，岂不是会被困死在这儿？不行，说什么也不能让这老头儿离开。

"唉，小兄弟，老夫的命也是命啊！你们有水喝，老夫没水喝，也是很渴的，这后面的路还很长，总不能先渴死了吧！"

"孟老头儿，你也别抱怨了，我这也是为你好，我给你的解毒药也是有时间限制的,现在估摸着药效也过了,你要是不小心沾了毒那可是会丢了性命的。"偃师师并不知道自己的血液解毒能维持多长时间,但为了不让孟老头儿离开,也只能先用此法吓唬吓唬他。

这里是葵花田边缘,孟老头儿一听偃师师这么说,立马就打消了去找水喝的念头。"哦,还是小兄弟想得周到,老夫就先委屈委屈,等出去再说。那,咱们就先找出口吧!我记得大概就在这附近……呃,应该就在这里……"孟老头儿边说边朝前走去。

很快,孟老头儿在一处隐蔽的角落找到了一架凌云梯,这种梯子借助楼船外的风力带动齿轮运转,起到升降作用。

孟老头儿说,这里是船的底层,要到船顶上才能出去。

几人不再逗留,登上凌云梯朝上升去。

出了凌云梯,一股药味扑鼻而来,那浓烈刺鼻的味道把几人呛得眼泪直流。

这里是一间石室,目光所及之处是一片大大小小的琉璃缸,缸里装着淡绿色的液体,不知道是什么东西。

偃师师瞪着孟老头儿道:"孟老头儿,你不是说这里是出口吗?原来是骗我们的?"

孟老头儿解释道:"老夫怎么会骗你们?这里确实有出口,只是,只是……"只是什么孟老头儿犹豫着没说。

偃师师瞧他吞吞吐吐的样子,猜到这老头儿肯定有什么事情瞒着他们。

"只是什么?你不是说你是第一次来这里吗?那你是怎么知道这里有出口的?"

"小兄弟,老夫虽然是第一次来这里,但是……但是老夫就是知道这里有出口,就是不知道在哪里。"孟老头儿越说越心虚,声音也越来越低。当初那人说，出了葵花田就能找到出口，一路上也看到了那人留下的记号，怎么到这里就没有了？

齐正道："你们都别吵了，我们走了这么久，一个人都没有，这里很不正常，现在还是赶紧找到出口再说吧！"

偃师师道："齐大哥说得对，还是先找出口吧！"

室内昏暗，只有墙角的地灯散发着昏黄的光，显得阴气森森的，很是瘆人。

几人找了一圈没发现出口，等回到原地，就连之前上来的凌云梯也消失不见了，几人顺着墙壁摸索了好几个来回，都没找到一点儿消失的痕迹。

正当几人一筹莫展之时，船体突然又毫无征兆地摇晃起来，有了之前的经验，几人纷纷找东西稳住身体。

偃师师背靠着一口琉璃缸，心想着以琉璃缸的重量应该不会被晃倒，结果，身旁突然传来一声巨响，一只琉璃缸撞到了另一只琉璃缸，两只缸都碎了，淡绿色的液体流了一地，一股刺鼻的药味瞬间弥漫着整个石室。

船体的晃动使室内的琉璃缸破碎得越来越多，看来这里已经不安全了，目光快速地在室内搜寻一圈，偃师师顾不得船体正在摇晃，拔腿就朝室中央跑去。

她边跑边喊："到室中央去，那里安全。"

室中央有一口巨大的琉璃缸，偃师师急冲过去，背靠着琉璃缸坐下，任船体如何摇晃都不受影响。

这口琉璃缸比其他琉璃缸大很多，不知道里面是什么。

其他两人听到偃师师的喊声后，也陆续躲了过来，几人靠着大琉璃缸躲过一劫。

船体摇晃持续了一会儿便慢慢停下来，这时，几人头顶突然亮

第十九章　噩梦

起一面巨大的铜镜，镜子里出现一张脸，那是一张半人半金属的面孔，说不出地怪异。

那张脸似乎在观察这里的一切，过了一会儿，突然开口说："可恨，可恨……咦？"那张脸突然露出一抹诡异的笑，似乎发现了什么，接着便不见了。

听到这个声音，偃师师的心咯噔一下，这不是上船时听到的那个声音吗？原来这人就是这艘船的主人。

头顶的铜镜里突然又出现一个人影，那是一个穿着青色外衣的男子，俊美无双。看到这个人影，偃师师心中一颤，那不正是她心心念念的姬夜辰吗？他怎么会在这里？难道他也被抓了？

突然，头顶的铜镜里又出现那张半人半金属的脸。

"没想到，你们竟然能逃到这里，真是令本船长刮目相看，可惜你们也只能到这儿了，没有人能从沙海鬼船离开，就让我这些不狱鬼傀陪你们玩玩。"

声音消失的同时，铜镜也暗了。

偃师师一想到姬夜辰也被抓进来了，心里就慌了，没发现孟老头儿正朝她靠近，直到齐正大喊一声"小心你的伞"才反应过来。可为时已晚，孟老头儿已经拿到了神夜伞，偃师师只来得及抓住伞的另一端。

"孟老头儿，你想做什么？"偃师师怒吼道。虽然一直知道这个老头儿奸猾无比，但没想到他会在这时发难。

"人之将死，还拿着这么好的武器岂不是浪费？还不如让老夫替你保管。"孟老头儿露出一抹冷笑，用力地把伞拉过去。

偃师师没想到，这个老头儿力气竟然这么大，神夜伞险些脱手而出。"孟老头儿，我们现在正是要同仇敌忾的时候，怎么能起内讧？你现在撒手，我不怪你。"

"嘿嘿，小家伙，实不相瞒，老夫看中你这把伞很久了，若是你肯割爱，老夫保你一命。"

"好你个老不死的，老虎不发威，你还当本姑娘是纸糊的。"偃师师气晕了头，竟然忘了自己女扮男装的事。

她突然松手，几支袖箭快速地射向孟老头儿，孟老头儿没想到她会突然松手，愣了愣，想躲避已经来不及，眼睁睁地看着袖箭朝胸口射来，他急中生智，身子连忙往后疾退，"咚"的一声，他似乎撞在一堵结实的墙壁上。袖箭"噗噗"两声，射在了墙壁上。

孟老头儿松了一口气，可是还没来得及回头，脖颈一阵温热，孟老头儿面如死灰，终于明白那墙壁不过是不狱鬼傀的身体。

任谁看来孟老头儿似乎都没救了。

可是偃师师却不这么认为，她紧张地盯着孟老头儿垂下的绵软手臂，清楚地看到，随着孟老头儿逐渐没了生气，他的手指却颤抖得越来越厉害。

第十九章 噩梦

第二十章　终于等到你

突然，孟老头儿停止颤抖，耷拉的脑袋像机械一般慢慢地抬起，脖颈间被咬过的伤口还在往外流血，他歪着脑袋盯着偃师师，急冲而来。

偃师师早就察觉到了孟老头儿的异常，当孟老头儿抬起头时，她便急速朝后退去，将神夜伞展开护在身前，孟老头儿急冲而来也没能伤到她分毫，反而被神夜伞撞飞出去。

"齐大哥小心，被这些傀儡咬到会丧失心智。"看到孟老头儿现在的样子，偃师师提醒道。现在的孟老头儿恐怕已经变成毫无人性的杀戮工具了。

在这艘船上所遇到的傀儡，每一种都很危险，不是会喷火就是有毒，沾者必死，仿佛就是为了杀戮而制造的，若不是吃了三生果，拥有了百毒不侵的体质，自己早就死了。

不狱鬼傀从四面八方包围而来，两人不得不爬到大琉璃缸上，背靠背，各自防范一方。

齐正对偃师师道："小兄弟，这样下去不行，我们得想办法找到出口。"

偃师师环顾一周，压根没看到有出口的迹象，之前几人就沿着墙根找过，并没有发现什么机关，想来即便是有出口也要找到启动的机关才行，但现在的情况根本没有时间寻找，不狱鬼傀已经把他们围困在这大琉璃缸上。

偃师师突然想到什么,抬头看了看头顶,对齐正道:"齐大哥,有没有办法把头顶上那个铜镜破坏掉?或许我们可以从那里出去。找不到出口只能创造出口,死马当活马医。"

齐正明白她的意思,"我试试。"

他一跃而起,长剑朝上刺向铜镜,铜镜被刺穿,但并没有掉下来,似乎挺坚固的,又试了几次,总算劈掉了一半铜镜,可也耗了他不少体力,他身上有伤,这一来一回地用力,脸色变得更苍白了。

不狱鬼傀的攻击还在继续,孟老头儿死时似乎执念太深,不停地攻击偃师师,偃师师挥舞着神夜伞抵挡,不时射出袖箭,虽然没什么用,但聊胜于无。

相比起千机兽城遇到的傀儡兽,这些傀儡的攻击算是轻的了。

但这些傀儡没有痛感,又打不死,挡了一拨又来一拨,没完没了,弄得两人精疲力竭。

这样下去不被咬死,也会被耗死。

偃师师催促道:"齐大哥,我们快撑不住了。"

齐正一咬牙,又跃起破坏铜镜。

正在这时,头顶的铜镜突然又亮起来,进攻的傀儡也停止攻击,仿佛这个铜镜对他们有某种限制一般。

亮起的铜镜上出现两个人影,其中一个是有半人半金属面孔的船主,另一个偃师师一眼就认出是姬夜辰,心一下就被揪起来了。

船主道:"你是怎么进来的?"

姬夜辰道:"自然是走进来的,我只是想问问,你有没有见过一个姑娘,眼睛很大,拿着一把白色的伞。"

"呵呵,上了我的船,要么已经是死人,要么就变成我的傀儡，你在外面时，我奈何不了你，没想到你自己送上门来了。"

姬夜辰道："你还没告诉我，你有没有见过一个姑娘，眼睛很大，拿着一把白色的伞，……哦，她还带着一只机关蘑菇。"

"不是告诉你了吗？你说的姑娘已经死了。"

铜镜突然闪烁了几下，画面变得断断续续，一会儿姬夜辰说："你说谎，我……听到……心跳……她……在这里……"

一会儿船主吼道："不要动……住手……不是……我的机关……"

姬夜辰："是……这个……"

船主："不是，别按……"

光影不停地跳动，船体突然又摇晃起来，偃师师等人所在的傀儡房响起一阵机械运作的"咔咔"声，似乎是某个机关在启动。

正当二人不知所措时，脚下的大琉璃缸突然旋转起来。

大琉璃缸转了一圈，墙上突然裂开一道暗门，与此同时，头顶的铜镜也暗了，傀儡们像是从沉睡中苏醒的魔鬼般，朝两人扑来。

齐正迅速一跃而起，避开了傀儡的攻击，朝暗门奔去，偃师师不会武功，只来得及将神夜伞罩住自己蹲下，虽保住了性命，可她立马发觉不对，琉璃缸发出一阵噼里啪啦声，以迅雷不及掩耳之势四分五裂炸开。

偃师师感觉自己砸在一块硬邦邦的物体上，似乎是大琉璃缸里那个巨大的物体，她无暇研究是什么，逃命要紧，爬起拼命地朝暗门冲去。

只见，一只巨大的手正朝她抓来。

那只手在她面前越来越近，越来越大，偃师师惊得下巴都快掉了，握着神夜伞的手机械般举到身前，只觉一股巨大的力量砸在神夜伞上，将她推飞出去。

偃师师背贴着墙壁，两腿不听使唤地发抖，脑子被巨大的声音震得发疼。

怎么会有这么巨大的傀儡？这是什么怪物？

巨型傀儡将两人摔到地上，大步朝偃师师走来。

偃师师想躲开，可是脚就像灌了铅一样动弹不得，眼看着巨型傀儡越来越近。

巨大的阴影如泰山压顶般倾斜而来，偃师师冷汗直流，心里有个声音一直在叫她：快跑快跑，不然就没命了。

脚却像不听使唤般挪不开步伐。

巨手朝偃师师抓来，偃师师眼睛一闭，不由自主地大喊一声：

"姬夜辰，救我。"

也不知道是不是因为害怕，所以产生了幻觉，偃师师感到有人从背后拉了她一把，她不自觉地跟着走，过了好一会儿，她才试着睁开眼睛。

熟悉的青色外衣，修长笔挺的身影，如玉般温润的手，如丝般滑，如墨般黑亮的长发。

偃师师呆呆地看着那人的背影，傻傻地笑了。

第一次在千萤之森相遇时，他被人追杀，她跟着他误闯千机兽城，面对凶恶的傀儡兽，他护着她，一路杀出重围。

风暮湖边，她受伤昏迷，他不离不弃背着她到风暮部落，那时，她想着那里能给他安全，她独自离开，没想到他竟然跟来。

一路上他保护她，照顾她，饿了给她煮蘑菇汤，困了为她守夜。

山中遇黑岐蛇，他不顾危险，将她从蛇口中救出。从小到大，从没有人对她这么好，更不会有人拿生命来保护她，她第一次体会到什么是安全感。

然而,在山中醒来时,她发现只剩下自己,她想他也许是回去当他的太子了,毕竟跟着她在江湖上漂泊会很危险,哪比得上在南周国,衣来伸手饭来张口,美女如云,众人拥护的日子?

她告诉自己不要为此难过,她似乎也做到了。从小到大,从父母到师父,她整日里都做着被人抛弃的准备,努力欺骗自己,被抛弃其实跟吃饭睡觉没什么区别,只要习惯就好了,就不疼了,就能在伤痕里撕扯出微笑来。

当在傀儡房的铜镜上看到他的身影时,她是又惊又喜又怕,吃惊他在这里,欢喜他在这里,害怕他在这里。

是的,她害怕,她既如此渴望,又如此害怕他来相救,这样的危险,她怎么舍得他面对?

心就这么忐忑不安地跳着,像一条困在泥土里的鱼,像一只粘在蛛网上的虫,每一次跳动,都是苟延残喘的挣扎。

傀师师在这一刻,终于明白了一件事情。

原来,于千千万万的山水中,于千千万万年的尘世间,真的会有一个人,独独为她而来。

傀师师就这么呆呆傻傻地看着姬夜辰的背影,神魂颠倒地跟着他逃命,浑然忘了周遭的水深火热。

逃出傀儡房是另一间石室,姬夜辰带她进入石室的里间,这里有许多木架子,摆放着杂乱的书籍,靠墙的一面是一排药柜,似乎装了不少药材。

姬夜辰回头看她,皱了皱眉,收回手道:"你这奇怪的打扮,我差点儿没认出来,好在你的心跳声没变。"

呃……又是这嫌弃的表情,但不知为何,她竟然不生气,反而觉得很开心。

"你真的能听出我的心跳声?"虽然他说过很多次这样的话,

但她还是想确认一下。

"不是听出,是听惯了,就像昆仑山的下雪声一样。"

"瞎说,下雪哪里有什么声响?"

"心静下来,万物都有声响的。"

偎师师突然弹了下姬夜辰脑门:"既然万物都有声响,怎么你离开的时候就不声不响啊?"

"不是你先离开的吗?"他有些奇怪。

"啊?"偎师师一头雾水,"不是你丢下我的吗?怎么变成是我丢下你了?……我记得昏迷前就见你越走越远,喊你又喊不住,醒过来的时候你早就没影了。"

姬夜辰看着她,想了想道:"我怎么一点儿都想不起来?"

"想不起来就不用想了,反正也不重要,现在不是又在一块儿了吗?嘿嘿……"偎师师笑嘻嘻地看着他。

姬夜辰点点头,似乎又想起什么,问道:"小菇朵呢?"

"不是跟你一起走了吗?"偎师师疑惑道。

姬夜辰摇头,沉默着没有说话。

偎师师见他不说话,担心他自责,忙解释道:"可能是它自己跑丢了,你也别担心,肯定能找回来的。"

"对了,你是怎么到这里来的?"偎师师岔开话题道。

"我一路找你,走着走着就到这里了。"

"哦,幸好你来了,不然我可能就一命呜呼了,这里很危险,我们还是赶紧离开吧!"

"好。"

两人正准备出去,石室的门突然开了,一个看不出年纪的人出现在门口,一身灰袍将他全身包裹,露出的部位一半是金属,这正是铜镜上看到的那个人。

此人乃是这艘楼船的主人，薛半人。

薛半人怒视着室内的两人，厉声道："竟敢毁我机关，今日定要你们拿命来偿。"

他操纵墙上的拉杆，原本与傀儡房相连的石门突然被打开，有沉重的踏步声正朝门口靠近。

"不好，他是要放出不狱鬼傀！"偃师师想到那只巨大的傀儡的恐怖模样，心里一沉。

没想到，姬夜辰一脸淡定，冷静地看向室内的布置，快速算出受力点，然后一脚踹在书架上，书架摇晃几下，便一排压着一排地全部倒塌下来，恰好死死堵住了石门。

薛半人没料到姬夜辰如此轻松便化解了进攻，一下子火气上来，双手怒张，十指瞬间变作铁爪，怒不可遏地朝姬夜辰袭来："我要杀了你……"

姬夜辰依然淡定自若，手握神夜剑，轻描淡写地将薛半人的攻击悉数挡开。

偃师师发现，现在的姬夜辰似乎和以前不太一样了，相比以前的生疏，现在的神夜剑被他运用得流转自如。

倒塌的书架堵住石门，不狱鬼傀一时半会儿出不来，偃师师插不上手，环视一圈内室，发现内室靠墙有一排药柜，她心生一计，悄悄跑过去，把柜子里的药挨个掏出来，对薛半人喊道："喂，铁脸皮，看这里。"

偃师师把药没头没脑地朝薛半人砸过去。

要炼制禁忌傀儡，这些药材想来对他十分重要。

薛半人正与姬夜辰打得难分难解，听到喊声转头看去，就见药材接二连三地朝他飞来。

"住手，我的药材……"

果然如偃师师猜测的一样,他很在意这些药材,偃师师手上不停,把掏出的药材大把大把地砸过去。

薛半人顾不得进攻姬夜辰,手忙脚乱地接药材,痛惜不已。

趁此机会,偃师师拉起姬夜辰朝外跑,临走时,偃师师还不忘顺走几味药材。

两人冲出石室,身后传来薛半人的怒吼声:"给我拦住他们!"

室外是楼船顶层,巨大的桅杆旋转,垂落两道青铜栅刃,重重地砸在甲板上,姬夜辰一把拽过偃师师,两人与锋利的青铜刃擦身而过,偃师师的衣角却被死死钉在船板上。

这时,顶层漆黑的甲板开始迅速抽离,无数形状各异的傀儡如潮水般涌出,互相推搡着朝两人狂奔而来。

偃师师看到齐正和苏绿儿也夹杂在傀儡群中,毒气四溢,他们显然已经产生了异变。

姬夜辰手起剑落,削掉了偃师师的衣角,两人相拥着后退两步,脚后突然踩空,一转头,发现已经到了船头。

偃师师低头看了眼脚底的沙海,几只体形庞大的鬼枯鱼拖着楼船快速前行,无数只体形细小的鬼枯鱼在船周围跟随,时不时潜进沙底又跃出沙面,张着嘴在空中一顿疯狂乱咬,嘴里露出两排森然锯齿。

偃师师只觉得头皮发麻,恐惧一下子包裹住自己。

"完了完了,这可怎么办?跳下去更危险,我们无路可走了。"

她担忧地望向姬夜辰。

姬夜辰不急不缓地把神夜伞撑开,交到她手里。

"拿着伞保护好自己,站在这里不要动。"

他的声音和平时一样，平静、淡定，偃师师看着他的脸，害怕的心突然就静了下来。

她握紧神夜伞道："那你呢？"

姬夜辰道："战斗！"

姬夜辰向前一步，用身体将她挡在身后，看着汹涌而来的傀儡群，他的眼神突然变得冷厉，电光石火间，他漆黑深邃的目光快速地掠过每一只傀儡，所有傀儡的动作在他眼中变得无限缓慢，他修长白皙的手指在衣袂上快速敲动，计算着每个傀儡行进的方位和攻击的轨迹，无数闪着金色光点的曲线和数据在他眼里显现。

在他的身旁，神夜剑随着他的手指高速颤动，剑尖抵在船板上，晃出了许多残影。

当第一个傀儡挥舞着两只泛绿的爪子呼啸而来时，偃师师只看到一道残影迅速地从傀儡身上穿过，傀儡突然像被什么东西定住了一般，一动不动，接着"咚"的一声向后仰倒，身体从中间一分为二。

因为姬夜辰速度过快，神夜剑在半空留下一串残影，像是有无数把神夜剑被姬夜辰拖动，在某一个正确方位，某一个正确角度，不断出现然后不断隐没，一隐一现之间，一只傀儡便被瓦解。

偃师师目瞪口呆地看着那个如光影般穿梭在傀儡群中的青色身影，惊讶得说不出话来。

这还是她认识的那个笨蛋吗？

"好厉害！"偃师师忍不住赞道。

也不知道分开的这段时间他都经历了什么，怎么像变了一个人似的？

不一会儿，凶恶残暴的傀儡群就溃不成军，形如烂泥般瘫了一地。

薛半人看着自己的心血付之一炬，那薛半人脸下，齿轮"咯吱咯吱"地绞动着，一时间火星四射。

姬夜辰缓缓落地，半空中的百千剑影归于一处，姬夜辰收剑回身，突然看到薛半人跃至半空，铁爪高举，即将砍向偃师师的脑袋。

姬夜辰眼中再次计算出一条金黄色曲线，那是薛半人从半空降落的轨迹，其中一点亮光在曲线一端闪烁，姬夜辰奋力掷出神夜剑，薛半人在半空中无法转身，眼看要被飞剑当胸戳个窟窿，他左手的机关臂膀突然反向转来，诡异地钳住剑身，右手继续袭向偃师师。幸好偃师师听到动静，及时开伞挡住，身子扭转之间，两枚袖箭齐发，薛半人双臂护住面目，"当当"两声，袖箭被轻松挡开。

薛半人展开双臂，露出森然的笑容，笑容里一半白牙，一半铁牙，看上去甚是恐怖。

"我绝不允许你们活着离开我的船，所以，年轻人，趁你们还有命，再看一眼这个世界吧！"

"你这个铁皮老头儿，本姑娘想走就走，想留就留，要你管！看招……"

偃师师一手拿伞，一手捡起神夜剑，用力往前一刺，趁着薛半人回臂的间隙朝薛半人脚面射出一枚袖箭，又准又狠地将薛半人的鞋子钉入甲板中，使他动弹不得。谁知道薛半人毫不顾忌，上前猛踏一步，被钉住的皮质鞋面崩散，露出一只骇人的铁足。薛半人以这只脚为定点，抬起另一只脚旋转身体，一脚踢在偃师师仓皇打开的神夜伞上，铁足来势凶猛，伞面深深凹陷下去，忽又弹开，偃师师被劲力推后了好几步，才勉强稳住身体。

眼见偃师师危险，姬夜辰连忙回身来救，才奔至中途，姬夜辰发现脚面上的甲板上一团黑影突然变大，他来不及回头，迅速蹬地滑开一旁，一只巨大无比的拳头砸在他刚才待过的地方。待到拳头缓缓收回，从破碎的甲板处爬上来一具庞然大物，通体覆盖着层层叠叠的青紫色铜甲，正是之前最大的琉璃缸破碎后从里面逃出来的那只巨型傀儡。

"哈哈哈，真是天要灭绝你俩，想不死都不行！"薛半人脸色阴沉下来，"不怕告诉你们，这只刑天鬼傀儡集中了我所有心血，虽然只培育到一半，但是对付你们两人已绰绰有余。"

"呸，什么刑天鬼，明明是傻大个儿！"偃师师身上吃痛，嘴上却依旧不依不饶，突然看到刑天鬼再次动手，吓得连忙大叫，"姬夜辰，快躲开！"

刑天鬼居高临下，又是一拳砸来，赤手空拳的姬夜辰这次非但没有躲开，反而飞身跃起，凌空一拳对上，一大一小两个极不相称的拳头相撞，环形气浪排开，冲得偃师师和薛半人睁不开眼睛，就连船身也因为这次对击骤然摇晃。

"刑天鬼的动力机枢相当于一架攻城机械，好狂妄的小子，居然敢硬接刑天鬼的拳头，你就等着粉身碎骨吧。"

薛半人话刚说完，就见姬夜辰不敌刑天鬼的澎湃力量，连人带拳被逼落了好几丈，姬夜辰在这危险关口，心思却异常活络，只见他扭身错拳，借着刑天鬼的力量，将两人的拳劲引向一旁的薛半人，薛半人惊慌失措，连忙启动铁腿上的弹簧将自己弹射开，这一拳结结实实地砸在了甲板上。

姬夜辰借着刑天鬼的拳背，跳落在偃师师旁边，说道："剑！"

偃师师连忙递过去神夜剑。

姬夜辰抄剑跃起，刑天鬼的拳头缓缓收回，姬夜辰落在它的前臂上，快速沿着臂膀往脑袋上奔走，长剑斜削，砍断了刑天鬼脖颈上的齿轮，然后姬夜辰将剑从齿轮孔中插入，利用身体摆荡的力度，竟然拧断了刑天鬼的脖子，随着一颗巨大的傀儡脑袋"扑通"一声砸落在地，姬夜辰也落在地上，缓缓举起丝毫未损的神夜剑，指向薛半人。

"你输了。"

薛半人震惊地看着巨大的刑天鬼失去头颅后缓缓倒地，忍不住问道："你究竟是什么人？"

姬夜辰毫无感情地指着偃师师道："保护她的人！"

"就凭你？"

"足够了。"

"狂妄的小子，你难道以为你已经打败我了？"

"你最强的傀儡已经被我打败了，你不足为惧。"

"刑天是上古战神，被敌人割断了脑袋，还要对抗天地，你们这些年轻人，对刑天鬼的力量一无所知，现在让你见识见识吧。刑天鬼！合体！"

薛半人双手振臂，半身的铁躯嗡嗡作响，产生了一股奇怪的吸力，姬夜辰感到自己的神夜剑也被这股吸力影响，手上又添了几分力气，才勉强握住。

倒在地上的刑天鬼胸膛受到怪力驱使，层层叠叠的青铜护甲如莲花般绽开，将薛半人包了进去，青铜护甲再次合上，露出两只巨大的瞳孔形状的空洞，发出幽红的光芒。之前还笨拙迟钝的刑天鬼突然像获得了新生，竟然迅速奔跑起来，瞬间来到了姬夜辰面前，又一瞬间，拳头打在了姬夜辰胸膛上，姬夜辰顺着甲板直直滑出，一直撞到船舷才停下来。

偃师师连忙奔过去扶住姬夜辰，发现他的嘴角流出了血，心疼地给他擦干，"你没事吧？疼不疼？"

姬夜辰摇头，手撑着船板站起。

偃师师急忙把神夜伞递过去道："你拿着神夜伞护身！"

姬夜辰推开伞，突然把偃师师拉进怀里。偃师师毫无防备，心跳骤然加速，抬起头时，脸已绯红。

"你……"

姬夜辰的嘴紧贴她耳朵，轻声说道："你还记得那排药架吗？在后面有一堆火药，我引开这个大家伙，你悄悄过去引燃。"

"可是这个大家伙……"

姬夜辰突然露出了温柔的笑容，说道："放心，只要是傀儡，我就有必胜的把握。"

这时薛半人操纵刑天鬼，双手拳头反转，变形成一锤一斧奋力砍来，这么庞大的傀儡行动起来竟然出乎意料地迅捷。姬夜辰抱紧偃师师躲过劈来的斧子，跳到斧面上，趁着斧头举起的瞬间，将偃师师抛向船尾，偃师师轻功底子弱，幸好在半空中打开了神夜伞，才得以缓缓落下。

薛半人冷笑道："想逃跑，我看你是忘了下边有多恐怖了！"

说话间他操纵刑天鬼，一锤砸开踩在斧面上的姬夜辰，薛半人操控刑天鬼来到桅杆旁，一斧砍断了缆绳，绳子迅速缩入甲板上的孔洞内，船体内发出轰鸣般的齿轮转动声，突然一声巨响，船在沙海中停了下来，然后响起无数道门栅升起的声音。

"现在地狱的大门已经打开，所有的傀儡都已经放出，我看你还能逃到哪里去？"

偃师师发誓再也不想看见的那些恐怖傀儡，现在正如潮水般拥挤在狭长的甬道内，拼命朝门外奔来，偃师师听着那些让她头皮发麻的声响，厌恶地皱了皱眉，一闭眼跳了下去。

姬夜辰趁这会儿工夫，在桅杆上连着砍了数十刀后，大声喊道:"喂,大树要倒了!"

刑天鬼转身一看,已然来不及了,桅杆颓然倾倒,不偏不倚,将这巨大的傀儡砸进甲板里。

姬夜辰趁刑天鬼脱身未及,又用神夜剑逐一削下栅刃,一条条栅栏条像弓箭一样袭来,刑天鬼手中的巨斧高速旋转,竟然像风车一样,全数挡开了栅刃,接着另一手的锤子用力砸向甲板,木屑纷飞间,刑天鬼一跃而起,手中的巨斧高速旋转,斧把上竟然连着一条粗重的锁链,随着锁链的旋转,斧刃涉及的范围越广,姬夜辰连忙回撤,躲过巨斧的袭击,也引得刑天鬼远离了偃师师。

刑天鬼一扯锁链,斧头飞回,另一只手的锤子又带着锁链冲出,姬夜辰甫一闪开,锤子直接将一人多高的船帮轰出一个大洞来。姬夜辰伸剑将锁链绞住,但是力量始终不敌刑天鬼,被一再拉扯向前,姬夜辰趁机靠近刑天鬼。

绞动声响起,两条锁链迅速收紧,一斧一锤重又回到刑天鬼的双臂上,斧子再次朝姬夜辰砍来,姬夜辰借此贴近刑天鬼,左手扣住傀儡左脚的青铜甲片,不见怎么动作就把其拆解下来,露出里边的齿轮和各式枢纽机括,姬夜辰手指上下翻飞,居然从中拆解出一个磁榫关节来,只见刑天鬼左腿颤动,突然半跪下来,身子矮了一截,连着砸下的锤子也失去了方向。

姬夜辰闪身在刑天鬼背后,将神夜剑插进青铜甲内,他踏地跃起几丈,踩在了剑身上借剑身再升几丈,一把攀住刑天鬼肩头爬了上去,傀儡的肩关节处是一块大型的磁榫关节,由雅安郡的无极磁石制成,薛半人靠磁力催动刑天鬼,所以运转起来格外流畅。

当姬夜辰握住刑天鬼左肩磁榫的时候,神奇的事情发生了,刑天鬼的左手斧突然不听使唤地砸向右手锤子,巨大的铁器撞击声震耳欲聋。

"你究竟做了什么?"薛半人惊恐的声音从刑天鬼胸口发出。姬夜辰没有回答,继续操纵左臂,和薛半人操纵的右臂战作一团,为偃师师争取了时间。

偃师师借着甲板上透出来的光,很快便找到姬夜辰所说的火药堆,可是原本被架子挡着的门,眼看要被蜂拥而至的傀儡们撞开,许多只青色或枯黄色的手从门洞里伸出,恶狠狠地抓向偃师师。

偃师师吓得双腿战栗,紧张地拿起一小撮火药,歪歪斜斜地在地上摊成一条引线,哆哆嗦嗦地晃亮火折子,刚点燃,门就被傀儡们撞开了,无数个傀儡扑面而来,偃师师终于掩饰不住内心的恐惧,手忙脚乱地爬上甲板,心里只有一个念头,找到姬夜辰,快逃。

刑天鬼被姬夜辰弄得左右手开始互搏,体内操纵它的薛半人急得焦头烂额, 实在没有办法,按下了一个朱漆木钮,刑天鬼左臂瞬间脱落,右臂大锤反手砸向刑天鬼自己的脖颈上的姬夜辰,姬夜辰横剑格挡,但是整个人依旧被砸飞出去。

薛半人恶狠狠地举起残臂,喝道:"去死吧!"臂端锁链射出,连接在另一头的铁锤又准又狠地击向姬夜辰的身体。姬夜辰跳起在半空中,此时他头脑依然清晰,精密计算后,姬夜辰用剑尖点在链条上,那是铁锤受力最薄弱的点,本来冲向姬夜辰的力被他化为己用,本来砸向姬夜辰的方向被他引向甲板,这一锤破板而入,紧紧嵌入甲板中,刑天鬼无论如何也不能将其拔出。

困死薛半人和刑天鬼之后,姬夜辰看到偃师师一路大喊大叫地跑出来:"快,快,火药已经点上了,我们快跑!"

姬夜辰伸手接住偃师师道:"别慌,把神夜伞给我。"

偃师师紧张得瞪大眼睛道:"啊?都这个时候了,还要伞干吗?"

这时船尾的甲板缺口下，突然喷出冲天火光，巨大的爆炸声震耳欲聋，然后一道火光接一道火光冲起，无数傀儡在火焰里喷出，燃烧，场面格外壮观。

"怎么办？"偃师师紧张地问姬夜辰。

"你怕高吗？"姬夜辰却问她另一个问题。

"你问这个干吗？难道你想……哇，救命。"

姬夜辰没等她说完，一把抱紧她跳了下去，也在同一时间，一道冲天火光炸毁了船头，整艘大船摇摇欲坠。

两人极速坠下，耳边呼啸着风声。眼看他们离沙面越来越近，鬼枯鱼群听到动静，纷纷蹿出沙面，张开血口，露出一嘴锋利的锯齿。

偃师师吓得闭上眼睛，死死抱住姬夜辰。

突然，空气中传来一阵尖锐的啸叫声，似乎有什么东西划破天空。

偃师师被这声音吓得睁开了眼睛，发现神夜伞在姬夜辰手里又起了新的变化，伞面横剖为二，伞骨弹架在两侧，神夜伞变成了巨大的机关翼，姬夜辰背上机关翼，带着偃师师乘风而起，往远方滑翔而去。

在他们身后，巨大的沙海楼船在最后一次猛烈爆炸中分崩离析，一道肆虐的火柱旋转着接连天地，风沙呼啸，浓烟蔽日，火光染红了半边天际。

这艘隐藏着无数秘密的巨船，终于像个猝死的巨兽，缓缓沉入这片沙海之下。

半空中，偃师师一直不敢相信自己不但大难不死、绝地重生，而且还能被姬夜辰抱入怀中凌空飞翔。

偃师师幸福地问自己："我这不是在做梦吧？"

她连忙掐了下手背，居然真的不疼，脸色一下子郁闷起来："我就说像我这么倒霉的人，怎么突然变得这么幸福，果然是在做梦！"

她一抬头，目光正碰到皱着眉看自己的姬夜辰，只听见他疑惑地说："我救了你的命，你为什么还要掐我的手？"

偃师师立马醒悟过来，高空寒冷，手脚被吹了半天，一时间竟然没分清自己的手和姬夜辰的手。她连忙问道："这不重要，重要的是你疼吗？"

"还行！"

"还行？"偃师师又用力掐了下，"这样呢？"

姬夜辰这下眉毛都变了形状："疼疼！你干吗呢？"

"这么说，我真的不是在做梦！"

"当然不是！"

"那我的伞怎么变成翅膀了？"

"神夜伞有十三种机关变化，这只是其中之一。"

"我的伞，我都不知道，你是怎么知道的？"

"我也不清楚，拿着这伞，我总感觉很熟悉。"

"可是……"

偃师师还想再说什么，突然一阵嘹亮的鲸鱼歌声传来，两人不由自主地被歌声吸引，遥遥望去，只见沙海的尽头，沙尘遮掩中，一座拔地而起的巍峨城池正在缓慢移动出来，城池中依稀可见楼阁林立，山水相间，宏伟高耸的城墙映在地上的巨大黑色倒影几乎铺满了眼前的沙漠，犹如一只巨兽在缓缓行来，俯瞰众生。

之前那阵悠扬的鲸鱼歌声，竟然是这座城池在移动时，机械齿轮相互咬合发出的声音。

偃师师被眼前的景象震撼得瞠目结舌，惊叹道："这不会就是界命城吧？"

姬夜辰握紧偃师师紧张的手，说道："你是不是害怕？"

偃师师说："比起害怕，我更多的是期待，师父是我唯一的家人，只要找到他，我在这天地间，就不再是一个人了。"

姬夜辰木讷地说："你早就不是一个人了，你还有我，我会一直陪着你的。"

"以后也是吗？"

"以后也是！"

"永远吗？"

"永远是多远？"

"远到我们老去死去，远到我们被人记住然后遗忘，远到天地也荒老了，沧海也枯烂了，远到一切都不在了！"

"那我会一直陪着你，比永远更远。"

偃师师愣住，目光正对上姬夜辰的双眼，在姬夜辰的眼里，似乎有万千星辰在万古黑夜里瞬间迸发闪耀，姬夜辰整个人，都因此有了生气。

"这样好看的男人，居然说起情话来也这么有杀伤力，这可真是要了我的命啦。"偃师师一边感慨，一边感动地闭上眼、噘起嘴唇，她在心里喊道："来吧，少年，夺走我的初吻吧！"

等了半晌，偃师师尴尬地睁开眼，发现姬夜辰一脸迷糊地看着自己，偃师师有些气恼，愤愤说道："你就是个笨蛋，你不知道当一个女人闭上眼噘起嘴的时候……"

突然偃师师眼前一黑，温柔的嘴唇覆盖住自己的嘴唇，温热的气息回荡在两个脸庞之间。

姬夜辰吻住了偃师师。

鲸鱼歌声再次在沙漠上空响起，两人紧紧相拥，背上双翼舒

第二十章 终于等到你

展,滑翔于天地尽头。

与此同时,那座发出鲸鱼歌声的城池上空,刚才还有厚厚的云朵,一晃眼就变成了散絮状,一只机关鹤就在这一刻破云而出,陨石一般砸向那座移动的城池,鹤背上公输不忘和小菇朵紧紧抱在一起瑟瑟发抖,小菇朵不会说话,只听公输不忘一个劲地念叨:"要死啦!要死啦!这破鸟的发条早不停晚不停,偏偏要降落时停,这下死定了……死定啦!"

而在这座城池的某座山巅之上,乘坐枯骨巨蛇的黑袍人端坐在蛇头上,久久凝视着这座移动的城池。

他忽然想起他年少时听过的一句预言:"当暗夜里葵花盛放,沙漠里鲸鱼歌唱,宿命的齿轮会再次转动,天下终将沦陷成神的战场。"

黑袍人藏在黑金面具下的面庞上,终于露出了意味深长的笑容。一个新的时代开始了。

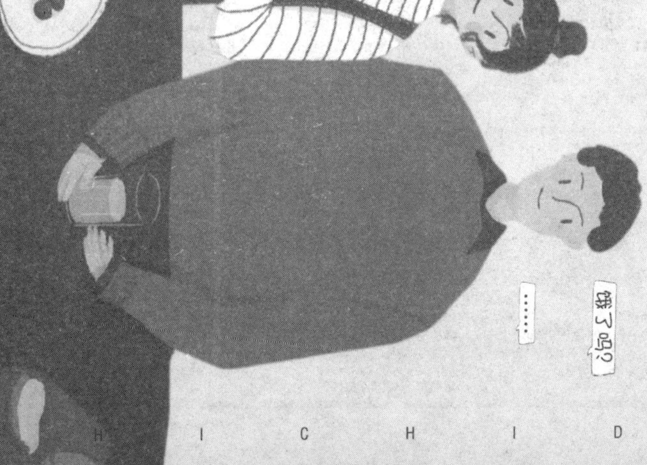

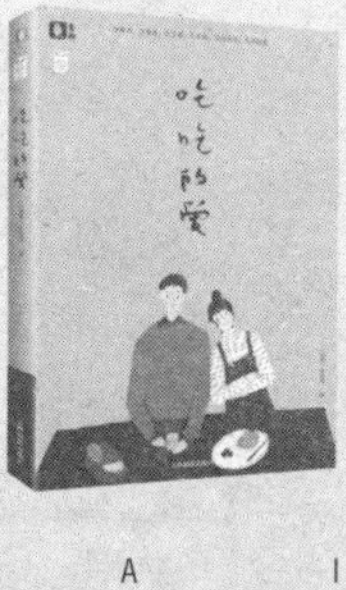

意林精品图书推荐

《那个神秘的宣愉小姐》
简介：心理分析小说，一次亲情伤痛造成的人格分裂，一场守护和爱情的计划……
定价：32.80元

《对方正在输入中》
简介：你是否能从他绯红的脸颊看到他比阿尔卑斯山还强大的内心，让他的病只为你发作。
定价：29.80元

《你是年少的欢喜，喜欢的少年是你》
简介：古风作家吾玉打造都市清风之作，告诉你，如何学着去爱一个人。
定价：29.80元

《余生请对我好一点》
简介：时光回望，今日的纠葛，竟好似还了往日的债。
定价：32.80元

《比心》
简介：暗恋被冷酷拒绝，离开却突然收到女孩的短信，只有一行字，却让他笑了……
定价：32.80元

《从此晚安我自己》
简介：95后作家何家豪青春成人礼童话，将16个故事，说给长成大人的你！
定价：29.80元

《我不愿让你一个人走过青春的荒芜》
简介：写给你深情的告白书，15篇故事，有作者的亲身经历，也有勾勒的世间温暖。
定价：29.80元

《你是久爱，亦是心欢》
简介：青春与梦想，爱和守护的故事，孤冷少女与霸道闷少相爱相杀深情开演。
定价：32.80元

《胭脂将》
简介：魔幻江湖的纷乱，胭脂女将的传奇！
定价：32.80元

《一两江湖之望星记》
简介：古风作家一两打造全新江湖，一醉江湖三十春，尽在《望星记》！
定价：29.80元

《一两江湖之琵琶误》
简介：家仇国恨，爱上不该爱的敌国先锋，如何面对这生死纠缠的爱情？
定价：29.80元

《月光蒲苇①·夜阑时》
简介：阴谋、友情、爱情，上古四神的恩怨，今生能否化解？
定价：32.80元

《世界的另一个你》
简介：18岁少女的奇幻冒险，唯美魔幻的童话世界，寻找身边错过的小美好。
定价：32.80元

《绯色黎明》
简介：人类并不孤单，在黑暗种族的环伺下，被掩盖的真相等着你去探寻。
定价：32.80元

《这一杯，我敬的是年少无知》
简介：悬疑作家何慕精心打造的都市心理悬疑成长小说集。
定价：32.80元

《我的人生无须证明给你看》
简介：是选择梦想，还是安于现状？马飙用这些故事告诉你答案。
定价：32.80元

多味之恋
简介：七彩青春，多味之恋，寻找身边错过的小美好。
定价：29.80元/册

十八而志
简介：十八岁之前的远大志向，决定了十八岁之后的梦想人生。
定价：29.80元/册

深夜暖心
简介：青春絮语，灯下最好的陪伴，马飙、张芸欣、冷亦蓝深夜暖心之作。
定价：29.60元/册

初心讲义
简介：初心故事讲给你听，拥有一个又一个的小温暖。
定价：29.80元/册

意林精品图书推荐

《我不成仙 一 断尘绝念》
简介：不想成仙却毅然修仙，她见愁只想有朝一日对那人说："纵你成仙，亦不可逃！"
定价：28.80元

《我不成仙 二 杀红小界》
简介：血衣作战袍，刻骨为利刃。她的通天坦途，便是他的穷途末路！
定价：28.80元

《我不成仙 三 流星赶月》
简介：敏锐与直觉，无一欠缺；缜密与果决，兼而有之。力敌群雄者，舍她其谁！
定价：28.80元

《我不成仙 四 鏖战空海》
简介：为成大道，葬颜情、斩尘缘者有之，可若寻仙同道是这般模样，她宁愿永不成仙！
定价：28.80元

《我不成仙 五 舍我其谁》
简介：见愁者，无限潜力，无限战力！斩断过去，分割今昔。她的世界，只有未来！
定价：28.80元

《禁域①墓地神婴》
简介：皇者重现世间，只为触底反击，再创传奇。踏破乾坤纵横出空，禁域绝密即将揭晓。
定价：28.80元

《禁域②宗门斗者》
简介：扶桑谷内迷雾重重，时间长河、神秘女子……时空彼端，究竟有着怎样的秘密？
定价：28.80元

《禁域③王者遣风》
简介：阳暝界，一个神奇的虚拟世界，浮生为赤钻来到这里，却发现了更惊人的秘密！
定价：28.80元

《符神传说①斩焰少年行》
简介：接通元灵神界，交易、对战、派单……现实与虚拟之间，体味什么叫酣畅淋漓！
定价：28.80元

《符神传说②东川起风云》
简介：逆转鬼骷岭、入蛮荒探迷城，跨越空间界限，开启度奇幻热血征程！
定价：28.80元

《符神传说③刀芒惊天下》
简介：巧498黑狱笑识禹，烈焱龙雀惊天下。勇接天符浩土，领略异闻传奇！
定价：28.80元

《符神传说④地下悬赏令》
简介：识妖族斗南洲，符驱四方见奇谋。游历异界空间，探察奥妙人生！
定价：28.80元

《雪鹰领主1》
简介：我吃西红柿全新力作！少年骑士惊世崛起，铸就为人类荣誉而战的英雄传说！
定价：29.80元

《雪鹰领主2》
简介：圣级超凡，初露峥嵘，打造热血沸腾的传奇武侠世界！
定价：29.80元

《决战星座学院1》
简介：为00后读者量身定制的校园星座魔法书，超反转、超疯狂的校园大作战，开始！
定价：29.80元

《浮玉仙魔》（全一册）
简介：跨越六界的情仇离合，仙家养成，爆笑开演！看一代魔尊，如何挽翻浮玉仙山！
定价：29.80元

《倾世萌狐》（全三册）
简介：任他天道严酷，你始终是我无法断的"情"，难以绝的"爱"。
定价：29.80元

《我的画风不太对》（全二册）
简介：一不小心成了外星玩家的目标对象！千回百转的拼图游戏，谁是最终赢家？
定价：29.80元

《灵犀》（全二册）
简介：取《山海经》之精髓，谱一曲荡气回肠、龙狐相随的深情恋歌！
定价：29.80元

《仙萌奇缘》（全二册）
简介：迷糊弟子"约架"冷傲少主，无厘头话本奇袭玄天剑宗，非正统仙侠大戏反转上演！
定价：29.80元